Beltz & Gelberg Taschenbuch 685

Carl Hiaasen begann im Alter von sechs Jahren zu schreiben, als sein Vater ihm eine Schreibmaschine schenkte. Er studierte Journalismus und begann seine journalistische Laufbahn beim *Miami Herald,* für den er nach wie vor Kolumnen schreibt, die zahlreich ausgezeichnet wurden. Er lebt mit seiner Familie und seinen Schlangen in den Florida Keyes. In Deutschland wurde Hiaasen durch seine Romane für Erwachsene bekannt, die in insgesamt einundzwanzig Sprachen übersetzt wurden, darunter *Dicke Fische, Krumme Hunde* und *Letztes Vermächtnis. Eulen* ist sein erstes Buch für jüngere Leser. Weitere Informationen zum Autor auf seiner Homepage unter www.carlhiaasen.com.

Carl Hiaasen

Eulen

Roman

Aus dem Amerikanischen von
Birgitt Kollmann

BELTZ
& Gelberg

Die Geschichte, die in diesem Buch erzählt wird, ist nicht wahr.
Alle Namen und Personen sind daher frei erfunden.
Die Eulen jedoch gibt es wirklich.

Für Carly, Ben, Samantha, Hannah und
natürlich für Ryan.

www.beltz.de
Beltz & Gelberg Taschenbuch 685

Die amerikanische Originalausgabe erschien u.d.T. *Hoot* bei
Alfred A. Knopf, an imprint of
Random House Children's Books, New York

Aus dem Amerikanischen von Birgitt Kollmann
Neue Rechtschreibung
Einbandgestaltung: © 2002 Alfred A. Knopf
Gesamtherstellung: Druckhaus Beltz, Hemsbach
Printed in Germany
ISBN 3 407 78685 9
2 3 4 5 6 09 08 07 06 05

1

Roy hätte den fremden Jungen gar nicht bemerkt, wenn Dana Matherson nicht gewesen wäre. Normalerweise schaute Roy während der Busfahrt nämlich nie aus dem Fenster. Lieber las er Comics oder Detektivgeschichten auf dem Weg zur Trace Middle School.

Doch an diesem Tag, einem Montag (Roy würde das nie vergessen), packte Dana Matherson ihn von hinten am Kopf und presste ihm die Daumen in die Schläfen, als würde er einen Fußball quetschen. Die älteren Schüler sollten eigentlich im rückwärtigen Teil des Busses bleiben, aber Dana hatte sich angeschlichen und Roy aus dem Hinterhalt überfallen. Als Roy versuchte freizukommen, drückte Dana ihn mit dem Gesicht gegen das Fenster.

In diesem Moment, als er so durch das verschmierte Glas blickte, entdeckte Roy auf dem Gehweg den fremden Jungen. Er rannte, und es sah so aus, als wollte er den Schulbus noch erwischen, der an einer Ecke angehalten hatte, um weitere Schüler einsteigen zu lassen.

Der Junge war strohblond und drahtig, seine Haut nussbraun von der Sonne. Sein Gesichtsausdruck war ernst und entschlossen. Er trug ein verwaschenes Basketball-Sweatshirt mit dem Aufdruck *Miami Heat* und schmutzige, khakifarbene Shorts. Das Merkwürdige aber war: Er hatte keine Schuhe an. Seine Fußsohlen sahen so schwarz aus wie Grillkohle.

An der Trace Middle School war man nicht besonders streng, was Kleidung anging, aber irgendwelche Schuhe sollten die Schüler wohl doch anhaben, glaubte Roy. Man hätte vermuten können, dass der Junge seine Turnschuhe im Rucksack hatte, aber dafür hätte er erst einmal einen Rucksack haben müssen. Keine Schuhe, kein Rucksack, keine Bücher, und das an einem Schultag – wirklich merkwürdig!

Roy war überzeugt, dass der Barfüßige Probleme kriegen würde mit Dana und den anderen großen Jungs, sobald er in den Bus stieg, aber dazu kam es nicht ...

Der Junge rannte nämlich immer weiter – vorbei an der Ecke, vorbei an den Schülern, die an der Haltestelle anstanden, vorbei am Bus. Roy wollte schon rufen: »He, schaut euch mal den Typ da an!«, aber sein Mund wollte nicht so recht. Dana Matherson hatte Roy noch immer von hinten im Griff und presste ihn mit dem Gesicht gegen die Scheibe.

Als der Bus wieder anfuhr, hoffte Roy, weiter unten an der Straße noch einmal einen Blick auf den Jungen werfen zu können, doch der war inzwischen vom Gehweg abgebogen und lief jetzt über ein Privatgrundstück. Wahnsinnig schnell rannte er, viel schneller, als

Roy rennen konnte, vielleicht sogar schneller als Richard, Roys bester Freund zu Hause in Montana. Richard konnte so schnell laufen, dass er schon mit dem Team der High School trainieren durfte, als er erst in der Siebten war.

Dana Matherson grub seine Fingernägel in Roys Kopfhaut und hoffte, Roy würde aufschreien. Aber der spürte kaum etwas, so gebannt sah er zu, wie dieser Junge durch einen gepflegten Garten nach dem anderen rannte und mit zunehmender Entfernung zwischen ihm und dem Schulbus immer kleiner wurde.

Roy sah, wie ein großer Hund mit spitzen Ohren, vermutlich ein deutscher Schäferhund, vor einer Haustür aufsprang und sich auf den Jungen stürzen wollte. Es war unglaublich, aber der Junge änderte die Richtung nicht. Er machte einen Satz über den Hund, schoss durch eine Hecke und war verschwunden.

Roy schnappte nach Luft.

»Na, Cowgirl, was ist? Schon genug?«

Das war Dana, der Roy voll ins Ohr zischte. Als Neuer im Schulbus erwartete Roy nicht, dass die anderen ihm helfen würden. Und dass Dana ihn »Cowgirl« genannt hatte, war harmlos, darüber musste man sich nicht aufregen. Dana war ein Blödmann, das war allgemein bekannt, und außerdem wog er mindestens fünfzig Pfund mehr als Roy. Sich auf einen Kampf einzulassen, wäre totale Energieverschwendung.

»Reicht's? Wir können dich nicht hören, Tex.« Danas

Atem stank nach abgestandenem Zigarettenrauch. Qualmen und jüngere Schüler zusammenschlagen waren seine größten Hobbys.

»Ja, okay«, sagte Roy ungeduldig. »Es reicht.«

Sobald er frei war, schob Roy das Fenster runter und streckte den Kopf hinaus. Der fremde Junge war nicht mehr zu sehen.

Wer war das? Wovor rannte er weg?

Roy fragte sich, ob außer ihm jemand im Bus den Jungen auch bemerkt hatte. Einen Moment lang fragte er sich, ob er selbst ihn überhaupt gesehen hatte.

Am selben Morgen wurde der Polizeibeamte David Delinko zu dem Grundstück geschickt, auf dem eine neue Filiale der Restaurantkette *Mama Paulas Pfannkuchenhaus* gebaut werden sollte. Es handelte sich um ein leeres Grundstück am Ostrand der Stadt, an der Ecke East Oriole Avenue und Woodbury Street.

Officer Delinko wurde von einem Mann in einem dunkelblauen Pick-up erwartet. Dieser Mann, der so kahl war wie ein Ball, stellte sich selbst als Curly vor. Ein Glatzkopf, der auf den Spitznamen »Lockenkopf« hörte, fand Officer Delinko, müsse einen ausgeprägten Sinn für Humor haben, aber darin täuschte er sich. Curly war grantig und verzog kein einziges Mal das Gesicht zu einem Lächeln.

»Sie sollten mal sehen, was die angerichtet haben«, sagte er zu dem Polizeibeamten.

»Wer?«

»Kommen Sie mal mit«, sagte der Mann, der sich Curly nannte.

Officer Delinko lief hinter ihm her. »Unser Einsatzleiter hat mir gesagt, hier hätte jemand auf dem Grundstück gewütet und Sie wollten Anzeige erstatten wegen Vandalismus.«

»So ist es«, brummte Curly über die Schulter.

Dem Polizisten war nicht ganz klar, was es auf diesem Grundstück zu beschädigen gab – im Grunde handelte es sich nur um ein großes Stück Land, auf dem Unkraut wucherte. Curly blieb stehen und zeigte auf einen kurzen Holzstab auf der Erde. Eine grellrosa Plastikbanderole war an einem Ende festgebunden. Das andere Ende war angespitzt und lehmverkrustet.

»Sie haben sie rausgezogen«, sagte Curly.

»Ist das ein Vermessungspfosten?«, fragte Officer Delinko.

»So ist es. Sie haben sie rausgerissen, jeden einzelnen.«

»Kinder vermutlich.«

»Dann haben sie die Stöcke in die Gegend geschmissen«, erzählte Curly weiter, während er mit seinem fleischigen Arm herumwedelte, »und die Löcher wieder mit Erde gefüllt.«

»Das ist allerdings etwas seltsam«, bemerkte der Polizist. »Wann ist das passiert?«

»Heute Nacht oder ganz früh am Morgen«, antwortete Curly. »Sie denken jetzt vielleicht, das ist keine große Sache, aber es dauert ganz schön lange, bis so ein Gelände wieder markiert ist. Und vorher können wir nicht roden, nicht planieren, gar nichts. Die Raupen und Bulldozer sind schon gemietet, und jetzt stehen sie hier rum für nichts. Ich weiß, es sieht nicht gerade wie das größte Verbrechen des Jahrhunderts aus, aber trotzdem –«

»Ich verstehe«, sagte Officer Delinko. »Wie hoch schätzen Sie den Sachschaden?«

»Sachschaden?«

»Ja. Für meinen Bericht.« Der Polizist hob den Vermessungsstab auf und untersuchte ihn. »Der ist ja nicht wirklich kaputt, oder?«

»Na ja – das nicht.«

»Sind von den anderen welche kaputtgemacht worden?«, fragte Officer Delinko. »Was kosten diese Dinger denn pro Stück? Einen Dollar? Zwei?«

Der Mann namens Curly verlor langsam die Geduld. »Kaputtgemacht haben sie keinen«, sagte er unfreundlich.

»Nicht einen einzigen?« Der Polizist runzelte die Stirn. Er überlegte, was er wohl in seinen Bericht schreiben könnte. Vandalismus ganz ohne Sachschaden gab es einfach nicht, und wenn auf dem ganzen Grundstück nichts beschädigt oder unbrauchbar gemacht worden war …

»Aber das versuch ich doch die ganze Zeit Ihnen zu

erklären«, sagte Curly gereizt. »Es geht nicht darum, dass jemand mit den Vermessungsstäben rumgemacht hat, es geht darum, dass unser ganzer Zeitplan im Eimer ist. Und das kostet echt Geld.«

Officer Delinko nahm die Mütze ab und kratzte sich am Kopf. »Lassen Sie mich mal nachdenken«, sagte er.

Auf dem Weg zurück zum Streifenwagen stolperte der Polizist und fiel hin. Curly packte ihn am Arm und half ihm auf die Füße. Beiden Männern war dies etwas peinlich.

»Dämliche Eulen«, sagte Curly.

Der Polizist wischte sich Erde und Kletten von der Uniform. »Haben Sie Eulen gesagt?«

Curly zeigte auf ein Loch im Boden. Es hatte etwa den Durchmesser von Mama Paulas berühmten Buttermilchpfannkuchen. Am Eingang war ein Häufchen aus losem weißem Sand zu sehen.

»Darüber sind Sie gestolpert«, informierte Curly Officer Delinko.

»Da unten leben Eulen?« Der Polizist bückte sich und untersuchte das Loch. »Wie groß sind die denn?«

»Etwa so groß wie eine Bierdose.«

»Und das ist kein Witz?«

»Also, ganz ehrlich, gesehen hab ich selbst auch noch keine.«

Beim Streifenwagen nahm der Beamte ein Klemmbrett zur Hand und fing an, seinen Bericht zu schreiben. Es stellte sich heraus, dass Curly mit richtigem Namen

Leroy Branitt hieß. Er sagte, er sei »Überwachungsingenieur« auf der Baustelle. Als er sah, dass der Polizist »Wachmann« hinschrieb, machte er eine finstere Miene.

Officer Delinko erklärte Curly, wieso es nicht so einfach war, eine Anzeige wegen Vandalismus aufzunehmen. »Der Sergeant legt mir das Papier gleich wieder auf den Schreibtisch, weil streng genommen ja nichts wirklich kaputtgemacht worden ist. Irgendwelche Kinder sind aufs Grundstück gekommen und haben ein paar Stöcke aus dem Boden gerissen.«

»Und woher wollen Sie wissen, dass es Kinder waren?«, knurrte Curly.

»Na ja, wer sonst macht denn so was?«

»Und dass sie die Löcher wieder gefüllt und die Stöcke in der Gegend rumgeschmissen haben, bloß damit wir wieder von vorn anfangen müssen mit der Vermessung von dem Grundstück – was ist damit?«

Das allerdings verwirrte den Polizisten auch. Wenn Kinder einen Streich spielten, machten sie sich normalerweise nicht solche Mühe.

»Haben Sie jemanden in Verdacht?«

Das hatte er nicht, musste Curly zugeben. »Aber okay, nehmen wir mal an, es waren Kinder. Würde das heißen, es ist nicht strafbar?«

»Doch, natürlich«, antwortete Officer Delinko. »Ich sage ja nur, rein technisch gesehen, ist es kein Vandalismus. Es handelt sich um unerlaubtes Betreten eines Grundstückes und um einen bösartigen Streich.«

»Das reicht«, meinte Curly achselzuckend. »Hauptsache, ich krieg eine Kopie von Ihrem Bericht für die Versicherung. Damit wir wenigstens Entschädigung bekommen für die verlorene Zeit und die zusätzlichen Kosten.«

Officer Delinko gab Curly eine Karte mit der Adresse des Verwaltungsbüros der Polizeiwache und dem Namen des zuständigen Sachbearbeiters. Curly steckte die Karte in die Brusttasche seines Overalls.

Der Polizist setzte die Sonnenbrille auf und schwang sich ins Auto, das so heiß war wie ein Backofen. Schnell drehte er die Zündung an und stellte die Klimaanlage auf die höchste Stufe. Während er sich anschnallte, sagte er: »Mr. Branitt, eins würde mich noch interessieren. Nur so aus Neugier.«

»Schießen Sie los«, sagte Curly und wischte sich mit einem großen gelben Taschentuch über die Stirn.

»Es ist wegen der Eulen.«

»Ja – und?«

»Was passiert mit denen?«, fragte Officer Delinko. »Ich meine, wenn die Bulldozer hier loslegen?«

Der Wachmann lachte leise. Der Polizist wollte ihn wohl auf den Arm nehmen.

»Was für Eulen?«, fragte er.

Den ganzen Tag lang ging Roy der rennende Junge nicht aus dem Kopf. Zwischen den Stunden, auf dem Weg von einem Unterrichtsraum zum anderen, schaute er sich die Gesichter der Mitschüler ganz genau an – vielleicht war der Junge ja erst später zur Schule gekommen. Vielleicht war er ja nach Hause gerannt, um andere Klamotten und vor allem Schuhe anzuziehen.

Aber Roy konnte niemanden entdecken, der dem Jungen glich, der über den großen Hund mit den spitzen Ohren gesprungen war. Vielleicht rannte er ja immer noch, dachte Roy beim Mittagessen. Florida war ideal zum Laufen – nie zuvor hatte Roy eine so flache Gegend gesehen. In Montana, wo er herkam, gab es steile, zerklüftete Berge, die über dreitausend Meter hoch in den Himmel ragten. Hier dagegen waren die einzigen Erhebungen die künstlichen Brücken über die Highways – sanft gewölbte Hügel aus Beton.

Aber dann dachte Roy an die Hitze und die hohe Luftfeuchtigkeit, die einen an manchen Tagen völlig lahm legte. In der Sonne Floridas weite Strecken zu laufen wäre eine einzige Quälerei. Jemand, der so was machte, musste wirklich zäh wie Leder sein.

Ein Junge setzte sich Roy gegenüber an den Tisch. Er hieß Garrett und nickte Roy zu. Roy nickte Garrett zu und dann aßen beide die verkochten Makkaroni vor sich auf den Tabletts. Als Neuer in der Schule saß Roy beim Essen jedes Mal allein, ganz am Ende des Tisches. Was das betraf, war Roy ein alter Profi: Trace Middle war die sechste Schule, die er seit seiner Einschulung besuchte, und Coconut Cove die zehnte Stadt, in der seine Familie lebte, seit Roy sich erinnern konnte.

Roys Vater arbeitete für die Regierung. Roys Mutter sagte, sie müssten deswegen so oft umziehen, weil Roys Vater seine Arbeit (was immer das war) so gut machte und häufig befördert wurde. Anscheinend war das die Belohnung, die man von der Regierung für gute Arbeit erhielt – dass man ständig umziehen musste.

»Hey«, sagte Garrett, »hast du ein Skateboard?«

»Nee – aber ein Snowboard.«

Garrett lachte spöttisch. »Was willst du denn damit?«

»Wo ich früher gewohnt hab, da gab's viel Schnee«, sagte Roy.

»Du solltest mal lernen, Skateboard zu fahren, Mann. Das ist das Größte überhaupt.«

»Ich kann Skateboard fahren. Ich hab bloß keins.«

»Dann solltest du dir schleunigst eins besorgen. Meine Freunde und ich, wir gehen immer in die großen Einkaufszentren und fahren da. Du kannst ja mal mitkommen.«

»Cool.« Roy bemühte sich, begeistert zu klingen. Einkaufszentren gefielen ihm überhaupt nicht, aber Garrett wollte nett zu ihm sein, und darüber freute er sich.

Garrett war ein ziemlich schwacher Schüler, aber er war allgemein beliebt, weil er viel Blödsinn im Unterricht machte und jedes Mal, wenn er von den Lehrern aufgerufen wurde, Furzgeräusche von sich gab. Garrett war der König der falschen Fürze an der Trace Middle. Sein berühmtester Trick war der, die erste Zeile des feierlichen Treueversprechens der Schüler mit Furzgeräuschen zu imitieren.

Das wirklich Verrückte war, dass Garretts Mutter pädagogische Beraterin an der Schule war. Roy nahm an, dass sie ihre pädagogischen Fähigkeiten in der Schule aufbrauchte und zu Hause viel zu müde war, um sich auch noch mit Garrett zu befassen.

»Ja, wir skaten so lange durch die Gänge, bis die Sicherheitsleute uns rausschmeißen«, erzählte Garrett. »Dann machen wir auf den Parkplätzen weiter, bis sie uns auch da verjagen. Das ist absolut Spitze.«

»Stark«, sagte Roy, obwohl er es sich ziemlich langweilig vorstellte, den Samstagmorgen damit zu verbringen, durch ein Einkaufszentrum zu skaten. Er freute sich schon auf seine erste Fahrt mit einem Luftkissenboot durch die Everglades. Sein Dad hatte ihm versprochen, das an einem der nächsten Wochenenden mit ihm zu unternehmen.

»Gibt es hier irgendwelche anderen Schulen?«, fragte Roy.

»Wieso? Stinkt es dir hier schon?« Garrett kicherte und hieb mit dem Löffel in ein klebriges Apfeltörtchen.

»Überhaupt nicht. Ich frag nur, weil ich heute Morgen einen seltsamen Jungen gesehen hab, an einer der Haltestellen. Aber er ist nicht eingestiegen, und gesehen hab ich ihn hier auch nirgends«, sagte Roy. »Deshalb hab ich gedacht, vielleicht geht er woandershin.«

»Also, ich kenn niemand, der nicht auf der Trace

Middle ist«, sagte Garrett. »Es gibt noch eine katholische Schule in Fort Myers, aber das ist ziemlich weit weg. Hatte er eine Schuluniform an, der Typ? Bei den Nonnen müssen nämlich alle Uniform tragen.«

»Nee, ganz bestimmt nicht.«

»Und du bist sicher, dass er Mittelschüler war? Sonst kann es ja sein, dass er auf der Graham ist.« Graham war die staatliche High School, die am nächsten bei Coconut Cove lag.

»Für die High School war er nicht groß genug«, sagte Roy.

»Vielleicht war er ein Zwerg.« Garrett grinste und machte ein Furzgeräusch mit einer seiner Wangen.

»Eher nicht«, sagte Roy.

»Du hast gesagt, er wär irgendwie seltsam gewesen, oder?«

»Er hatte keine Schuhe an«, antwortete Roy, »und er ist gerannt wie verrückt.«

»Vielleicht war einer hinter ihm her. Sah er aus, als ob er Angst hätte?«

»Eigentlich nicht.«

Garrett nickte. »Ich wette, der war von der High School. Fünf Dollar.«

Roy war nicht überzeugt. Der Unterricht an der Graham High fing fünfundfünfzig Minuten früher an als der an der Trace Middle, deshalb waren die Schüler von der High School längst nicht mehr auf der Straße, wenn die Busse der Mittelschule ihre Runden beendeten.

»Dann schwänzt er eben. Ist doch normal«, sagte Garrett. »Willst du deinen Nachtisch noch?«

Roy schob sein Tablett über den Tisch. »Hast du schon mal geschwänzt?«

»Na logo«, sagte Garrett spöttisch. »Zig Mal.«

»Und schwänzt du dann alleine?«

Garrett dachte einen Moment nach. »Nee. Immer mit meinen Freunden zusammen.«

»Siehst du, genau das meine ich.«

»Vielleicht ist der Junge ein Psychofall. Was soll's?«

»Oder er hat was angestellt und ist auf der Flucht – ein Outlaw«, überlegte Roy.

Garrett schaute skeptisch drein. »Ein Outlaw? Du meinst, so ein Geächteter, wie Jesse James?«

»Na ja, nicht wirklich«, sagte Roy, obwohl – der Junge hatte durchaus was Wildes in den Augen gehabt.

Garrett lachte wieder. »Ein Outlaw – das ist echt komisch, Eberhardt. Du hast eine ziemlich irre Phantasie.«

»Ja«, sagte Roy, aber in Gedanken war er schon dabei, einen Plan zu entwerfen. Er war fest entschlossen, den rennenden Jungen zu finden.

2

Am nächsten Morgen tauschte Roy mit einem anderen Schüler im Bus die Plätze, um näher bei der Fahrertür zu sitzen. Als sie in die Straße einbogen, wo er den rennenden Jungen gesehen hatte, setzte Roy seinen Rucksack auf und spähte gespannt aus dem Fenster. Sieben Reihen hinter ihm quälte Dana Matherson gerade einen Sechstklässler namens Louis. Louis stammte aus Haiti und Dana kannte keine Gnade.

Als der Bus an der Kreuzung anhielt, steckte Roy den Kopf zum Fenster hinaus und schaute die Straße auf und ab. Niemand rannte. Sieben Schüler stiegen in den Bus ein, aber der fremde Junge ohne Schuhe war nicht dabei.

Am nächsten Tag war es dasselbe und auch am übernächsten. Am Freitag hatte Roy im Grunde schon aufgegeben. Er saß zehn Reihen von der Tür entfernt und las gerade einen X-Man-Comic, als der Bus um die bekannte Ecke bog und langsamer wurde. Eine Bewegung, die er aus dem Augenwinkel wahrnahm, ließ Roy aufsehen – und da war er, auf dem Gehweg, und wieder rannte er! Dasselbe Basketballhemd, dieselben schmutzigen Shorts, dieselben schwarzen Fußsohlen.

Die Bremsen des Schulbusses quietschten, Roy schnappte sich seinen Rucksack und sprang auf. Im selben Moment legten sich zwei große, verschwitzte Hände um seinen Hals.

»Wo willst'n hin, Cowgirl?«

»Lass mich los«, keuchte Roy und versuchte freizukommen.

Der Griff um seinen Hals wurde fester. Roy spürte Danas Aschenbecheratem an seinem rechten Ohr: »Wieso haste denn deine Stiefel heute nicht an? Hat man schon mal von 'nem Cowgirl in Air Jordans gehört?«

»Das sind Reeboks«, quiekte Roy.

Der Bus war zum Stehen gekommen und die ersten Mädchen und Jungen stiegen ein. Roy war wütend. Er musste es zur Tür schaffen, bevor der Fahrer sie wieder schloss und der Bus losrollte.

Aber Dana machte keine Anstalten, ihn loszulassen, sondern bohrte seine Finger in Roys Luftröhre. Roy kriegte kaum noch Luft, und je mehr er strampelte, desto schlimmer wurde es.

»Du solltest dich mal sehen«, spottete Dana hinter ihm. »Rot wie 'ne Tomate!«

Prügeln im Bus war streng verboten und Roy kannte die Regel ganz genau, aber er wusste nicht, was er sonst tun sollte. Er ballte die rechte Faust und führte sie mit aller Kraft über seine Schulter, ohne zu sehen, wohin. Der Hieb landete auf etwas Feuchtem, Gummiartigem.

Ein erstickter Schrei – dann rutschten Danas Hände von Roys Hals. Roy schnappte nach Luft und stürzte zur Tür, gerade in dem Moment, als ein großes Mädchen mit blonden Locken und einer roten Brille die Stufen hochkam. Roy drängte sich an ihr vorbei und sprang auf den Gehweg.

»Sag mal, was soll das?«, rief das Mädchen.

»He, hier geblieben!«, brüllte der Busfahrer, aber Roy war kaum noch zu sehen.

Der rennende Junge hatte einen großen Vorsprung, aber Roy glaubte, er könne nah genug dranbleiben, um ihn nicht aus den Augen zu verlieren. Der andere würde dieses Tempo nicht die ganze Zeit beibehalten können, so viel war Roy klar.

Er folgte ihm an mehreren Häuserblocks vorbei – über Zäune, durch Gebüsch, zwischen kläffenden Hunden und Rasensprengern und Schwimmbecken hindurch. Mit der Zeit merkte Roy, wie er müde wurde. Der Junge ist wirklich erstaunlich, dachte er. Vielleicht trainiert er ja für eine Mannschaft.

Einmal hatte Roy den Eindruck, als hätte der Junge kurz über die Schulter geschaut, als wüsste er, dass jemand hinter ihm her war, aber sicher war Roy sich nicht. Der andere hatte immer noch einen großen Vorsprung und Roy schnappte schon nach Luft wie eine Forelle an Land. Sein Hemd war klatschnass und der Schweiß lief ihm über die Stirn und brannte in den Augen.

Das letzte Haus in der Siedlung war noch im Bau, doch der schuhlose Junge rannte unbekümmert weiter, obwohl Holz und lose Nägel auf dem Grundstück herumlagen. Drei Männer, die gerade dabei waren, Fertigbauwände einzusetzen, brüllten ihm etwas hinterher, aber der Junge wurde nicht langsamer. Einer der Arbeiter versuchte, Roy am Arm festzuhalten, erwischte ihn aber nicht.

Plötzlich fühlte Roy wieder Gras unter den Füßen – das grünste, weichste Gras, das er je gesehen hatte. Er begriff, dass er auf einem Golfplatz war und dass der blonde Junge eine lange, saftig grüne Spielbahn hinunterrannte.

Auf der einen Seite des Rasens stand eine Reihe hoher australischer Kiefern, auf der anderen Seite gab es einen künstlichen See. In einiger Entfernung sah Roy vier Menschen in heller Kleidung, die gestikulierend auf den barfüßigen Jungen zeigten, der gerade an ihnen vorbeirannte.

Roy biss die Zähne zusammen und lief weiter. Seine Beine fühlten sich an wie nasser Zement und seine Lungen brannten. Knapp hundert Meter vor ihm bog der andere auf einmal scharf nach rechts ab und verschwand zwischen den Kiefern. Verbissen schlug Roy dieselbe Richtung ein.

Ein wütender Schrei ertönte, Roy sah, dass die Leute auf der Spielbahn aufgeregt winkten, doch er rannte weiter. Im nächsten Moment blitzte etwas auf, wie

Sonnenlicht auf Metall, gefolgt von einem dumpfen *Plopp*. Roy sah den Golfball erst, als er etwa zwei Meter vor ihm angeflogen kam. Er hatte keine Zeit mehr, sich zu bücken oder auszuweichen. Er konnte nur noch den Kopf wegdrehen und sich auf den Aufprall gefasst machen.

Der Ball traf ihn direkt über dem linken Ohr und im ersten Moment tat es nicht einmal weh. Doch dann fühlte Roy, wie er schwankte, während in seinem Schädel ein grelles Feuerwerk losging. Dann fiel er, aber dieses Fallen kam ihm sehr lang vor, sehr sanft, wie wenn ein Regentropfen auf Samt fällt.

Als die Golfer angerannt kamen und Roy mit dem Gesicht nach unten im Sandbunker liegen sahen, dachten sie, er sei tot. Roy hörte ihr aufgeregtes Geschrei, aber er bewegte sich nicht. Der zuckrige Sand fühlte sich angenehm kühl an unter seinen brennenden Wangen, und außerdem war er furchtbar schläfrig.

Dass sie ihn *Cowgirl* nannten, hatte er sich selbst zuzuschreiben, dachte er. Er hatte seinen Mitschülern erzählt, dass er aus Montana kam, einem Staat, in dem es sehr viel Rinderzucht gab. Zur Welt gekommen war er aber in Detroit im Staat Michigan. Von dort waren Roys Eltern weggezogen, als er noch ein Baby war, und deswegen fand er es blöd, Detroit als seine Heimatstadt zu bezeichnen. Im Grunde, so kam es ihm vor, hatte er gar keine Heimatstadt – seine Familie war nie so lange irgendwo geblieben, dass Roy sich dort zu Hause gefühlt hätte.

Von allen Orten, an denen die Eberhardts gelebt hatten, hatte es Roy am allerbesten in Bozeman gefallen, im Staat Montana. Die Berge mit ihren wild gezackten Gipfeln, die gewundenen, grünen Flüsse, der blaue Himmel, der aussah wie gemalt – Roy hatte sich vorher nie vorstellen können, dass es so etwas Schönes wirklich geben könnte. Zwei Jahre, sieben Monate und elf Tage hatten die Eberhardts dort gelebt; Roy wäre gern für immer geblieben.

An dem Abend, als sein Vater ihm mitteilte, dass sie nach Florida ziehen würden, schloss Roy sich in seinem Zimmer ein und weinte. Seine Mutter erwischte ihn, als er gerade aus dem Fenster klettern wollte. Er hatte sein Snowboard dabei und einen Plastikkoffer, in den er Unterwäsche, Socken und ein dickes Fleece-Hemd gepackt hatte sowie ein Sparbuch mit hundert Dollar, das ihm sein Großvater zum Geburtstag geschenkt hatte.

Seine Mutter versicherte Roy, er würde von Florida begeistert sein. Alle Amerikaner wollten nach Florida ziehen, weil es dort so warm sei und überhaupt ganz toll. Roys Vater hatte den Kopf zur Tür hereingestreckt und mit etwas künstlicher Begeisterung gesagt: »Und vergiss nicht Disney World.«

»Disney World ist ein Loch«, hatte Roy matt geantwortet, »verglichen mit Montana. Ich will hier bleiben.«

Wie immer wurde er überstimmt.

Als nun der Klassenlehrer an der Trace Middle den neuen Schüler fragte, wo er her sei, da stand er auf und sagte stolz: »Bozeman, Montana.« Dieselbe Antwort gab er auch im Schulbus, als Dana Matherson ihn ansprach, und von da an war Roy entweder Tex oder Cowgirl.

Es war seine eigene Dummheit – wieso hatte er auch nicht Detroit gesagt!

»Warum hast du Dana Matherson geschlagen?«, fragte Viola Hennepin. Sie war die Stellvertretende Schulleiterin der Trace Middle und Roy saß in ihrem düsteren Minibüro und wartete auf sein Urteil.

»Weil er mich fast erwürgt hat.«

»Dana Matherson sagt aber etwas ganz anderes, Roy.« Miss Hennepin hatte ein ausgesprochen spitzes Gesicht. Sie war groß und knochig und setzte immer eine strenge Miene auf. »Er sagt, du hättest ihn ohne jeden Anlass angegriffen.«

»Klar«, sagte Roy, »ich suche mir immer den größten und gemeinsten Schüler im Bus und geb ihm eins auf die Nase, nur so aus Jux.«

»Sarkasmus schätzen wir nicht bei unseren Schülern«, ermahnte ihn Miss Hennepin. »Ist dir klar, dass du ihm das Nasenbein gebrochen hast? Wundere dich nicht, wenn deine Eltern demnächst eine Rechnung vom Krankenhaus bekommen.«

»Der Idiot hat mich regelrecht stranguliert«, sagte Roy.

»Tatsächlich? Dein Busfahrer, Mr. Kesey, sagt, er habe nichts bemerkt.«

»Kann ja sein, dass er ausnahmsweise mal auf den Verkehr geachtet hat.«

Miss Hennepin lächelte dünn. »Du bist ganz schön scharfzüngig, Roy. Was meinst du, was wir mit einem so gewalttätigen Jungen wie dir machen sollten?«

»Wenn hier einer gefährlich ist, dann Matherson! Der schikaniert doch alle jüngeren Kinder im Bus.«

»Es hat sich aber noch nie jemand beschwert.«

»Weil alle Angst vor ihm haben«, sagte Roy. Aus demselben Grund hatte sich auch niemand gefunden, der Roys Version des Vorfalls bestätigt hatte. Niemand traute sich, Dana zu verpetzen und ihm dann am nächsten Tag im Bus zu begegnen.

»Aber wenn du nichts gemacht hast – wieso bist du dann weggerannt?«, fragte Miss Hennepin.

Roy bemerkte ein einzelnes, tiefschwarzes Haar über der Oberlippe der Schulleiterin. Er fragte sich, wieso sie es wohl nicht entfernte – konnte es sein, dass sie es mit Absicht wachsen ließ?

»Roy, ich habe dich etwas gefragt.«

»Ich bin weggerannt, weil ich auch Angst vor ihm habe«, antwortete Roy.

»Oder vielleicht hattest du Angst, was dir passieren würde, wenn der Vorfall gemeldet würde.«

»Das ist nicht wahr.«

»Nach den Regeln unserer Schule könnten wir dich vom Schulbesuch suspendieren.«

»Er hat mich gewürgt. Was sollte ich denn sonst tun?«

»Steh bitte auf.«

Roy tat es.

»Tritt näher«, sagte Miss Hennepin. »Wie geht es deinem Kopf? Hat dich hier der Golfball getroffen?« Sie berührte die blauviolette Schwellung oberhalb von Roys Ohr.

»Ja, Ma'am.«

»Du hast ganz schönes Glück gehabt, junger Mann. Es hätte viel schlimmer kommen können.«

Roy spürte, wie Miss Hennepins knochige Finger den Kragen seines Hemdes herunterbogen. Im nächsten Moment wurden die kühlen grauen Augen der Schulleiterin ganz schmal und ihre wächsernen Lippen spitz. Sie schien entsetzt.

»Hmm«, sagte sie und beäugte ihn wie ein Bussard.

»Was ist los?«, fragte Roy und machte einen Schritt außer Reichweite.

Miss Hennepin räusperte sich und sagte: »Wenn ich mir die Beule an deinem Kopf anschaue, dann nehme ich an, dass du nun aus Erfahrung klug geworden bist. Hab ich Recht?«

Roy nickte. Mit einem Menschen, der ein langes, ölig glänzendes Haar züchtete, konnte man nicht argumentieren. Roy fand Miss Hennepin einfach gruselig.

»Deshalb habe ich beschlossen, dich nicht vom Schulbesuch zu suspendieren«, sagte sie und klopfte dabei mit dem Bleistift auf ihr Kinn. »Aber du wirst vorerst nicht mit dem Schulbus fahren.«

»Echt?« Roy musste fast lachen. Was für eine geniale Strafe! Kein Schulbus – kein Dana!

»Zwei Wochen lang nicht«, sagte Miss Hennepin.

Roy bemühte sich, erschrocken auszusehen. »Zwei ganze Wochen?«

»Außerdem möchte ich, dass du Dana Matherson einen Brief schreibst, in dem du dich entschuldigst. Und zwar aufrichtig.«

»Okay«, sagte Roy, »aber wer liest ihm den Brief vor?«

Miss Hennepin schlug ihre spitzen gelben Zähne aufeinander. »Du solltest dein Glück nicht herausfordern, Roy.«

»Nein, Ma'am.«

Sobald er das Büro verlassen hatte, ging Roy schnurstracks zu den Toiletten. Er kletterte auf eines der Waschbecken, über denen ein Spiegel hing, und bog seinen Hemdkragen hinunter. Er wollte gern sehen, worauf Miss Hennepin so gestarrt hatte.

Roy grinste. Auf beiden Seiten seines Adamsapfels waren vier rote Fingerabdrücke zu sehen. Er rutschte auf dem Waschbeckenrand weiter und verrenkte sich fast den Hals, bis er hinten im Nacken zwei passende Daumenabdrücke entdeckte.

Danke, Dana Dummkopf, dachte er. Wenigstens weiß Miss Hennepin jetzt, dass ich die Wahrheit gesagt habe.

Na ja, im Großen und Ganzen jedenfalls.

Die Sache mit dem rennenden Jungen hatte er ausgelassen. Er war sich nicht sicher, wieso, aber irgendwie kam es ihm so vor, als gehörte das zu den Dingen, die man nicht unbedingt einer Stellvertretenden Schulleiterin erzählt, wenn es nicht absolut sein musste.

Er hatte den Vormittagsunterricht verpasst und den größten Teil der Mittagspause. Schnell ging er durch die Cafeteria und fand einen leeren Tisch. Er setzte sich mit dem Rücken zur Tür, schlang einen Chiliburger hinunter und kippte einen Karton lauwarmer Milch hinterher. Zum Nachtisch gab es einen halb verbrannten Keks mit Schokochips, der etwa so groß war wie ein Hockey-Puck und auch nicht viel besser schmeckte.

»Baah«, machte Roy. Mit einem dumpfen Geräusch landete der ungenießbare Keks auf dem Teller. Roy nahm sein Tablett und stand auf. Im nächsten Moment zuckte er zusammen – jemand hatte ihm eine schwere Hand auf die Schulter gelegt. Er traute sich kaum, sich umzuschauen. Was, wenn es Dana Matherson war?

Das vollkommene Ende eines vollkommen grässlichen Tages, dachte Roy düster.

»Setz dich«, sagte jemand hinter ihm, und die Stimme war definitiv nicht Danas.

Roy schüttelte die Hand ab und drehte sich um.

Ihm gegenüber stand, mit verschränkten Armen, die große Blonde mit der roten Brille – die vom Schulbus.

»Du hast mich heute Morgen um ein Haar umgerannt«, sagte sie.

»Tut mir Leid.«

»Wieso bist du so gerannt?«

»Nur so.« Roy versuchte an ihr vorbeizukommen, aber sie machte einen Schritt zur Seite und blockierte ihm den Weg.

»Du hättest mir echt weh tun können«, sagte sie.

Roy fand die Situation ziemlich ungemütlich. Er wollte lieber nicht, dass die anderen Jungen mit ansahen, wie er von einem Mädchen zur Rede gestellt wurde. Und was noch schlimmer war – sie schüchterte ihn tatsächlich ein. Das lockige Mädchen war größer als er, breitschultrig und hatte braun gebrannte, muskulöse Beine. Sie sah wie eine Sportlerin aus – er tippte auf Fußball oder Volleyball.

»Hör mal«, begann er, »ich hatte einem Jungen im Bus eins auf die Nase gegeben –«

»Das weiß ich auch«, sagte das Mädchen abfällig, »aber deswegen bist du doch nicht weggerannt, oder?«

»Klar doch.« Roy fragte sich, ob sie gleich behaupten würde, er hätte noch was anderes gemacht – ihr das Essensgeld aus dem Rucksack geklaut oder so was.

»Du lügst.« Das Mädchen griff entschlossen nach der anderen Seite seines Tabletts, so dass er nicht weglaufen konnte.

»Lass los«, sagte Roy scharf, »ich bin schon spät dran.«

»Immer mit der Ruhe. Noch sechs Minuten bis zum Läuten, Cowgirl.« Sie sah aus, als hätte sie nichts dagegen, ihm in die Magengrube zu boxen. »Und jetzt sag die Wahrheit. Du warst jemandem hinterher, stimmt's?«

Roy war erleichtert, dass sie ihm nicht irgendwas Schlimmes vorwarf. »Hast du ihn auch gesehen? Den ohne Schuhe?«

Das Mädchen machte einen Schritt nach vorn. Das Tablett hielt sie noch immer fest, so dass Roy gezwungen war, rückwärts zu gehen.

»Ich geb dir einen guten Rat«, sagte sie mit leiser Stimme.

Roy sah sich ängstlich um. Außer ihnen war niemand mehr in der Cafeteria.

»Hörst du mir zu?« Das Mädchen schob ihn noch ein Stück vor sich her.

»Ja.«

»Gut.« Sie hörte erst auf, ihn zu schubsen, als er zwischen seinem eigenen Tablett und der Wand eingeklemmt war. Mit einem finsteren Blick über ihr rotes Brillengestell sagte sie: »Von jetzt an kümmerst du dich verdammt noch mal um deinen eigenen Kram.«

Roy hatte Angst, das musste er zugeben. Die Kante des Tabletts bohrte sich in seine Rippen. Dieses Mädchen war echt brutal.

»Du hast den Jungen auch gesehen, stimmt's?«, flüsterte er.

»Ich hab keine Ahnung, wovon du redest. Aber kümmer dich in Zukunft um deinen eigenen Kram, das ist gesünder.«

Sie ließ Roys Tablett los und drehte sich auf dem Absatz um.

»Warte!«, rief Roy ihr nach. »Wer ist der Junge?«

Aber das lockige Mädchen antwortete nicht. Sie drehte sich nicht einmal um. Im Weggehen hob sie nur ihren rechten Arm und wedelte vorwurfsvoll mit dem Zeigefinger.

3

Officer Delinko legte zum Schutz vor der grellen Mittagssonne die Hand über die Augen.

»Sie haben ganz schön lange gebraucht«, sagte der Wachmann.

»Ich musste erst noch zu einer Karambolage, nördlich von hier. Vier Autos sind ineinander gekracht«, erklärte der Polizeibeamte. »Es hat Verletzte gegeben.«

Curly schnaufte. »Meinetwegen. Aber jetzt schauen Sie sich mal an, wie die wieder gewütet haben.«

Auch dieses Mal hatten die Eindringlinge systematisch alle Vermessungsstäbe entfernt und die Erdlöcher zugeschüttet. Officer Delinko war kein großes Licht, aber so langsam kam ihm der Verdacht, dass das hier nicht das zufällige Werk von Jugendlichen war, die einfach einen Streich spielen wollten. Vielleicht gab es jemanden, der auf Mama Paula und ihre weltberühmten Pfannkuchen schlecht zu sprechen war.

»Aber dieses Mal gibt's tatsächlich eine Anzeige wegen Vandalismus«, bemerkte Curly anzüglich. »Dieses Mal haben die Kerle nämlich tatsächlich Privateigentum beschädigt.«

Er führte Officer Delinko in die südwestliche Ecke des Grundstücks, wo ein Kleinlaster geparkt war. Alle vier Reifen hatten einen Platten.

Curly hob die Hände und sagte: »Da haben Sie's. Jeder von den Reifen da kostet hundertfünfzig Kröten.«

»Was ist denn passiert?«, fragte der Polizist.

»Sie haben die Reifen aufgeschlitzt!« Curly nickte entrüstet mit dem glänzenden Schädel.

Officer Delinko kniete sich hin und untersuchte die Reifen des Lastwagens. Er konnte keine Messerspuren im Gummi entdecken.

»Ich glaube, da hat einfach jemand die Luft rausgelassen«, sagte er.

Curly murmelte etwas vor sich hin, was schwer zu verstehen war.

»Aber 'ne Anzeige mach ich trotzdem«, versprach der Polizist.

»Wie wär's denn«, sagte Curly, »wie wär's mit ein paar zusätzlichen Polizeistreifen hier in der Gegend?«

»Ich sprech mal mit dem Sergeant.«

»Machen Sie das«, brummte Curly. »Ich hab auch so meine Leute, mit denen ich reden kann. Die Sache wird langsam komisch.«

»Sehr wohl, Sir.« Officer Delinko bemerkte, dass drei Mobilklos auf der Ladefläche des Wagens festgebunden waren. Er musste grinsen, als er den Namen auf den blauen Türen las: DER REISENDE TOPF.

»Für die Bauarbeiter«, erklärte Curly, »wenn das hier

losgeht. Falls es überhaupt jemals losgeht, sollte ich vielleicht lieber sagen.«

»Haben Sie die mal überprüft?«, fragte der Polizist.

Curly runzelte die Stirn. »Die Klos? Wozu das denn?«

»Man kann nie wissen.«

»Kein Mensch, der halbwegs bei Trost ist, würde mit einem Klo rummachen.« Der Wachmann schnaubte verächtlich.

»Kann ich mal einen Blick reinwerfen?«, fragte Officer Delinko.

»Herzlich willkommen.«

Der Polizist kletterte auf die Ladefläche. Von außen schienen die Toiletten unberührt. Die Gurte, die sie auf dem Wagen festhielten, waren festgezurrt, und die Türen waren bei allen drei Kabinen verschlossen. Officer Delinko öffnete die erste und spähte hinein. Es roch durchdringend nach Desinfektionsmittel.

»Und?«, rief Curly hinauf.

»Äh – alles okay«, antwortete der Polizist.

»Na ja, ist ja auch nicht viel kaputtzumachen an so einem Mobilklo.«

»Vermutlich nicht.« Officer Delinko wollte die Tür gerade wieder schließen, als er ein gedämpftes Geräusch hörte – war das ein Plätschern gewesen? Irritiert starrte der Polizist in das schwarze Loch unter dem Plastiksitz. Zehn Sekunden vergingen, dann hörte er es wieder.

Ein Plätschern, definitiv.

»Was treiben Sie eigentlich noch da oben?«, wollte Curly wissen.

»Ich horche«, antwortete Officer Delinko.

»Und auf was bitte?«

Officer Delinko löste die Taschenlampe von seinem Gürtel. Vorsichtig machte er einen Schritt nach vorn und leuchtete in die Toilettenschüssel.

Curly hörte einen Schrei und sah überrascht, wie der Polizist aus der Toilettenkabine geschossen kam und olympiareif von der Ladefläche sprang.

Was ist jetzt los?, fragte sich der Wachmann besorgt.

Officer Delinko stand auf und strich die Vorderseite seiner Uniform glatt. Dann hob er seine Taschenlampe auf und versicherte sich, dass die Birne nicht kaputtgegangen war.

Curly reichte ihm den Hut, der neben einem Eulenloch gelandet war. »Also, was war da los?«, fragte er.

»Alligatoren«, verkündete der Polizist grimmig.

»Sie wollen mich wohl auf den Arm nehmen.«

»Ich wünschte, so wär's«, stöhnte Officer Delinko. »Man hat Ihnen Alligatoren ins Klo gesteckt, Sir. Lebendige!«

»Mehr als einen?«

»Jawohl.«

Curly war entsetzt. »Sind sie groß, diese ... diese Viecher?«

Officer Delinko zuckte mit den Achseln und machte

eine Kopfbewegung in Richtung Klos. »Ich denke mal«, sagte er, »wenn sie unter Ihrem Hintern rumschwimmen, sehen sie alle groß aus.«

Miss Hennepin hatte Roys Mutter benachrichtigt, und so musste er die ganze Geschichte noch einmal erzählen, als er nach der Schule nach Hause kam, und noch ein drittes Mal, als sein Vater von der Arbeit kam.

»Wieso hat dieser junge Mann dich gewürgt? Du hast ihn doch nicht irgendwie provoziert, oder?«, fragte Mr. Eberhardt.

»Roy sagt, er schikaniert alle Mitschüler«, sagte Mrs. Eberhardt. »Aber selbst dann ist Prügeln natürlich nicht die richtige Reaktion.«

»Ich hab mich nicht mit ihm geprügelt«, widersprach Roy. »Ich hab ihn bloß geboxt, damit er mich loslässt. Dann bin ich aus dem Bus gesprungen und weggerannt.«

»Und dabei hat dich der Golfball getroffen?«, fragte sein Vater. Bei dem Gedanken daran lief es ihm kalt den Rücken hinunter.

»Er ist unheimlich weit gelaufen«, sagte Roys Mutter.

Roy seufzte. »Ich hatte halt Angst.« Er log seine Eltern nicht gern an, aber jetzt war er zu kaputt, um ihnen zu erklären, wieso er so weit gerannt war.

Mr. Eberhardt untersuchte die Beule über dem Ohr seines Sohnes. »Das gefällt mir aber gar nicht. Vielleicht sollte Dr. Shulman sich das mal ansehen.«

»Nein, Dad, mir geht's gut.« Sanitäter hatten ihn auf dem Golfplatz untersucht, und die Krankenschwester der Schule hatte ihn eine Dreiviertelstunde »zur Beobachtung« dabehalten, für den Fall einer Gehirnerschütterung.

Seine Mutter gab ihm Recht. »Mit Roy scheint alles in Ordnung zu sein«, sagte sie, »aber der andere junge Mann hat ein gebrochenes Nasenbein.«

»Ach ja?« Mr. Eberhardt zog beide Augenbrauen hoch.

Zu Roys Überraschung schien sein Vater aber nicht ärgerlich zu sein. Er strahlte ihn zwar nicht gerade an, aber in seinem Blick lag unverkennbar Zuneigung – vielleicht sogar Stolz. Roy fand, dies sei ein geeigneter Moment, seine Eltern noch einmal um Nachsicht zu bitten.

»Dad, der Kerl hat mich gewürgt! Was hätte ich denn machen sollen? Was hättest du denn gemacht?« Er bog seinen Kragen zur Seite, so dass die bläulichen Fingerabdrücke auf seinem Hals zum Vorschein kamen.

Mr. Eberhardts Miene verfinsterte sich. »Hast du das gesehen, Liz?«, fragte er seine Frau, die heftig nickte. »Wissen sie an der Schule eigentlich, was dieser Rohling mit unserem Sohn gemacht hat?«

»Die Stellvertretende Schulleiterin weiß es«, meldete sich Roy. »Ich hab's ihr gezeigt.«

»Und wie hat sie reagiert?«

»Ich darf zwei Wochen nicht mit dem Schulbus fahren, hat sie gesagt. Außerdem muss ich eine Entschuldigung –«

»Und was ist mit dem anderen Jungen? Hat er auch eine Strafe bekommen?«

»Das weiß ich nicht, Dad.«

»Das ist nämlich Körperverletzung«, sagte Mr. Eberhardt. »Man darf nicht einfach einen anderen Menschen würgen. Das ist gegen das Gesetz.«

»Du meinst, die verhaften ihn?« Dass Dana Matherson ins Gefängnis kam, wollte Roy nicht, denn dann würden sich nur Danas Freunde an ihm rächen, und die waren genauso groß und gemein wie Dana selbst. Als Neuer an der Schule konnte Roy sich solche Feinde nicht leisten.

Seine Mutter sagte: »Roy, mein Lieber, natürlich verhaften sie ihn nicht. Aber es muss ihm eine Lehre sein. Sonst verletzt er noch mal jemanden wirklich schlimm, vor allem, wo er es immer auf kleinere Kinder abgesehen hat.«

Mr. Eberhardt beugte sich angespannt vor. »Wie heißt der Junge?«

Roy zögerte. Er war sich nicht ganz sicher, was sein Vater eigentlich genau beruflich machte, aber es hatte irgendwas mit Rechtspflege zu tun. Manchmal, wenn er mit Roys Mutter redete, sprach Mr. Eberhardt vom D.O.J., und das, soviel wusste Roy, war das *Department of Justice*, das amerikanische Justizministerium.

Roy verabscheute Dana Matherson zutiefst, aber

dass die Regierung der Vereinigten Staaten sich um ihn kümmerte, das war wohl doch zu viel des Guten. Dana war einfach jemand, der groß und dumm war und andere schikanierte. Von der Sorte gab es jede Menge auf der Welt.

»Roy, sag es mir, bitte!«, drängte sein Vater.

»Der Junge heißt Matherson«, warf Mrs. Eberhardt ein. »Dana Matherson.«

Im ersten Moment war Roy erleichtert, dass sein Vater den Namen nicht aufschrieb, weil das hoffentlich bedeutete, er würde den Fall nicht weiter verfolgen. Doch dann fiel ihm ein, dass sein Vater ein phänomenal gutes Gedächtnis hatte – zum Beispiel konnte er noch immer die Durchschnittsleistung aller Schläger seiner Lieblingsbaseballmannschaft, den New York Yankees, in der Aufstellung des Jahres 1978 runterrasseln.

»Liz, du solltest morgen in der Schule anrufen und nachfragen, ob – und wenn, wie – dieser Junge bestraft wird«, sagte Mr. Eberhardt zu seiner Frau.

»Das mache ich, gleich morgen früh«, versprach Mrs. Eberhardt.

Roy stöhnte innerlich. Es war seine eigene Schuld, dass seine Eltern so heftig reagierten. Er hätte ihnen nie die Spuren an seinem Hals zeigen dürfen.

»Mom, Dad – ich komm schon klar, ehrlich. Können wir die Sache nicht einfach vergessen?«

»Ganz bestimmt nicht«, sagte sein Vater entschieden.

»Dein Vater hat Recht«, meinte Roys Mutter. »Die

Angelegenheit ist wirklich ernst. Und nun komm mit in die Küche, ich geb dir Eiswürfel für deine Beule. Anschließend kannst du dich dann an deine Entschuldigung machen.«

An einer Wand in Roys Zimmer hing ein Poster vom Rodeoreiten in Livingston, auf dem ein Cowboy auf einem wilden Bullen mit einem kräftigen Buckel ritt. Der Cowboy reckte eine Hand hoch in die Luft und sein Hut flog ihm vom Kopf. Jede Nacht, bevor er das Licht ausmachte, lag Roy auf seinem Kissen und starrte auf das Poster. Er stellte sich vor, er wäre der sehnige junge Reiter auf dem Foto. Acht oder neun Sekunden auf einem wütenden Bullen waren eine halbe Ewigkeit, aber Roy stellte sich vor, wie er selbst sich so fest hielt, dass das Tier ihn nicht abwerfen konnte, egal, wie sehr es sich auch anstrengte. Die Sekunden würden vergehen, eine nach der anderen, und schließlich würde der Bulle erschöpft auf die Knie sinken. Dann würde Roy ganz entspannt absteigen und der tobenden Menge zuwinken. So spielte er die Szene immer wieder im Kopf durch.

Vielleicht, hoffte Roy, würde sein Vater ja irgendwann nach Montana zurückversetzt werden. Dann könnte er lernen, wie ein Cowboy auf einem Bullen zu reiten.

An derselben Wand hing auch ein gelber Handzettel, den Besucher des Yellowstone Nationalparks ausgehändigt bekamen. Darauf stand:

WARNUNG!

GEFAHR DURCH BÜFFEL!

SCHON VIELE BESUCHER AUF DIE HÖRNER GENOMMEN!
BÜFFEL WIEGEN BIS ZU 1000 KILO UND SIND DREIMAL SO SCHNELL WIE EIN MENSCH.
DIE TIERE KOMMEN IHNEN VIELLEICHT ZAHM VOR, ABER IN WIRKLICHKEIT SIND SIE WILD, UNBERECHENBAR UND GEFÄHRLICH.

HALTEN SIE ABSTAND!

Auf einer Zeichnung unten auf dem Handzettel war ein Tourist zu sehen, der von einem rasenden Bison aufgespießt wurde. Seine Kamera flog in die eine Richtung, die Kappe in die andere, gerade so wie der Hut des Cowboys auf dem Poster vom Rodeo.

Roy hatte den Handzettel vom Yellowstone Park aufbewahrt, weil es ihn so erstaunt hatte, dass tatsächlich jemand so blöd sein konnte, wegen eines Fotos auf einen ausgewachsenen Büffel zuzugehen. Und doch passierte es jeden Sommer, und jeden Sommer wurde irgendein Schwachkopf auf die Hörner genommen.

Das war genau die Art von Dummheit, die zu Dana

Matherson passte, dachte Roy, als er überlegte, wie er seinen Entschuldigungsbrief schreiben sollte. Er konnte sich mühelos vorstellen, wie dieser Idiot auf einen Bison aufzuspringen versuchte, als wäre der ein Karussellpferd.

Roy nahm ein Blatt liniertes Papier aus seinem Englischordner und schrieb:

Lieber Dana,
es tut mir Leid, dass ich dir die Nase gebrochen habe.
Ich hoffe, sie blutet nicht mehr.
Ich verspreche, dich nicht mehr zu schlagen, solange du mich im Schulbus nicht mehr belästigst.
Ich denke, das ist ein faires Arangement.
Mit freundlichen Grüßen
Roy A. Eberhardt

Er ging mit dem Blatt nach unten und zeigte es seiner Mutter, die leicht die Stirn runzelte. »Liebes, ich finde es ein bisschen ... na ja, heftig.«

»Wie meinst du das, Mom?«

»Es ist nicht der Inhalt, eher der Ton.«

Sie reichte den Brief an Roys Vater weiter, der ihn las und sagte: »Ich finde den Ton genau richtig. Aber du solltest mal nachschlagen, wie man Arrangement schreibt.«

Der Captain saß zusammengesunken an seinem Schreibtisch. So hatte er sich die letzten Jahre seiner

Laufbahn wirklich nicht vorgestellt. Nachdem er zweiundzwanzig Jahre lang in den Straßen von Boston patrouilliert war, war er nach Florida gezogen in der Hoffnung auf fünf oder sechs warme und ereignislose Jahre vor seiner Pensionierung. Coconut Cove hatte sich ideal angehört. Aber es hatte sich gezeigt, dass es alles andere als das verschlafene Nest war, das der Captain sich vorgestellt hatte. Der Ort wuchs wie Unkraut: zu viel Verkehr, zu viele Touristen und – ja, das auch – zu viele Straftaten.

Keine richtig schlimmen Verbrechen wie in den Großstädten, sondern lauter ausgeflippte Sachen, die zu Florida passten.

»Wie viele?«, fragte er den Sergeant.

Der Sergeant schaute zu Officer Delinko hinüber und der antwortete: »Insgesamt sechs.«

»Zwei in jeder Toilette?«

»Jawohl, Sir.«

»Wie groß?«

»Das Größte war genau ein Meter zweiunddreißig lang, das kleinste achtundsiebzig Zentimeter«, las Officer Delinko nüchtern aus seinem Protokoll vor.

»Echte Alligatoren«, sagte der Captain.

»So ist es, Chef.«

Officer Delinkos Vorgesetzter meldete sich zu Wort: »Aber sie sind schon weg, Chef, keine Sorge. Ein Reptilienjäger ist da gewesen und hat sie aus den Klos geholt.« Und mit einem Kichern fügte er hinzu: »Das kleinste der Viecher hat dem Mann fast einen Daumen abgebissen.«

»Ein Reptilienjäger? Was soll das denn sein? – Ach, schon gut, vergessen Sie's.«

»Ob Sie es glauben oder nicht – wir haben ihn aus den Gelben Seiten.«

»Aber sicher doch«, murmelte der Captain.

Normalerweise würde sich ein Polizist mit seinem Dienstgrad nie um einen so lächerlichen Fall kümmern, aber das Unternehmen, das die Pfannkuchenfiliale baute, hatte einen guten Draht zu Lokalpolitikern. Und so hatte von den großen Tieren bei Mama Paula jemand den Gemeinderat Grandy angerufen, der daraufhin den Polizeichef abkanzelte. Der wiederum gab die Beschwerde gleich weiter an den Captain, der sofort den Sergeant rufen ließ, und der ließ schließlich (als letztes und schwächstes Glied in der Kette) Officer Delinko antreten.

»Was zum Teufel geht hier eigentlich vor?«, wollte der Captain wissen. »Wieso sollten Kinder sich ausgerechnet diesen Bauplatz aussuchen, um dort zu randalieren?«

»Zwei Gründe: zum einen Langeweile, zum anderen der bequeme Zugang«, sagte der Sergeant. »Das waren Jugendliche aus der Nachbarschaft, jede Wette.«

Der Captain sah zu Officer Delinko hinüber. »Was sagen Sie dazu?«

»Das Ganze kommt mir zu gut organisiert vor für

Kinder. Da zieht jemand jeden einzelnen Stab raus, und das nicht nur einmal, sondern gleich zweimal. Und nehmen Sie den Fall von heute: Welches Kind würde schon wissen, wie man mit einem Alligator umgeht, der über einen Meter lang ist?«, sagte Officer Delinko. »Ziemlich riskant für einen Streich, würde ich sagen.«

Delinko ist sicherlich kein zweiter Sherlock Holmes, dachte der Captain, aber es ist was dran an dem, was er sagt. »Dann wollen wir doch mal Ihre Theorie hören«, sagte er zu dem Streifenbeamten.

»Jawohl, Sir. Also, ich glaube, irgendjemand hat was gegen Mama Paula. Das ist so 'ne Art Racheakt, würde ich sagen.«

»Rache?«, wiederholte der Captain leicht skeptisch.

»Genau das«, sagte der Officer. »Vielleicht von der Konkurrenz.«

Der Sergeant rutschte ungemütlich auf seinem Stuhl hin und her. »Es gibt doch noch gar kein Pfannkuchenrestaurant in Coconut Cove.«

»Okay«, sagte Officer Delinko und rieb sich übers Kinn, »wie wär's dann mit einem unzufriedenen Gast? Jemand, dem das Frühstück bei Mama Paula nicht bekommen ist?«

Der Sergeant lachte. »Was kann man an einem Pfannkuchen schon verkehrt machen?«

»Das sehe ich auch so«, sagte der Captain. Er hatte genug gehört. »Sergeant, ich möchte, dass Sie jede

Stunde einen Streifenwagen an dem Bauplatz vorbeischicken.«

»Jawohl, Sir.«

»Entweder Sie schnappen diese Vandalen oder Sie verschrecken sie, mir ist das egal. Hauptsache, der Chef kriegt keine Anrufe mehr vom Gemeinderat. Ist das klar?«

Sobald sie das Büro des Captains verlassen hatten, fragte Officer Delinko seinen Sergeant, ob er in Zukunft früher anfangen dürfe, um die Streife bei Mama Paula zu übernehmen.

»Unmöglich, David. Wir haben kein Geld mehr für Überstunden.«

»Nein, nein, ich will ja auch kein Geld«, sagte der Streifenbeamte. Er wollte nur das Geheimnis lüften, nichts weiter.

4

Roys Mutter ließ ihn das ganze Wochenende über nicht aus dem Haus, weil sie sichergehen wollte, dass sein Zusammenprall mit dem Golfball nicht doch noch verspätete Folgen hatte. Und obwohl er keine Kopfschmerzen hatte, schlief er weder Samstagnacht noch Sonntagnacht gut.

Am Montagmorgen, auf dem Weg zur Schule, fragte ihn seine Mutter, was ihn bedrückte. »Nichts«, sagte Roy, aber das stimmte nicht. Er machte sich Sorgen, was wohl passieren würde, wenn Dana Matherson ihn zu packen bekam.

Aber Dana war nirgends zu sehen.

»Er ist krank gemeldet«, berichtete Garrett, der wegen der Stellung seiner Mutter angeblich immer Informationen aus erster Hand hatte. »Mann o Mann, was hast du bloß mit dem armen Kerl angestellt? Ich hab gehört, seine Eingeweide seien im ganzen Bus rumgeflogen.«

»Stimmt doch gar nicht.«

»Außerdem sollst du ihm so auf die Nase geboxt haben, dass sie bis zur Stirn hochgerutscht ist.

Dana braucht jetzt dringend eine Schönheitsoperation.«

Roy verdrehte die Augen. »Logo.«

Garrett schickte einen Furzton zwischen den Zähnen hindurch. »Hey, in der Schule reden alle über die Sache – über *dich* reden sie, Eberhardt.«

»Na großartig.«

Sie standen nach der Klassenlehrerstunde zusammen im Flur und warteten auf das Klingelzeichen zum Unterricht.

»Jetzt halten dich alle für ganz schön taff«, sagte Garrett.

»Wer denn? Wieso?« Roy legte absolut keinen Wert darauf, dass die anderen dachten, er sei taff. Im Grunde wäre es ihm am liebsten, wenn sie überhaupt nicht über ihn nachdachten. Er wollte ganz einfach in der Menge untergehen und nicht weiter auffallen, so wie ein Käfer an einem Flussufer.

»Sie finden dich taff, weil sich vorher noch nie einer getraut hat, einem Matherson eine zu schallern.«

Dana hatte drei ältere Brüder, und anscheinend erinnerte man sich an der Trace Middle an keinen von ihnen besonders gern.

»Was hast du denn geschrieben in deiner Entschuldigung? ›Lieber Dana, es tut mir Leid, dass ich dich vermöbelt habe. Bitte brich mir nicht jeden Knochen im Leib, lass mir wenigstens einen Arm, damit ich allein essen kann.‹«

»Wie witzig!«, sagte Roy trocken. Aber er musste zugeben, dass Garrett tatsächlich ziemlich witzig war.

»Was meinst du, was der Gorilla macht, wenn er dich das nächste Mal sieht?«, fragte er Roy. »Ich an deiner Stelle würde selber mal über eine Schönheitsoperation nachdenken, damit Dana mich nicht erkennt. Im Ernst, Mann.«

»Garrett, kannst du mir einen Gefallen tun?«

»Was brauchst du denn – ein gutes Versteck? Versuch's mal am Südpol.«

Es läutete und Schüler strömten in Scharen in den Flur. Roy zog Garrett auf die Seite. »Da ist so ein großes Mädchen mit blonden Locken, sie trägt eine rote Brille –«

Garrett sah erschrocken aus. »Bitte nicht!«

»Bitte nicht was?«

»Sag bloß, du bist scharf auf Beatrice Leep?«

»So heißt sie?« Es musste bestimmt hundert Jahre her sein, dass jemand seine Tochter Beatrice genannt hatte, dachte Roy. Kein Wunder, dass sie so kratzbürstig war.

»Was weißt du von ihr?«, fragte er Garrett.

»Genug, um von ihr Abstand zu halten. Sie spielt verdammt gut Fußball und ist verdammt unfreundlich. Und ausgerechnet auf die bist du scharf, ich fass es nicht –«

»Ich kenn sie doch nicht mal«, protestierte Roy. »Aber aus irgendeinem blöden Grund hat sie es auf mich abgesehen, und ich versuche rauszukriegen, was überhaupt los ist.«

Garrett stöhnte. »Erst Dana Matherson und jetzt der Grizzly. Hast du vielleicht geheime Todeswünsche, Tex?«

»Erzähl mir von ihr. Was weißt du über sie?«

»Jetzt nicht. Wir kommen zu spät.«

»Komm schon«, sagte Roy, »bitte!«

Garrett trat ein Stück näher heran und schaute noch einmal nervös über die Schulter. »Es gibt nur eins, was du über Beatrice Leep wissen musst«, sagte er im Flüsterton. »Letztes Jahr hat sich einer der besten Verteidiger der Graham High School von hinten angeschlichen und ihr auf den Hintern geklatscht. Im Big Cypress, dem Einkaufszentrum, am helllichten Tag. Beatrice ist ihm hinterher und hat ihn in den Springbrunnen geschmissen. Dreifacher Schlüsselbeinbruch. Fiel die ganze Spielzeit aus.«

»Das gibt's doch nicht«, sagte Roy.

»Vielleicht solltet du doch mal über die Katholische Schule nachdenken.«

Roy lachte matt. »Zu dumm, dass wir Methodisten sind.«

»Dann konvertierst du eben, Schwachkopf«, sagte Garrett. »Im Ernst.«

Officer Delinko freute sich richtig darauf, früh aufzustehen, um den Bauplatz zu beobachten. Das war eine willkommene Abwechslung von der täglichen Routine, in der es wenig Gelegenheit zu echter Überwachung gab. Die überließ man meist den Kriminalbeamten.

Obwohl Officer Delinko Coconut Cove gut gefiel, fand er seine Arbeit mit der Zeit doch langweilig. Meistens ging es nur um Verkehrsregelung. Dabei war er doch zur Polizei gegangen, weil er Verbrechen aufklären und die Täter verhaften wollte. Aber abgesehen von dem einen oder anderen betrunkenen Autofahrer kam Officer Delinko selten dazu, jemanden einzusperren. Die Handschellen, die er immer am Gürtel trug, waren noch genau so blank und ohne jeden Kratzer wie an dem Tag vor bald zwei Jahren, als er bei der Polizei eingetreten war.

Vandalismus und unerlaubtes Betreten fremder Grundstücke waren auch nicht gerade Aufsehen erregende Straftaten, aber Officer Delinko fand es doch ganz spannend, was da passiert war – und jetzt schon zum zweiten Mal –, wo das nächste Restaurant von Mama Paula stehen sollte. Er hatte so eine Ahnung, dass der (oder die) Täter mehr im Sinn hatte (oder hatten) als einen Dumme-Jungen-Streich.

Da der Polizeichef von irgendwoher Druck bekam, die Vorfälle zu beenden, wusste Officer Delinko, dass er sich Lorbeeren verdienen könnte, wenn er die Vandalen fasste – vielleicht wäre es auch ein Schritt auf der Karriereleiter. Sein langfristiges Ziel war es nämlich, Kriminalkommissar zu werden, und dieser Fall war seine Chance zu beweisen, dass er das Zeug dazu hatte.

Am ersten Montag nach der Sache mit den Alligatoren klingelte der Wecker bei Officer Delinko früh um fünf. Er rollte sich aus dem Bett, stellte sich kurz unter die Dusche, aß einen getoasteten Bagel und machte sich auf den Weg zum Bauplatz.

Es war noch dunkel, als er dort eintraf. Dreimal fuhr er um den Block herum, sah aber nichts Ungewöhnliches. Abgesehen von einem Müllwagen, waren die Straßen leer. Auch der Polizeifunk blieb still, vor Sonnenaufgang war wenig los in Coconut Cove. Nach Sonnenaufgang allerdings auch nicht, dachte Officer Delinko.

Er stellte sein Auto neben Leroy Branitts Bauwagen ab und wartete darauf, dass die Sonne aufging. Es versprach ein schöner Morgen zu werden, der Himmel war wolkenlos und im Osten war ein feiner rosa Streifen zu sehen.

Officer Delinko wünschte, er hätte sich eine Thermoskanne mit Kaffee mitgebracht. Er war es nicht gewohnt, so früh aufzustehen, und einmal ertappte er sich dabei, dass er fast hinter dem Lenkrad eingeschlafen wäre. Danach schlug er sich immer wieder auf die Backen, um wach zu bleiben.

Als er so in das verschwommene Grau des frühen Morgens spähte, schien es ihm einen Moment lang, als hätte er eine Bewegung auf dem leeren Grundstück gesehen. Er schaltete die Scheinwerfer ein. Auf einem grasbewachsenen Hügel vor ihm, in dem ein neuer Markierungsstab steckte, standen zwei Eulen.

Curly hatte ihn nicht auf den Arm genommen. Das hier waren die kleinsten Eulen, die Officer Delinko je gesehen hatte – um die zwanzig Zentimeter groß, mehr nicht. Dunkelbraun waren sie, mit scheckigen Flügeln, heller Kehle und durchdringenden bernsteinfarbenen Augen. Officer Delinko war kein Vogelkundler, aber diese Eulen in Spielzeuggröße faszinierten ihn. Ein Weilchen standen sie da und starrten das Polizeiauto an, zwinkerten immer wieder unsicher mit ihren großen Augen, dann wandten sie sich ab. Tief übers Gras gebeugt, schienen sie miteinander zu reden.

Officer Delinko hoffte, dass er die Vögel nicht von ihren Nestern verscheucht hatte, und schaltete die Scheinwerfer aus. Er rieb sich über die schweren Augenlider und lehnte seinen Kopf ans Seitenfenster. Das Glas fühlte sich angenehm kühl an auf seiner Haut. Eine Mücke schwirrte um seine Nase herum, aber er war zu müde, um nach ihr zu schlagen.

Bald war er eingeschlafen und wachte erst wieder auf, als er die krächzende Stimme seines Einsatzleiters hörte, der routinemäßig nach dem Standort des Streifenwagens fragte. Officer Delinko tastete nach dem Mikrofon und nannte die Adresse des Baugrundstücks.

»Zehn-vier«, sagte der Einsatzleiter und schaltete ab.

Officer Delinko richtete sich langsam auf. Es war heiß im Wagen, aber seltsamerweise kam es ihm dunkler vor als bei seiner Ankunft – so dunkel, dass er nichts sehen konnte, nicht einmal den Bauwagen.

Eine Schrecksekunde lang überlegte der Polizist, ob es vielleicht schon wieder Nacht sein konnte. War es möglich, dass er aus Versehen den ganzen Tag verschlafen hatte?

Genau in diesem Moment schlug etwas gegen den Streifenwagen – peng! Dann folgte noch ein Schlag und dann ein dritter. Irgendetwas klopfte unablässig ans Auto, aber er konnte nicht sehen, was es war. Officer Delinko griff nach seiner Pistole, bekam sie aber nicht aus dem Halter – der Sicherheitsgurt war im Weg.

Während er noch herumfuchtelte, um loszukommen, flog die Autotür auf und grelles Sonnenlicht traf ihn wie ein Schlag ins Gesicht. Er legte eine Hand über die Augen und tat das, was er an der Polizeischule gelernt hatte – er schrie: »Polizei im Einsatz! Polizei im Einsatz!«

»Ach ja? Fast hätte ich's nicht gemerkt.« Es war Curly, der brummige Wachmann. »Was'n los – haben Sie nicht gehört, wie ich geklopft hab?«

Officer Delinko hatte Mühe, zu sich zu kommen. »Ich fürchte, ich bin eingeschlafen. Was passiert?«

Curly seufzte. »Kommen Sie raus und sehen Sie selbst.«

Der Polizist stieg aus und stand im grellen Sonnenlicht. »Oh nein«, murmelte er.

»Oh doch«, sagte Curly.

Während Officer Delinko sein Nickerchen hielt, hatte jemand alle Fenster seines Streifenwagens mit schwarzer Farbe eingesprüht.

»Wie spät ist es?«, fragte der Polizist.

»Halb zehn.«

Officer Delinko entfuhr ein kurzer Aufschrei. Halb zehn! Er berührte die Windschutzscheibe mit dem Zeigefinger – die Farbe war trocken.

»Mein Auto«, sagte er verzweifelt.

»Ihr Auto?« Curly bückte sich und raffte einen Arm voll ausgegrabener Vermessungspfosten zusammen. »Wen interessiert schon Ihr blödes Auto?«

Den ganzen Morgen über spürte Roy einen Knoten im Magen. Irgendetwas musste passieren, und zwar etwas Entscheidendes – er konnte nicht den Rest des Schuljahres damit verbringen, sich vor Dana Matherson und Beatrice Leep zu verstecken.

Um Dana konnte er sich auch später noch kümmern, aber Beatrice konnte nicht warten. Beim Mittagessen entdeckte Roy sie auf der anderen Seite der Cafeteria. Sie saß mit drei Mädchen aus ihrer Fußballmannschaft zusammen. Auch sie waren schlank und machten einen taffen Eindruck, aber so eindrucksvoll wie Beatrice war doch keine von ihnen.

Roy holte tief Luft, ging hinüber und setzte sich zu den Mädchen. Beatrice starrte ihn ungläubig an, während ihre Freundinnen ihn amüsiert betrachteten und weiteraßen.

»Hast du ein Problem?«, wollte Beatrice wissen. In der einen Hand, auf halber Höhe zwischen Tablett und dem höhnisch grinsenden Mund, hielt sie ein Sandwich mit gegrilltem Schweinefleisch.

»Wenn hier einer ein Problem hat, dann wohl eher du.« Roy lächelte, obwohl er nervös war. Beatrice' Fußballfreundinnen waren beeindruckt. Sie legten die Gabeln weg und warteten, was wohl als Nächstes kommen würde.

Roy holte tief Luft und legte los: »Beatrice, ich hab keine Ahnung, wieso du so sauer bist wegen der Geschichte im Schulbus. Dich hat keiner gewürgt und dir hat auch keiner eins auf die Nase gegeben. Ich sag dir was, aber ich sag's nur einmal: Wenn ich irgendwas getan hab, was dich geärgert hat, dann tut es mir Leid. Es war keine Absicht.«

Offensichtlich hatte noch nie jemand so offen mit Beatrice gesprochen, denn sie schien regelrecht unter Schock zu stehen. Ihr Sandwich schwebte weiter in der Luft, nur die Grillsauce tropfte langsam zwischen ihren Fingern herunter.

»Wie viel wiegst du?«, fragte Roy ganz freundlich.

»Äh – w – was?«, stotterte Beatrice.

»Na ja, ich wiege genau dreiundvierzig Kilo«, sagte Roy, »und ich wette, du wiegst mindestens fünf Kilo mehr…«

Eine von Beatrice' Freundinnen kicherte und Beatrice blitzte sie wütend an.

»... das heißt, du könntest mich vermutlich locker den ganzen Tag lang durch die Cafeteria schubsen. Aber bewiesen wäre damit nichts, nicht das verdammteste kleine bisschen«, fuhr Roy fort. »Wenn du das nächste Mal ein Problem hast, dann sag es mir gleich, dann setzen wir uns zusammen und reden darüber wie zivilisierte Menschen. Okay?«

»Zivilisiert«, wiederholte Beatrice und starrte Roy über den Rand ihrer Brille an. Roys Augen machten einen kurzen Abstecher zu Beatrice' Hand, von der die Grillsauce mittlerweile in dicken Klumpen tropfte. Matschige Stückchen Brot und Fleisch traten zwischen den verkrampften Fingern hervor – Beatrice hatte ihr Sandwich so zerquetscht, dass es sich auflöste.

Eine der Fußballerinnen beugte sich zu Roy hinüber. »Hör mal, Großmaul, sieh zu, dass du hier verschwindest, aber ein bisschen dalli. Du bist total uncool.«

Roy stand ganz ruhig auf. »Ist das klar, Beatrice? Und wenn du irgendein Problem hast, dann sagst du's mir am besten jetzt.«

Beatrice ließ die Überreste ihres Sandwichs auf den Pappteller fallen und wischte ihre Hände an einem Stapel Papierservietten ab. Sie sagte kein Wort.

»Wie du willst.« Roy lächelte betont freundlich. »Ich freue mich trotzdem, dass wir Gelegenheit hatten, uns ein bisschen besser kennen zu lernen.«

Dann ging er wieder zurück auf die andere Seite der Cafeteria und setzte sich allein an seinen Tisch, um zu essen.

Garrett schlich ins Büro seiner Mutter und kopierte die Adresse von der Schülerliste. Das kostete Roy einen Dollar.

»Ich muss da mal kurz was erledigen«, sagte Roy und hielt seiner Mutter den Zettel hin, als sie ihn mit dem Auto von der Schule abholte.

Mrs. Eberhardt warf einen Blick darauf und sagte: »Okay, Roy. Das liegt sowieso auf unserem Weg.« Sie nahm an, es sei die Adresse von einem von Roys Freunden und er müsse sich ein Schulbuch ausleihen oder die Hausaufgaben notieren.

Als sie in die Einfahrt des Hauses einbogen, sagte Roy: »Bin gleich wieder da, Mom. Dauert nur eine Minute.«

Dana Mathersons Mutter öffnete die Tür. Sie sah ihrem Sohn sehr ähnlich, was nicht gerade zu ihrem Vorteil war.

»Ist Dana zu Hause?«, fragte Roy.

»Wer bist du denn?«

»Ich geh in seine Klasse.«

Mrs. Matherson seufzte, drehte sich um und brüllte Danas Namen. Roy war heilfroh, dass sie ihn nicht ins Haus bat. Gleich darauf hörte er feste Schritte und im nächsten Moment stand Dana höchstpersönlich im

Türrahmen. Er trug einen langen blauen Schlafanzug, der einem Eisbären gepasst hätte. Ein dicker Verband, der mit glänzendem weißem Klebeband befestigt war, bedeckte die Mitte seines Schweinchengesichts. Beide Augen waren schlimm geschwollen und rotblau umrandet.

Roy war sprachlos. Es war schwer zu glauben, dass ein einziger Schlag so viel Schaden angerichtet haben sollte.

Dana starrte zu ihm hinunter und sagte mit einer dünnen, nasalen Stimme: »Ich fass es nicht.«

»Keine Angst. Ich wollte dir nur was vorbeibringen.« Roy reichte ihm den Umschlag mit der Entschuldigung.

»Was ist das?«, fragte Dana neugierig.

»Mach's doch auf.«

Danas Mutter erschien hinter ihrem Sohn. »Wer ist denn das?«, fragte sie Dana. »Was will der?«

»Ich bin der, den Ihr Sohn neulich erwürgen wollte. Und der ihm eine reingehauen hat«, sagte Roy schnell.

Danas Schultern wurden steif. Seine Mutter kicherte amüsiert. »Das soll wohl ein Witz sein! Dieser Zwerg soll dir die Visage poliert haben?«

»Ich bin gekommen, um mich zu entschuldigen. Steht alles in dem Brief hier.« Roy zeigte auf den Umschlag, den Dana fest in der rechten Hand hielt.

»Zeig mal her.« Mrs. Matherson langte ihrem Sohn über die Schulter, aber der duckte sich und zerknüllte den Brief in der Faust.

»Verschwinde, Cowgirl«, knurrte er Roy an. »Du und ich, wir regeln die Sache, wenn ich wieder in der Schule bin.«

Als Roy ins Auto stieg, fragte seine Mutter: »Wieso ringen da zwei Leute vor der Haustür miteinander?«

»Der Typ im Schlafanzug ist der, der mich im Bus gewürgt hat. Die dahinter ist seine Mutter. Sie kloppen sich um meine Entschuldigung.«

»Oh.« Mrs. Eberhardt betrachtete die seltsame Szene nachdenklich durch die Windschutzscheibe. »Hoffentlich tun sie sich nichts. Sie scheinen beide etwas grob, oder?«

»Stimmt. Können wir jetzt nach Hause fahren, Mom?«

5

In einer Stunde hatte Roy seine Hausaufgaben erledigt. Als er aus seinem Zimmer kam, hörte er, wie seine Mutter mit seinem Vater telefonierte. Sie berichtete ihm gerade, die Schule wolle mit Rücksicht auf Danas Verletzung keinerlei Disziplinarmaßnahmen gegen ihn ergreifen. Anscheinend wollte man Danas Eltern nicht provozieren, für den Fall, dass sie daran dachten, gegen die Schule vor Gericht zu ziehen.

Als Mrs. Eberhardt ihrem Mann eben von dem wilden Gerangel zwischen Dana und seiner Mutter erzählte, schlüpfte Roy zur Hintertür hinaus. Er schob sein Rad aus der Garage und schwang sich darauf. Zwanzig Minuten später war er an Beatrice Leeps Bushaltestelle, und von dort fand er mühelos den Weg wieder, auf dem er am Freitag dem Jungen hinterhergejagt war, mit den bekannten üblen Folgen.

Als Roy zum Golfplatz kam, schloss er sein Rad an den Rohren eines Springbrunnens an und lief dann zu Fuß dieselbe Spielbahn hinunter, auf der ihn der Golfball erwischt hatte. Es war schon spät am Nachmittag, aber immer noch glühend heiß, so dass nur wenige Golfer auf dem Platz waren. Trotzdem rannte Roy mit gebücktem Kopf und hoch erhobenem Arm. Sollte noch einmal ein verirrter Ball in seine Richtung fliegen, hoffte er ihn mit dem Arm abzufangen. Erst als er die Gruppe australischer Kiefern erreicht hatte, zwischen denen der Junge verschwunden war, wurde er langsamer.

Hinter den Kiefern begann ein Dickicht aus brasilianischen Pfeffersträuchern und dichtem Unterholz, das Roy undurchdringlich erschien. Er suchte nach einem Trampelpfad oder irgendeinen anderen Hinweis auf die Anwesenheit eines Menschen. Viel Zeit blieb ihm nicht, bis es dunkel wurde. Bald gab er es auf, nach einem Durchgang zu suchen, und quetschte sich einfach zwischen den Pfeffersträuchern hindurch, deren Zweige ihm die Arme verkratzten und sich ihm ins Gesicht bohrten. Er schloss die Augen und wühlte sich durch.

Nach und nach wurden die Zweige weniger dicht und plötzlich ging es bergab. Roy verlor das Gleichgewicht und rutschte hinunter in einen Graben, der wie ein Tunnel durch das Dickicht führte.

Hier im Schatten war die Luft kühl, es roch nach Erde. Roy entdeckte mehrere verkohlte Steine, die ringförmig eine Schicht Asche umgaben: ein Lagerfeuer. Er kniete sich hin und betrachtete den festen Lehmboden neben der Feuerstelle. Er zählte ein halbes Dutzend identischer Abdrücke, die alle von denselben Füßen stammten. Roy stellte einen seiner Schuhe neben einen der Abdrücke und war nicht überrascht, als er sah, dass beide etwa gleich groß waren.

Aus einem plötzlichen Einfall heraus rief er: »Hallo? Bist du da?«

Keine Antwort.

Langsam arbeitete Roy sich durch den Graben hindurch und suchte nach weiteren Hinweisen. Hinter einem dichten Vorhang aus Ranken fand er drei Plastiktüten, die alle oben zugeknotet waren. In der ersten Tüte war ganz normaler Müll – Wasserflaschen, Suppendosen, Tüten von Kartoffelchips, Kerngehäuse von Äpfeln. Die zweite Tüte enthielt Kleidungsstücke eines Jungen – ordentlich gefaltete T-Shirts, Jeans, Unterhosen.

Aber keine Socken oder Schuhe, bemerkte Roy.

Anders als die beiden ersten Tüten war die dritte nicht voll. Roy lockerte den Knoten und spähte hinein, aber er konnte nichts erkennen. Was immer darin war, es fühlte sich ziemlich sperrig an.

Ohne nachzudenken, drehte er die Tüte einfach um und kippte den Inhalt auf den Boden. Ein Bündel dicker brauner Seile fiel heraus.

Auf einmal fingen die Seile an sich zu bewegen.

»Oh!«, sagte Roy.

Das waren Schlangen – und nicht einfach irgendwelche.

Ihre Köpfe waren dreieckig, wie die der Prärieklaperschlangen in Montana, aber ihre Körper waren lehmfarben und auffällig plump. Roy erkannte sie – es waren hochgiftige Wassermokassinschlangen. Sie hatten keine Klappern, mit denen sie vor einem Angriff warnten, aber Roy sah, dass die Enden ihrer stumpfen Schwanzenden in blaue und silberne Glitzerfarbe getaucht waren, wie man sie in der Schule im Kunstunterricht manchmal benutzte. Das sah ausgesprochen merkwürdig aus.

Roy gab sich größte Mühe, sich nicht zu bewegen, während die fetten Reptilien sich zu seinen Füßen ringelten. Manche dehnten sich züngelnd auf ihre volle Länge aus, während andere sich träge zusammenrollten. Roy zählte sie, neun waren es insgesamt.

Das ist nicht so toll, dachte er.

Er kippte fast aus den Schuhen, als er aus dem Dickicht hinter sich eine Stimme hörte. »Beweg dich bloß nicht!«, befahl die Stimme.

»Hatte ich auch nicht vor«, sagte Roy. »Ehrlich.«

Als er noch in Montana lebte, war Roy einmal auf dem Pine-Creek-Pfad in das Gebiet von Absaroka gewandert, von wo aus man das ganze Paradise Valley und den Yellowstone River überblicken konnte. Es war ein Schulausflug gewesen, mit vier Lehrern und etwa dreißig Schülern. Roy war mit Absicht immer weiter zurückgeblieben, bis er schließlich das Schlusslicht bildete, und als niemand schaute, hatte er sich von der

Gruppe gelöst. Abseits vom ausgetretenen Pfad stieg er in Zickzacklinien einen bewaldeten Bergrücken hinauf. Er hatte vor, über den Grat zu laufen und auf der anderen Seite unauffällig hinunterzuklettern, so dass er vor seinen Mitschülern am Lagerplatz ankommen würde. Er stellte es sich sehr lustig vor, wenn sie endlich dort angetrottet kamen und ihn schlafend am Fluss entdeckten.

Eilig suchte er sich seinen Weg durch einen Wald aus riesigen Drehkiefern. Der Hang war übersät mit morschen Baumstämmen und abgebrochenen Zweigen, den Überresten vieler kalter und stürmischer Winter. Roy trat vorsichtig auf, um keinen Lärm zu machen, denn er wollte vermeiden, dass die Wanderer unten auf dem Weg ihn klettern hörten.

Es stellte sich aber heraus, dass Roy allzu leise war. Als er auf eine Lichtung trat, fand er sich einem großen Grizzlybären mit zwei Jungen gegenüber. Unmöglich zu sagen, wer erschrockener war.

Roy hatte sich schon immer gewünscht, einmal einen Grizzly in freier Wildbahn zu sehen, aber seine Freunde in der Schule hatten gesagt, er sei ein Träumer. Vielleicht im Yellowstone Park, hatten sie gemeint, aber doch nicht hier bei ihnen. Die meisten Erwachsenen verbrachten ihr ganzes Leben im Westen, ohne je einen Bären zu Gesicht zu bekommen.

Und nun stand Roy da, und dreißig Meter von ihm entfernt standen drei leibhaftige Bären, die ärgerlich schnaubten und sich auf die Hinterbeine stellten, um ihn gründlich mustern zu können.

Roy erinnerte sich, dass seine Mutter ihm eine Dose mit Pfefferspray in den Rucksack gepackt hatte, aber er erinnerte sich auch an das, was er über Begegnungen mit Bären gelesen hatte. Bären hatten schlechte Augen, und das Beste, was ein Mensch daher tun konnte, war es, absolut still und bewegungslos dazustehen.

Genau das tat Roy.

Böse knurrend kniff die Bärin die Augen zusammen und witterte. Dann gab sie ein kurzes, bellendes Geräusch von sich und sogleich verschwanden die beiden Jungtiere im Wald.

Roy schluckte heftig, rührte sich aber nicht.

Das Muttertier richtete sich zu seiner vollen Größe auf, bleckte die gelben Zähne und tat so, als würde es nach ihm schlagen.

Innerlich bebte Roy vor Angst, aber nach außen blieb er ganz ruhig. Er bewegte sich nicht. Die Bärin betrachtete ihn gründlich. Ihr Ausdruck veränderte sich, und Roy schloss daraus, dass er ihr zu mickrig schien, um eine Bedrohung darzustellen. Nach ein paar Minuten der Anspannung ließ sie sich wieder auf alle viere fallen, und mit einem letzten trotzigen Schnauben machte sie sich davon, um nach ihren Kindern zu suchen.

Trotzdem bewegte Roy nicht einen Muskel.

Er wusste nicht, wie weit sich die Bären entfernt hatten oder ob sie vielleicht zurückkommen würden, um ihn anzugreifen. Zwei Stunden und zweiundzwanzig Minuten lang stand Roy bewegungslos wie eine Marmorstatue an diesem Berghang, bis einer seiner Lehrer ihn schließlich fand und sicher zu seiner Gruppe zurückbrachte.

Roy war also extrem gut darin, stocksteif dazustehen, vor allem, wenn er Angst hatte. Jetzt, mit neun Giftschlangen, die um seine Füße herumkrochen, hatte er große Angst.

»Tief einatmen!«, riet ihm die Stimme hinter ihm.

»Ich versuch's«, sagte Roy.

»Okay, ich zähl bis drei, dann gehst du ganz langsam rückwärts.«

»Lieber nicht«, sagte Roy.

»Eins …«

»Warte mal 'ne Sekunde!«

»Zwei …«

»Bitte!«, bettelte Roy.

»Drei.«

»Ich kann nicht!«

»Drei«, wiederholte die Stimme.

Roys Beine fühlten sich wie Gummi an, während er sich rückwärts tastete. Eine Hand packte ihn am Hemd und riss ihn mit einem Ruck in das Dickicht aus Pfeffersträuchern. Roy landete auf dem Po im Dreck, im nächsten Moment fiel eine Kapuze über seinen Kopf und die Arme wurden ihm auf den Rücken gezerrt. Bevor er etwas tun konnte, war schon ein Seil zweimal um seine Handgelenke geschlungen und an einem Baumstamm befestigt. Roy fühlte die glatte, klebrige Rinde, wenn er mit den Fingern wackelte.

»Was ist hier eigentlich los?«, wollte er wissen.

»Das solltest du mir vielleicht sagen.« Die Stimme kam jetzt von vorn. »Wer bist du? Und was machst du hier?«

»Ich heiße Roy Eberhardt. Ich hab dich vor ein paar Tagen am Schulbus vorbeirennen sehen.«

»Ich hab keine Ahnung, wovon du redest.«

»Genau genommen an zwei Tagen«, sagte Roy. »Ich hab gesehen, wie du gerannt bist, und da bin ich neugierig geworden. Du sahst irgendwie ... ich weiß nicht ... irgendwie total aufgedreht aus.«

»Das war ich nicht.«

»Doch, das warst du.«

Der Schlangenfänger sprach mit verstellter, rauer Stimme – der Stimme eines Jungen, der wie ein Erwachsener zu sprechen versucht.

»Ehrlich«, sagte Roy, »ich bin nicht hergekommen, um dich zu nerven. Nimm mir die Kapuze ab, damit wir uns sehen können, ja?«

Er hörte den anderen Jungen atmen. »Du musst hier weg. Und zwar sofort.«

»Aber was ist mit den Schlangen?«, wollte Roy wissen.

»Die gehören mir.«

»Ja, schon, aber –«

»Die gehen nie weit. Später fang ich sie wieder ein.«

»Das meinte ich nicht«, sagte Roy.

Der Junge lachte. »Keine Sorge, ich bring dich hinten rum zurück. Tu einfach, was ich dir sage, dann wirst du auch nicht gebissen.«

»Respekt«, murmelte Roy.

Der Junge band Roy von dem brasilianischen Pfefferstrauch los und stellte ihn auf die Füße. »Ich muss zugeben, du hast dich ganz gut gehalten«, sagte der Junge. »Die meisten hätten sich in die Hose gemacht.«

»Sind das Wassermokassins?«, fragte Roy.

»Genau.« Der Junge schien ganz angetan davon, dass Roy sich offensichtlich auskannte.

»Da, wo ich früher gelebt hab, gab's viele Klapperschlangen«, erzählte Roy. Wenn er den anderen in eine freundliche Unterhaltung verwickeln könnte, dachte er, dann würde der es sich vielleicht anders überlegen und ihm die Kapuze vom Kopf nehmen. »Ich hab aber noch nie von Wassermokassins mit glitzernden Schwanzspitzen gehört.«

»Sie gehen heute Abend auf 'ne Party. Und jetzt zieh Leine.« Der Junge packte Roy von hinten und führte ihn. Er hatte einen festen Griff. »Ich sag dir Bescheid, wenn du den Kopf einziehen musst.«

Die Kapuze war entweder schwarz oder dunkelblau, denn Roy sah nicht das kleinste bisschen Licht durch den schweren Stoff. Blind stolperte er durch das Dickicht, aber der barfüßige Junge passte auf, dass er nicht hinfiel. Als die Luft wärmer wurde und der Boden unter seinen Füßen wieder eben, wusste Roy, dass sie aus dem Wald heraus waren. Es roch nach dem gedüngten Rasen des Golfplatzes.

Bald darauf blieben sie stehen, und der Junge machte sich daran, die Knoten an Roys Handgelenken zu lösen. »Dreh dich jetzt nicht um«, sagte er.

»Wie heißt du?«, fragte Roy.

»Ich hab keinen Namen mehr.«

»Klar hast du. Jeder hat einen Namen.«

Der Junge grunzte. »Fischfinger haben sie mich genannt. Und Schlimmeres.«

»Du lebst aber nicht echt hier draußen, oder?«

»Geht dich nichts an. Und wenn – was dagegen?«

»Ganz allein? Und was ist mit deiner Familie?«, fragte Roy.

Der Junge schlug ihm leicht mit der Hand auf den Hinterkopf. »Du fragst zu viel.«

»Tut mir Leid.« Roy merkte, dass seine Hände inzwischen frei waren, aber er behielt sie weiter auf dem Rücken.

»Dreh dich erst um, wenn du bis fünfzig gezählt hast«, schärfte ihm der andere ein. »Sonst wachst du eines Morgens mit einer von diesen fetten alten Wassermokassins im Bett auf. Kapiert?«

Roy nickte.

»Gut. Dann fang jetzt an zu zählen.«

»Eins, zwei, drei, vier...«, sagte Roy laut. Als er bei

fünfzig war, zerrte er sich die Kapuze vom Kopf und wirbelte herum. Er befand sich ganz allein mitten auf dem Übungsgelände, zwischen zahllosen verschlagenen Golfbällen.

Der barfüßige Junge war weg. Wieder einmal.

Roy rannte den ganzen Weg zu seinem Fahrrad und flitzte dann so schnell wie möglich nach Hause. Er hatte keine Angst und er war auch nicht entmutigt. Er war aufgeregter als je zuvor.

6

Am nächsten Morgen fragte Roy beim Frühstück, ob es gegen das Gesetz sei, wenn Kinder seines Alters nicht zur Schule gingen.

»Ob es tatsächlich ein Gesetz gegen Schuleschwänzen gibt, weiß ich nicht«, sagte seine Mutter, »aber –«

»Und ob es das gibt«, warf sein Vater ein. »Das ist ein Verstoß gegen die Schulpflicht.«

»Kann man dafür ins Gefängnis kommen?«, fragte Roy.

»Normalerweise schicken sie einen einfach zurück in die Schule«, sagte Mr. Eberhardt. Und halb im Scherz fügte er hinzu: »Du denkst nicht zufällig daran auszusteigen, oder?«

Aber Roy sagte, nein, die Schule sei ganz in Ordnung.

»Ich wette, ich weiß, worum es dir geht«, sagte Mrs. Eberhardt. »Du machst dir Sorgen, dass du wieder mit diesem Jungen zusammenstößt, diesem Matherson. Hab ich dir nicht gesagt, dass dein Brief zu sehr von oben herab war?«

»An dem Brief war nichts auszusetzen«, sagte Roys Vater und faltete die Zeitung auseinander.

»Aber wenn nichts daran auszusetzen ist – wieso hat Roy dann solche Angst? Wieso denkt er dann daran, die Schule zu schwänzen?«

»Ich hab keine Angst«, widersprach Roy, »und aus der Schule will ich auch nicht aussteigen. Es ist nur … «

Seine Mutter sah ihn scharf an. »Was?«

»Nichts, Mom.«

Roy beschloss, seinen Eltern nichts von seiner Begegnung mit Fischfinger, dem rennenden Jungen, zu erzählen. Da sein Vater beruflich mit Gesetzen zu tun hatte, war er vermutlich verpflichtet, alle Straftäter zu melden, sogar Schulschwänzer.

»Hört euch das mal an«, sagte Mr. Eberhardt und las laut aus der Zeitung vor: »Ein Streifenwagen der Polizei von Coconut Cove wurde am frühen Montagmorgen von Vandalen beschädigt, als er auf einer Baustelle an der East Oriole Avenue parkte. Der Beamte saß nach Auskunft eines Polizeisprechers zum Zeitpunkt der Tat schlafend im Wagen. – Könnt ihr euch so was vorstellen?«

Roys Mutter schnalzte mit der Zunge. »Im Dienst eingeschlafen? Eine Schande. Den Mann sollten sie feuern.«

Roy fand die Geschichte eigentlich ganz witzig.

»Es wird noch besser«, sagte sein Vater. »Passt auf: Der Vorfall ereignete sich kurz vor Sonnenaufgang, als ein unbekannter Witzbold sich an den Streifenwagen, einen 2001 zugelassenen Crown Victoria, heranschlich und die Fenster mit schwarzer Farbe besprühte.«

Roy, der den Mund voll mit Rosinenmüsli hatte, platzte laut heraus und die Milch lief ihm übers Kinn.

Auch Mr. Eberhardt schmunzelte, während er weiterlas: »Der Polizeichef von Coconut Cove, Merle Deacon, lehnte es ab, den Namen des im Dienst eingeschlafenen Beamten bekannt zu geben, da dieser zu einer Sonderermittlungseinheit gehöre, die Straftaten auf Grundstücken im Osten der Stadt untersuche. Laut Deacon habe der Beamte wegen einer kürzlichen Grippeerkrankung Medikamente einnehmen müssen, die müde machten.«

Roys Vater sah von der Zeitung auf. »Medikamente – dass ich nicht lache!«

»Steht sonst noch was in dem Artikel?«, fragte Mrs. Eberhardt.

»Mal sehen ... Es heißt hier, das sei der dritte Vorfall innerhalb einer Woche auf demselben Grundstück gewesen. Da soll demnächst eine neue Filiale von Mama Paulas Pfannkuchenhaus hinkommen.«

Roys Mutter sah ganz begeistert aus. »Mama Paula baut hier bei uns? Das ist ja schön!«

Roy wischte sich mit der Serviette übers Kinn. »Was ist denn dort sonst noch passiert, Dad?«

»Dasselbe hab ich mich auch gefragt.« Mr. Eberhardt überflog den Rest des Artikels. »Ah, hier steht's: Vergangenen Montag zogen unbekannte Eindringlinge

Vermessungspfosten aus dem Boden und vier Tage später versteckten Vandalen lebendige Alligatoren in den drei mobilen Toiletten auf dem Grundstück. Nach Auskunft der Polizei wurden die Reptilien unverletzt geborgen und später in einem nahen Kanal freigesetzt. Festnahmen hat es nicht gegeben.«

Mrs. Eberhardt erhob sich und fing an, das Frühstücksgeschirr abzuräumen. »Alligatoren!«, sagte sie. »Lieber Himmel, was werden die wohl als Nächstes anstellen?«

Mr. Eberhardt faltete die Zeitung zusammen und warf sie auf die Anrichte. »Es sieht so aus, als würde diese Kleinstadt doch noch ganz interessant – nicht wahr, Roy?«

Roy griff nach der Zeitung. East Oriole Avenue – irgendwie kam ihm der Name bekannt vor. Beim Lesen fiel ihm auf einmal wieder ein, wo er das Straßenschild gesehen hatte: Die Bushaltestelle von Beatrice Leep lag in der West Oriole Avenue, also genau auf der anderen Seite des Highways. Und dort hatte er zum ersten Mal den rennenden Jungen gesehen.

»Im Artikel steht gar nicht, wie groß die Viecher waren«, bemerkte Roy.

Sein Vater lachte kurz auf. »Darauf kommt's wohl auch nicht an, mein Junge. Entscheidend ist der Einfall als solcher.«

»Ich habe Ihren Bericht gelesen, David«, sagte der Captain. »Haben Sie dem irgendwas hinzuzufügen?«

Officer Delinko schüttelte den Kopf. Seine Hände lagen gefaltet im Schoß. Was sollte er auch noch sagen?

Sein Sergeant meldete sich zu Wort. »David ist sich absolut im Klaren darüber, wie ernst die Angelegenheit ist.«

»Peinlich sollte man wohl lieber sagen«, antwortete der Captain. »Der Chef hat mir ein paar der E-Mails gezeigt, die er zu dem Thema bekommen hat, außerdem Mitschriften von Anrufen. Besonders freundlich waren sie nicht gerade. Haben Sie die Zeitung gelesen?«

Officer Delinko nickte. Immer wieder hatte er den Artikel gelesen, bestimmt ein Dutzend Mal, und jedes Mal hatte sich ihm der Magen umgedreht.

»Es dürfte Ihnen aufgefallen sein, dass Ihr Name im Artikel nicht genannt wird«, sagte der Captain. »Das liegt daran, dass wir es abgelehnt haben, ihn an die Medien weiterzugeben.«

»Ja. Danke schön«, sagte Officer Delinko. »Es tut mir wirklich sehr Leid, Sir – alles.«

»Haben Sie auch die Erklärung gelesen, die der Polizeichef für den Vorfall abgegeben hat? Ich nehme an, Sie können damit leben.«

»Ehrlich gesagt, Sir – ich hatte gar nicht die Grippe. Und irgendwelche Medikamente hab ich gestern auch nicht –«

»David«, unterbrach ihn der Sergeant, »wenn der Chef sagt, du hast ein Grippemittel genommen, dann *hast* du auch eins genommen. Und wenn der Chef sagt, dass du deswegen im Auto eingeschlafen bist, dann *war* das eben der Grund. Kapiert?«

»Ähm – jawohl.«

Der Captain hielt einen gelben Briefbogen hoch. »Das hier ist eine Rechnung vom Ford-Händler über vierhundertundzehn Dollar. In der Werkstatt haben sie die schwarze Farbe von den Fenstern runterbekommen. Einen ganzen Tag lang haben sie dafür gebraucht, aber sie haben es geschafft. Das ist immerhin eine gute Nachricht.«

Officer Delinko war fest überzeugt, dass der Captain ihm jetzt die Rechnung überreichen würde, aber das geschah nicht. Stattdessen legte er sie in Delinkos Personalakte, die er geöffnet vor sich liegen hatte.

»Officer, ich weiß nicht, was ich mit Ihnen machen soll. Ich weiß es wirklich nicht.« Der Captain hörte sich an wie ein enttäuschter Vater.

»Tut mir sehr Leid, Sir. Soll nicht wieder vorkommen.«

Delinkos Vorgesetzter sagte: »Captain, ich sollte Ihnen vielleicht noch sagen, dass David sich freiwillig für die Überwachung des Bauplatzes gemeldet hat. Und er ist heute Morgen schon ganz früh hingefahren, und zwar in seiner Freizeit.«

»In seiner Freizeit?« Der Captain verschränkte die

Arme. »Nun, das ist lobenswert. Darf ich fragen, David, warum Sie das gemacht haben?«

»Weil ich die Übeltäter erwischen wollte«, antwortete Officer Delinko. »Ich wusste ja, dass Sie und der Chef großen Wert darauf legen.«

»Das war der einzige Grund? Sie haben nicht irgendein persönliches Interesse?«

Jetzt ja, dachte Officer Delinko. Jetzt, wo ich vor allen blamiert bin.

»Nein, Sir«, antwortete er.

Der Captain wandte sich dem Sergeant zu. »Nun, ob es uns gefällt oder nicht, eine Form der Bestrafung muss es geben. Der Chef nimmt die Sache wirklich sehr ernst.«

»Ganz Ihrer Meinung«, sagte der Sergeant.

Officer Delinko wurde mulmig. Jede Disziplinarstrafe würde automatisch in seiner Akte landen, und zwar für immer. Und wenn eine Beförderung anstand, dann könnte das durchaus eine Rolle spielen.

»Sir, ich übernehme die Rechnung«, bot Officer Delinko an. Vierhundertzehn Dollar war ein beträchtlicher Teil seines Gehalts, aber eine saubere Personalakte war ihm jeden Cent wert.

Der Captain meinte, das sei nicht nötig – und außerdem würde das dem Chef sowieso nicht reichen. »Sie machen daher ab jetzt Bürodienst«, sagte er. »Einen Monat lang.«

»Damit kann David leben«, sagte der Sergeant.

»Aber was ist mit der Überwachung von Mama Paulas Grundstück?«, wollte Officer Delinko wissen.

»Keine Sorge, das bekommen wir schon hin. Wir ziehen jemand von der Mitternachtsschicht ab.«

»Sehr wohl, Sir.« Bei dem Gedanken, hinter einem Schreibtisch zu sitzen und einen langen, langweiligen Monat lang nichts zu tun, war Officer Delinko sehr niedergeschlagen. Aber immerhin besser, als vom Dienst suspendiert zu werden. Schlimmer, als hier auf der Wache rumzusitzen, war nur noch eins: zu Hause rumsitzen.

Der Captain erhob sich, und das hieß, das Gespräch war beendet. »David«, sagte er, »wenn irgendetwas in der Art noch einmal vorkommt ... «

»Bestimmt nicht. Ehrenwort.«

»Beim nächsten Mal können Sie Ihren Namen wirklich in der Zeitung lesen.«

»Jawohl, Sir.«

»Und zwar unter der Überschrift: Polizeibeamter aus dem Dienst entlassen. Ist das klar?«

Officer Delinko krümmte sich innerlich. »Ich verstehe, Sir«, sagte er leise.

Er fragte sich, ob den kleinen Mistkerlen, die seinen Wagen besprüht hatten, wohl klar war, wie viel Ärger sie ihm damit eingebracht hatten. Meine ganze Karriere steht auf dem Spiel, dachte Officer Delinko wütend, und alles wegen so ein paar jugendlichen Halunken, die sich für oberschlau halten. Jetzt war er erst recht wild entschlossen, sie auf frischer Tat zu ertappen.

Im Gang vor dem Büro des Captains sagte der Sergeant zu ihm: »Du kannst dir deinen Wagen vom Dienstparkplatz holen, David. Aber denk dran – du bist nicht mehr auf Streife. Das heißt, du kannst mit dem Wagen nach Hause fahren und hierher, aber das ist auch alles.«

»Klar«, sagte Officer Delinko, »nach Hause und zurück.«

Er hatte bereits eine Route ausgeklügelt, die direkt an der Ecke East Oriole Avenue und Woodbury Street vorbeiführte, dort, wo demnächst das neue Restaurant von Mama Paula stehen würde.

Keiner hatte gesagt, dass er morgens nicht schon frühzeitig aufbrechen dürfe. Und keiner hatte gesagt, er dürfe sich nicht Zeit lassen auf dem Weg zur Arbeit.

Dana Matherson war wieder nicht zur Schule gekommen. Roy war einigermaßen erleichtert, aber nicht so sehr, dass er sich richtig entspannen konnte. Je länger Dana zu Hause bleiben musste, um sich von Roys Faustschlag zu erholen, desto gemeiner würde er sein, wenn er schließlich wieder auftauchte.

»Noch hast du Zeit, aus der Stadt abzuhauen«, schlug Garrett ihm hilfreich vor.

»Ich renn doch nicht weg. Was passiert, das passiert.«

Roy versuchte nicht, den Coolen zu spielen. Er hatte

viel nachgedacht über die Sache mit Dana. Eine erneute Konfrontation schien unausweichlich und ein Teil von ihm wollte es einfach hinter sich bringen. Er war nicht eingebildet, aber er hatte seinen Stolz. Er hatte nicht die Absicht, den Rest des Schuljahres damit zu verbringen, in seinem Zimmer zu hocken oder durch die Flure der Schule zu schleichen, bloß um diesem blöden Brutalo aus dem Weg zu gehen.

»Ich sollte es dir vermutlich gar nicht erzählen«, sagte Garrett, »aber an der Schule schließen sie schon Wetten ab.«

»Na großartig. Und worüber – ob Dana mich zusammenschlägt?«

»Nee – wie oft er es macht.«

»Das ist ja reizend«, sagte Roy.

Im Grunde hatte die Auseinandersetzung mit Dana Matherson auch ihr Gutes gehabt: Zum einen war es Roy gelungen, den barfüßigen Jungen bis zum Golfplatz zu verfolgen. Zum anderen musste er zwei Wochen lang nicht mit dem Schulbus fahren.

Es gefiel ihm, von seiner Mutter an der Schule abgeholt zu werden. Im Auto konnten sie sich unterhalten, und außerdem war Roy zwanzig Minuten früher zu Hause als sonst.

Als sie zur Tür hereinkamen, läutete gerade das Telefon. Es war die Schwester der Mutter, die aus Kalifornien anrief und einen gemütlichen Plausch halten wollte. Roy nutzte die Gelegenheit, einen Schuhkarton aus seinem Zimmer zu holen und sich leise zur Gartentür hinauszustehlen.

Wieder ging es zum Golfplatz, aber dieses Mal mit einer kleinen Umleitung. Anstatt an der West Oriole links abzubiegen, in Richtung Bushaltestelle, lenkte Roy sein Fahrrad in die East Oriole. Nach weniger als zwei Häuserblocks kam er an ein überwuchertes Grundstück, auf dem ein verbeulter Bauwagen abgestellt war.

Neben dem Bauwagen parkte ein blauer Kleinlaster mit offener Ladefläche. Nicht weit von diesem Pick-up standen drei Fahrzeuge, die so ähnlich wie Bulldozer aussahen, und mehrere Dixi-Klos. Das musste das Grundstück sein, nahm Roy an, wo jemand die Fenster des Streifenwagens zugesprüht und Alligatoren in die Toiletten gesteckt hatte.

Kaum hatte Roy angehalten, da flog auch schon die Tür des Bauwagens auf und ein bulliger, kahlköpfiger Mann schoss heraus. Er trug steife, gelbbraune Arbeitshosen und ein passendes T-Shirt mit einem Namensschild. Roy konnte es nicht lesen, er war zu weit weg.

»Was willst du hier?«, blaffte der Mann ihn an. Sein Gesicht lief rot an vor Ärger. »He, du, ich rede mit dir, Junge!«

Hat der 'n Problem?, dachte Roy.

Der Mann kam auf ihn zu und zeigte auf Roys Schuhschachtel. »Was hast du da?«, brüllte er. »Was habt ihr jetzt wieder geplant, du und deine feinen Freunde, he?«

Roy drehte sein Rad um und trat in die Pedale. Der Typ war anscheinend total gestört, so wie der sich aufführte.

»So ist's richtig, und lass dich bloß nicht noch mal hier sehen!«, brüllte der Glatzkopf hinter ihm her und wedelte mit der Faust. »Beim nächsten Mal erwarten dich hier Wachhunde. Die schärfsten Köter, die du je gesehen hast!«

Roy trat noch schneller in die Pedale. Er drehte sich auch nicht mehr um. Die Wolken wurden immer dunkler, und er meinte, er hätte einen Regentropfen gespürt. In der Ferne grollte schon der Donner.

Auch hinter dem Highway, auf dem Weg zur West Oriole Avenue, drosselte Roy sein Tempo nicht. Als er am Golfplatz ankam, tröpfelte es schon gleichmäßig. Roy sprang vom Rad und joggte über den verlassenen Rasen. Seinen Schuhkarton hielt er unter einen Arm geklemmt.

Bald war er bei dem Dickicht aus Pfeffersträuchern, wo er den Jungen getroffen hatte, der angeblich Fischfinger hieß. Roy hatte sich innerlich darauf eingestellt, wieder die Augen verbunden zu bekommen und gefesselt zu werden – sogar eine kleine Rede hatte er sich für diesen Anlass zurechtgelegt. Er war fest entschlossen, Fischfinger davon zu überzeugen, dass der jemanden brauchte, dem er vertrauen könnte, und dass er nicht hier sei, um sich einzumischen, sondern um ihm zu helfen, falls das nötig wäre.

Während er sich durch das Dickicht mühte, hob er einen abgebrochenen Ast vom Boden auf. Er war schwer genug, um eine Wassermokassin zu beeindrucken. Roy hoffte allerdings, er würde ihn nicht brauchen.

Im Graben war von den tödlichen Schlangen mit den glitzernden Schwänzen nichts zu sehen. Das Lager des Jungen war weg – der Platz war geräumt. Die Plastiktüten waren nicht mehr da, die Feuerstelle verdeckt. Roy grub mit der Spitze des Astes in der losen Erde, aber er fand nicht den kleinsten Hinweis. Missmutig suchte er den Boden nach Fußspuren ab, sah aber nichts.

Fischfinger war geflüchtet und hatte keine Spuren zurückgelassen.

Als Roy wieder auf dem Golfrasen stand, gab es einen Wolkenbruch. Mittlerweile goss es in Strömen, die harten Tropfen brannten auf seinem Gesicht und die Blitze waren gefährlich nah. Roy schauderte und rannte los. Ein Golfplatz war sicherlich der schlechteste Ort bei einem Gewitter, zumindest wenn man neben Bäumen stand.

Während er so rannte und bei jedem Donnerschlag zusammenzuckte, hatte er ein schlechtes Gewissen, dass er sich einfach von zu Hause weggeschlichen hatte, ohne Bescheid zu sagen. Wenn seine Mutter merkte, dass er im Gewitter draußen war, würde sie sich furchtbare Sorgen machen. Vielleicht fuhr sie sogar mit dem Auto los, um ihn zu suchen. Der Gedanke beunruhigte ihn. Er wollte nicht, dass sie bei diesem Wetter unterwegs war; so wie es jetzt regnete, war kaum mehr die Straße zu erkennen.

Klatschnass war er und ziemlich fertig, aber er zwang sich trotzdem, schneller zu laufen. Mit zusammengekniffenen Augen spähte er durch den strömenden Regen und sagte sich immer nur: Es kann nicht mehr weit sein.

Er suchte nach dem Springbrunnen, wo er sein Rad abgestellt hatte. Endlich, als wieder ein Blitz die Spielbahn grell erleuchtete, sah er ihn, knapp zwanzig Meter weiter vorn.

Aber sein Rad war nicht da.

Zuerst dachte Roy, er sei am falschen Springbrunnen gelandet. Vielleicht hatte er sich in diesem Wetter verlaufen. Aber dann erkannte er einen Schuppen in der Nähe und eine Holzbude mit einem Cola-Automaten.

Doch, das war die Stelle. Roy stand im Regen und starrte geknickt dahin, wo sein Rad gestanden hatte. Normalerweise schloss er es immer sorgfältig ab, aber heute hatte er es zu eilig gehabt.

Jetzt war es weg. Geklaut, kein Zweifel.

Um endlich aus dem Regen zu kommen, flitzte er in die Bude. Der Schuhkarton war inzwischen völlig durchgeweicht und löste sich auf. Es war ein weiter Weg bis nach Hause, und bis er dort ankam, war es bestimmt schon dunkel. Seine Eltern würden ausflippen.

Zehn Minuten lang stand Roy in der Bude und wartete, dass der Regen nachließ. Das Wasser lief ihm aus den Kleidern. Das Gewitter schien nach Osten abzuziehen, aber der Regen wurde nicht weniger. Schließlich machte Roy sich mit eingezogenem Kopf auf den Weg. Bei jedem Schritt spritzte das Wasser hoch. Regentropfen rollten ihm über die Stirn und blieben in seinen Wimpern hängen. Er wünschte, er hätte seine Kappe aufgesetzt.

Auf dem Gehweg versuchte er zu rennen, aber es war, als würde er im seichten Wasser eines endlosen Sees laufen. Das war Roy an Florida schon aufgefallen: Es war so flach und so tief gelegen, dass es ewig dauerte, bis Pfützen abgelaufen waren. Er stapfte weiter und kam bald an die Bushaltestelle, wo er den rennenden Jungen zum ersten Mal gesehen hatte. Roy nahm sich nicht die Zeit, sich umzuschauen. Von Minute zu Minute wurde es dunkler.

Als er an der Kreuzung Ecke West Oriole und dem Highway ankam, gingen die Straßenlaternen an.

Oh Mann, dachte er, ich bin echt spät dran.

Der Verkehr war in beiden Richtungen heftig. Die Autos krochen in dem stehenden Wasser vorwärts und Roy wartete ungeduldig. Bei jedem Auto spritzte eine Fontäne gegen seine Beine, aber es war ihm egal – er war ohnehin schon bis auf die Knochen durchnässt.

Als er eine Lücke zwischen zwei Autos erspähte, wagte er sich auf die Straße.

»Pass auf!«, brüllte jemand hinter ihm.

Roy sprang zurück auf den Gehweg, fuhr herum und sah sich Beatrice Leep gegenüber. Sie saß auf seinem Fahrrad.

»Was hast du da in dem Karton, Cowgirl?«

7

Die Sache war gar nicht so rätselhaft.

Wie alle Schüler wohnte auch Beatrice Leep in der Nähe ihrer Bushaltestelle. Vermutlich war Roy an ihrem Haus vorbeigefahren und sie hatte ihn gesehen und war ihm einfach zum Golfplatz gefolgt.

»Das ist mein Rad«, sagte Roy.

»Stimmt.«

»Kann ich's zurückhaben?«

»Vielleicht später«, sagte sie. »Spring auf.«

»Was?«

»Auf den Lenker, du Dösel. Setz dich drauf. Wir machen einen Ausflug.«

Roy tat, was sie gesagt hatte. Er wollte sein Rad zurückhaben und dann nach Hause. Die zwei Jahre in der dünnen Luft von Montana, in denen er mit dem Rad ständig bergauf und bergab gefahren war, hatten aus Roy einen guten Radfahrer gemacht, aber Beatrice Leep war noch fitter. Selbst durch die tiefsten Pfützen radelte sie geschickt und mühelos, so als ob Roy gerade mal ein Fliegengewicht wäre. Er hockte unbequem auf dem Lenker und hielt den aufgeweichten Karton umklammert.

»Wo fahren wir eigentlich hin?«, brüllte er.

»Klappe«, antwortete Beatrice.

Sie rasten an dem elegant gemauerten Eingang zum Golfplatz vorbei und bald darauf endete die gepflasterte Straße auch schon. Nun befanden sie sich auf einem geraden Schotterweg ohne jede Beleuchtung. Roy machte sich auf einiges gefasst, als das Rad durch die ersten schlammgefüllten Schlaglöcher holperte. Der Regen hatte nachgelassen, es nieselte jetzt nur noch und Roys nasses Hemd fühlte sich kalt an auf der Haut.

An einem hohen Maschendrahtzaun hielt Beatrice an. Roy bemerkte, dass jemand mit einer Drahtschere ein Loch in den Zaun geschnitten hatte, so dass man den Draht auseinander biegen konnte. Roy sprang ab und zog an seinen Jeans, die ihm in die Poritze gekrochen waren.

Beatrice stellte das Rad ab und machte Roy ein Zeichen, er solle hinter ihr her durch den Zaun kriechen. Auf der anderen Seite war ein Schrottplatz, auf dem jede Menge demolierter Autos standen. Roy und Beatrice schlichen in dem Dämmerlicht an den Rostbeulen vorbei und rannten von einer Reihe zur nächsten. So wie Beatrice sich verhielt, nahm Roy an, dass sie nicht allein auf dem Grundstück waren.

Bald kamen sie zu einem alten, auf Zementblöcken aufgebockten Lieferwagen. Die verblassten roten Buchstaben auf der eingerissenen Plane waren kaum zu entziffern: JO-JOS EISSALON.

Beatrice kletterte in die Kabine und zog Roy hinter sich her. Durch einen schmalen Durchgang kamen sie in den hinteren Teil des Lieferwagens, der übersät war mit Kartons und Schachteln und Bergen von alter Kleidung. Roy bemerkte einen Schlafsack in einer Ecke.

Als Beatrice die Tür hinter ihnen schloss, war es stockdunkel. Roy konnte nicht die Hand vor Augen sehen.

»Gib die Schachtel her!«, hörte er Beatrice' Stimme.

»Nein«, sagte Roy.

»Liegt dir was an deinen Vorderzähnen, Eberhardt?«

»Ich hab keine Angst vor dir«, log Roy.

Es war stickig und feucht in dem alten Eiscremewagen. Mücken surrten um Roys Ohren herum und er schlug blind nach ihnen. Es roch nach irgendetwas, das hier nicht so richtig hinzupassen schien, irgendetwas, das ihm merkwürdig bekannt vorkam – konnten das Kekse sein? Doch, es roch nach frisch gebackenen Erdnussbutterkeksen, wie Roys Mutter sie immer machte.

Der grelle Strahl einer Taschenlampe traf ihn voll in die Augen und Roy drehte den Kopf weg.

»Zum letzten Mal«, sagte Beatrice drohend, »was hast du in dem Schuhkarton?«

»Schuhe«, antwortete Roy.

»Haha!«

»Ehrlich.«

Sie riss ihm die Schachtel aus den Händen, nahm den Deckel ab und leuchtete mit der Taschenlampe hinein.

»Ich hab's dir doch gesagt«, meinte Roy.

Beatrice schnaufte verächtlich. »Wozu schleppst du ein extra Paar Turnschuhe mit dir rum? Das ist doch echt beknackt, Cowgirl.«

»Die sind nicht für mich, die Schuhe«, sagte Roy. Sie waren fast brandneu, er hatte sie erst ein paar Mal getragen.

»Für wen sind sie dann?«

»Für einen Jungen, den ich kenne.«

»Was für ein Junge?«

»Der, von dem ich dir in der Schule erzählt hab. Der neulich an deiner Bushaltestelle vorbeigerannt ist.«

»Ach ja«, sagte Beatrice spöttisch, »der, hinter dem du her warst, als du dich um deinen eigenen Kram kümmern solltest.« Sie knipste die Taschenlampe aus und es war wieder stockdunkel.

»Na ja, ich hab ihn auch gefunden. Mehr oder weniger jedenfalls«, sagte Roy.

»Du gibst wohl nie auf, was?«

»Mensch, der Junge braucht Schuhe. Der tritt sonst noch in Glasscherben oder rostige Nägel ... oder auf eine Wassermokassin.«

»Woher willst du wissen, ob der überhaupt Schuhe will, Eberhardt? Vielleicht kann er ohne ja viel schneller rennen.«

Roy war sich nicht sicher, was Beatrice hatte, aber dass er deutlich zu spät war fürs Abendessen und seine Eltern vermutlich schon längst in Panik waren, das wusste er definitiv. Beatrice knipste die Taschenlampe wieder an. Wenn er es irgendwie schaffte, vor ihr beim Fahrrad zu sein, dann könnte er vielleicht abhauen.

»Ist ja egal«, sagte Roy, »wenn er die Schuhe nicht will, dann behalte ich sie eben. Und wenn er sie will – also, passen müssten sie ihm. Er sah etwa so groß aus wie ich.«

Aus der Dunkelheit kam nur Schweigen zurück.

»Beatrice, wenn du mich zusammenschlagen willst, könnten wir es dann vielleicht jetzt gleich hinter uns bringen? Meine Eltern dürften nämlich gerade bei der Polizei anrufen.«

Schweigen.

»Beatrice, bist du wach?«

»Eberhardt – was willst du von dem Jungen?«

Das war eine gute Frage, und Roy war sich nicht sicher, ob er die Antwort in Worte fassen konnte. Es hatte etwas mit dem Ausdruck auf dem Gesicht des Jungen zu tun, als er an den beiden Tagen am Bus vorbeigerannt war: Wild entschlossen hatte er ausgesehen, so als hätte er etwas ganz Dringendes zu tun. Auf jeden Fall konnte Roy diesen Ausdruck nicht vergessen.

»Ich weiß nicht«, sagte Roy, »ich weiß nicht, was es ist.«

Die Taschenlampe leuchtete ihm noch immer ins Gesicht. Roy arbeitete sich weiter zur Tür vor, doch Beatrice packte ihn ganz lässig am Hosenboden und zerrte ihn zu sich hinunter.

Roy saß schwer atmend da und wartete auf Prügel. Andererseits – Beatrice schien überhaupt nicht sauer zu sein.

»Welche Größe sind die?«, fragte sie und hielt die Turnschuhe hoch.

»Neun«, antwortete Roy.

»Hm.«

Beatrice deckte das Licht der Lampe mit einer Hand ab und legte einen Finger auf den Mund. Dann zeigte sie hinter sich. Im nächsten Moment hörte Roy draußen Schritte.

Beatrice knipste das Licht aus. Sie warteten. Die Schritte im Kies klangen schwerfällig, so wie die eines großen Mannes. Etwas klimperte beim Gehen, ein Schlüsselbund vermutlich oder lose Münzen in einer Tasche. Roy hielt die Luft an.

Als der Wachmann sich dem Eiswagen näherte, schlug er mit etwas, das sich wie ein Bleirohr anhörte, gegen einen der Kotflügel. Roy fuhr zusammen, gab aber keinen Laut von sich. Zum Glück ging der Mann weiter. Immer wieder hörten sie ihn mit seinem Rohr laut gegen eines der Autowracks schlagen, so als wollte er irgendetwas verschrecken, was sich im Schatten verborgen hielt.

Als der Mann weg war, flüsterte Beatrice: »Das war so ein Mietcop.«

»Was wollen wir eigentlich hier?«, fragte Roy matt.

Er hörte, wie Beatrice sich in dem dunklen Kabuff erhob. »Ich sag dir, was ich mache, Cowgirl«, sagte sie. »Ich biete dir einen kleinen Handel an.«

»Na also«, sagte Roy.

»Ich sorge dafür, dass der barfüßige Junge diese Schuhe kriegt, aber nur unter der Bedingung, dass du versprichst, ihn in Ruhe zu lassen, und ihm nicht mehr hinterherspionierst.«

»Du kennst ihn also doch!«

Beatrice riss Roy vom Boden hoch. »Ja«, sagte sie, »ich kenne ihn. Er ist mein Bruder.«

Um halb fünf am Nachmittag, wenn für Officer Delinko der Dienst normalerweise endete, stapelte sich die Arbeit noch immer auf seinem Schreibtisch. Er hatte noch jede Menge Formulare auszufüllen und Berichte fertig zu schreiben über das, was mit seinem Streifenwagen passiert war. Er schrieb weiter, bis ihm das Handgelenk wehtat, und um sechs war er endlich fertig.

Der Polizeiparkplatz war nur ein paar Häuserblocks entfernt, aber als Officer Delinko müde aus der Wache kam, schüttete es wie aus Eimern. Er wollte nicht, dass seine Uniform nass wurde, also wartete er unter dem Vordach, direkt unter dem großen Ö von *AMT FÜR ÖFFENTLICHE SICHERHEIT*.

Viele Städte hatten damit angefangen, ihre Polizeiwachen in *Amt für öffentliche Sicherheit* umzubenennen, weil man der Meinung war, das verschaffte der Polizei ein freundlicheres Image. Wie die meisten seiner Kollegen fand auch David Delinko, dass die Namensänderung sinnlos war. Ein Polizist war ein Polizist, fertig. Im Notfall würde niemand schreien: »Schnell, schnell, ruft das Amt für öffentliche Sicherheit!« Die Leute würden dasselbe rufen wie immer: »Ruft die Polizei!«

David Delinko war stolz darauf, Polizist zu sein. Sein Vater war bei der Kriminalpolizei in Cleveland, Ohio, für Raub und Einbruch zuständig gewesen und Davids älterer Bruder war im Morddezernat bei der Kriminalpolizei in Fort Lauderdale. David Delinkos sehnlichster Wunsch war es, auch zur Kriminalpolizei zu gehören – eines Tages.

Aber dieser Tag, dachte Officer Delinko traurig, war jetzt wohl in weite Ferne gerückt, und das hatte er den Vandalen vom Bauplatz des Pfannkuchenrestaurants zu verdanken.

Officer Delinko sah in den strömenden Regen hinaus und grübelte über seine Lage nach, als plötzlich ein Blitz in einen Strommast an der Straßenecke einschlug. Schnell zog der Polizist sich in die Eingangshalle der Polizeistation zurück, wo die Deckenbeleuchtung zweimal aufflackerte und dann erlosch.

»So ein Mist«, brummte Officer Delinko vor sich hin. Es blieb ihm nichts anderes übrig, als abzuwarten, bis das Gewitter vorbei war.

Er musste dauernd an die merkwürdigen Vorfälle auf dem Grundstück von Mama Paula denken. Erst zog jemand die Vermessungspfosten heraus, dann hockten Alligatoren in den Toiletten, und schließlich sprühte ihm jemand die Fenster seines Dienstwagens mit Farbe zu, während er darin saß und schlief. Das konnte nur das Werk von unerschrockenen und zu allem entschlossenen Tätern sein.

Unreif, das sicherlich, aber trotzdem unerschrocken.

Nach seiner Erfahrung waren Kinder normalerweise nicht so ausdauernd und auch nicht so wagemutig. Bei typischen Fällen von jugendlichem Vandalismus wurden die Taten immer von einer Clique von Jugendlichen begangen, denen es nur um den Kick ging und die einander zu übertreffen versuchten.

Aber das hier war kein typischer Fall, dachte Officer Delinko. Womöglich war es das Werk eines Einzeltäters, und der hatte entweder einen Groll auf Mama Paula – oder eine Mission zu erfüllen.

Nach einer Weile ließ der Regen nach und die Gewitterwolken verzogen sich. Officer Delinko hielt sich eine Zeitung über den Kopf und rannte los zum Parkplatz. Als er bei seinem Auto ankam, quoll das Wasser aus seinen handpolierten Schuhen.

Der Crown Victoria sah wie neu aus und stand vor dem verschlossenen Tor. Officer Delinko hatte den Garagenmeister gebeten, die Schlüssel hinter dem Deckel des Benzintanks zu verstecken; stattdessen steckten sie im Zündschloss, gut sichtbar für jeden, der vorbeispazierte. Der Garagenmeister konnte sich wohl nicht vorstellen, dass irgendjemand so verrückt sein könnte, einen Streifenwagen zu klauen.

Officer Delinko startete den Wagen und machte sich auf den Weg nach Hause. Er drehte eine kleine Runde um das Grundstück des Pfannkuchenrestaurants, aber da war keine Menschenseele zu sehen. Das überraschte ihn auch nicht – Verbrecher mochten schlechtes Wetter genauso wenig wie gesetzestreue Bürger.

Auch wenn er nicht im Dienst war, ließ Officer Delinko den Polizeifunk stets eingeschaltet. Das war eine der strikten Regeln für diejenigen mit der Erlaubnis, ihren Dienstwagen mit nach Hause zu nehmen. *Haltet immer die Ohren offen, falls mal ein Kollege Hilfe braucht.*

Heute Abend berichtete der Einsatzleiter von kleineren Auffahrunfällen sowie von einem vermissten Jungen, der mit dem Fahrrad im Gewitter unterwegs war. Roy Sowieso. Den Nachnamen konnte der Polizist nicht verstehen, weil gerade in dem Moment der Empfang gestört war.

Die Eltern sind sicher schon völlig verzweifelt, dachte Officer Delinko, aber bestimmt taucht der Junge heil wieder auf. Vermutlich hängt er in einem von den Einkaufszentren rum und wartet darauf, dass das Gewitter aufhört.

Officer Delinko ging der vermisste Junge noch immer durch den Kopf, als er zehn Minuten später an der Kreuzung West Oriole Avenue und Highway eine schlanke, klatschnasse Gestalt stehen sah. Es war ein Junge und die Beschreibung des Einsatzleiters passte genau: knapp einssechzig groß, dreiundvierzig Kilo schwer, mittelbraunes Haar.

Officer Delinko lenkte seinen Wagen an den Straßenrand. Er ließ das Seitenfenster hinunter und rief über die Kreuzung hinweg: »He, junger Mann!«

Der Junge winkte und tat einen Schritt nach vorn. Er schob ein Fahrrad; der Hinterreifen war anscheinend platt.

»Heißt du Roy?«

»Ja.«

»Soll ich dich vielleicht mitnehmen?«

Der Junge kam über die Straße mit seinem Rad, das problemlos in den geräumigen Kofferraum des Crown Victoria passte. Officer Delinko teilte dem Einsatzleiter über Funk mit, dass er den vermissten Jungen gefunden habe und alles in Ordnung sei.

»Roy, deine Eltern werden heilfroh sein, dich wiederzusehen«, sagte der Polizist.

Der Junge lächelte nervös. »Ich hoffe bloß, Sie haben Recht.«

Im Stillen gratulierte Officer Delinko sich selbst. Kein schlechtes Schichtende für jemanden, der zum Schreibtischdienst verdonnert war. Vielleicht würde ihm das ja dazu verhelfen, dass sein Chef ihn wieder in Gnaden aufnahm.

Roy war noch nie in einem Polizeiwagen gefahren. Er saß auf dem Beifahrersitz neben dem jungen Polizisten, der die Unterhaltung fast allein besorgte. Roy bemühte sich, höflich zu sein und immer wieder mal etwas zu sagen, aber seine Gedanken drehten sich nur um den rennenden Jungen und das was Beatrice Leep über ihn erzählt hatte.

»Mein Stiefbruder, genau genommen«, hatte sie gesagt.

»Wie heißt er?«

»Seinen Namen hat er abgelegt.«

»Und wieso nennen sie ihn Fischfinger? Ist er Indianer?« Zu Hause in Bozeman hatte Roy einen Mitschüler gehabt, dessen Nachname Drei Krähen bedeutete: Charlie Three Crows hieß er.

Beatrice Leep hatte gelacht. »Nein, der ist kein Indianer! Ich hab ihn Fischfinger getauft, weil er Meeräschen mit der bloßen Hand fangen kann. Hast du 'ne Ahnung, wie schwer das ist?«

Meeräschen waren schlüpfrige Köderfische, die sehr hoch springen konnten und in Schulen von hunderten unterwegs waren. Im Frühling war die Bucht bei Coconut Cove voll von ihnen. Üblicherweise wurden sie mit Netzen gefangen.

»Wieso wohnt er nicht zu Hause?«, hatte Roy Beatrice gefragt.

»Das ist erstens 'ne lange Geschichte und zweitens geht sie dich nichts an.«

»Und was ist mit der Schule?«

»Sie haben ihn zu einer ‚Spezialschule' geschickt. Zwei Tage hat er's da ausgehalten, dann ist er abgehauen. Den ganzen Weg ist er zurückgetrampt, von Mobile, Alabama.«

»Und deine Eltern?«

»Die wissen nicht, dass er hier ist, und ich werd's ihnen ganz bestimmt nicht sagen. *Keiner* sagt ihnen was. Kapiert?«

Roy hatte es feierlich versprochen.

Nachdem sie sich vom Schrottplatz geschlichen hatten, gab Beatrice Roy einen Erdnussbutterkeks, den er gierig verschlang. Unter den Umständen schien es ihm der leckerste Keks, den er je gegessen hatte.

Beatrice hatte ihn gefragt, was er seinen Eltern sagen wolle, wo er gewesen sei. Aber Roy war nichts eingefallen.

Und dann hatte Beatrice etwas ganz Irres gemacht: Sie hatte sein Rad hochgehoben und ein Loch in den Hinterreifen gebissen, gerade so, als würde sie in eine Pizza beißen.

Roy starrte sie mit offenem Mund an. Dieses Mädchen hatte Zähne wie eine Wölfin.

»Hier!«, sagte sie. »Jetzt hast du einen Platten. Und außerdem eine halbwegs taugliche Entschuldigung fürs Zu-spät-Kommen.«

»Möglich. Danke.«

»Also, worauf wartest du noch? Zisch endlich ab!«

Was für eine seltsame Familie, dachte Roy. Er spielte die Szene mit dem Reifen gerade noch mal im Kopf durch, als er den Polizisten sagen hörte: »Kann ich dich was fragen, junger Mann?«

»Klar.«

»Du gehst doch auf die Trace Middle, stimmt's? Hast du dort vielleicht irgendwas gehört über Sachen, die auf dem Grundstück von dem neuen Pfannkuchenrestaurant passieren?«

»Nein«, sagte Roy, »aber ich hab den Artikel in der Zeitung gesehen.«

Der Beamte rutschte unbehaglich auf seinem Sitz hin und her.

»Über die Alligatoren«, fügte Roy hinzu, »und den Polizeiwagen, der mit Farbe besprüht wurde.«

Der Polizist hustete erst einmal, dann sagte er: »Und du bist dir sicher, dass niemand irgendwas davon erzählt hat? Typen, die so was machen, geben ja ganz gern damit an.«

Kein Wort habe er darüber gehört, sagte Roy. »Hier ist meine Straße«, sagte er und zeigte mit der Hand in die Richtung. »Das sechste Haus links.«

Der Polizist bog in die Einfahrt vor dem Haus der Eberhardts und bremste. »Kannst du mir einen Gefallen tun? Wenn du doch noch was hörst über diese Sache mit Mama Paula, ganz egal, was, auch wenn es nur ein Gerücht ist – würdest du mich dann anrufen? Es ist sehr wichtig.«

Der Beamte reichte Roy eine Visitenkarte. »Das ist meine Nummer auf der Wache und das hier meine Handynummer.«

Über den Telefonnummern stand:

David Delinko
Officer im Streifendienst
Amt für öffentliche Sicherheit
Coconut Cove

»Du kannst mich jederzeit anrufen«, betonte Officer Delinko. »Halt einfach Augen und Ohren offen, okay?«

»Okay«, antwortete Roy wenig begeistert. Der Polizist wollte ihn als Informanten haben; seine eigenen Klassenkameraden sollte er ausspionieren. Ein stolzer Preis für eine Mitfahrgelegenheit.

Nicht, dass Roy darüber nicht froh gewesen wäre, aber er hatte auch nicht das Gefühl, dass er dem Polizisten mehr schuldete als ein ehrliches Dankeschön. Gehörte es nicht zu den Aufgaben eines Polizisten, anderen Menschen zu helfen?

Roy stieg aus und winkte seinen Eltern zu, die vor dem Haus auf den Stufen standen. Officer Delinko holte Roys Fahrrad aus dem Kofferraum. »So, bitte sehr«, sagte er.

»Danke«, sagte Roy.

»Geh damit zur Tankstelle. Da flicken sie dir den Reifen wieder. Hast du einen Nagel reingekriegt?«

»So ähnlich.«

Roys Vater kam und bedankte sich bei dem Polizisten, dass er den Jungen nach Hause gebracht hatte. Roy hörte, wie die beiden Männer sich über die Polizeiarbeit unterhielten, und er nahm an, dass sein Vater dem Beamten erzählt hatte, dass er für das Justizministerium arbeitete.

Während Mr. Eberhardt das Rad in die Garage stellte, rief Officer Delinko Roy mit gedämpfter Stimme zu sich: »He, junger Mann!«

Was kommt jetzt?, fragte sich Roy.

»Meinst du, es würde deinem Dad was ausmachen, einen Brief an den Polizeichef zu schreiben? Oder meinetwegen auch an meinen Sergeant? Nichts Großartiges, nur ein paar freundliche Worte über diese Sache heute Abend. Etwas für meine Akten. Diese kleinen Dinge sind durchaus hilfreich. Sie summieren sich.«

Roy nickte unverbindlich. »Ich werd ihn fragen.«

»Super. Bist ein prima Kerl.«

Officer Delinko setzte sich wieder ins Auto. Mrs. Eberhardt, die ins Haus gegangen war, um ein Handtuch zu holen, kam und schüttelte dem Polizisten herzlich die Hand. »Wir waren ganz außer uns vor Sorge. Haben Sie vielen Dank!«

»Ach, das war doch nichts.« Officer Delinko zwinkerte Roy kurz zu.

»Doch – Sie haben mein Vertrauen in die Polizei wiederhergestellt«, fuhr Roys Mutter fort. »Ehrlich, ich wusste gar nicht, was ich denken sollte, als ich diese unglaubliche Geschichte in der Zeitung las. Die über den Polizisten, dem man die Autofenster mit schwarzer Farbe besprüht hat.«

Roy hatte den Eindruck, dass Officer Delinko auf einmal aussah, als würde ihm gleich übel. »Gute Nacht zusammen«, sagte er noch, dann drehte er den Zündschlüssel um.

»Kennen Sie den Mann zufällig?«, fragte Roys Mutter unschuldig. »Den, der im Dienst eingeschlafen ist? Was passiert mit ihm? Wird er gefeuert?«

Mit quietschenden Reifen fuhr Officer Delinko rückwärts aus der Einfahrt und brauste davon.

»Vielleicht ein Notfall«, sagte Mrs. Eberhardt, während sie zusah, wie die Rücklichter in der Dunkelheit verschwanden.

»Ja«, sagte Roy lächelnd. »Kann sein.«

8

Roy hielt sein Versprechen. Er hörte auf, nach Beatrice Leeps Stiefbruder zu suchen, obwohl es ihm enorm schwer fiel.

Wenigstens machte das Wetter es ihm leichter, zu Hause zu bleiben. Drei Tage am Stück goss es wie aus Kübeln. Laut Wetterbericht hatte sich ein tropisches Tief über dem Süden von Florida niedergelassen. Zwischen zwanzig und dreißig Zentimetern Niederschlag wurden erwartet.

Aber selbst bei herrlichstem Sonnenschein wäre Roy nirgends hingegangen. Der Typ an der Tankstelle hatte ihm mitgeteilt, dass der Fahrradreifen nicht mehr zu flicken sei.

»Haben Sie vielleicht einen Affen als Haustier?«, hatte er Roys Vater gefragt. »Ich könnte schwören, dass das im Schlauch Abdrücke von Zähnen sind.«

Roys Eltern hatten Roy nicht einmal gefragt, was passiert war. Durch die Zeit in Montana waren sie an platte Reifen gewöhnt. Ein neuer war schon bestellt, aber bis dahin stand Roys Rad ungenutzt in der Garage. Die verregneten Nachmittage verbrachte er mit Hausaufgaben und einem Cowboy-Roman. Wenn er aus dem Fenster schaute, sah er nichts als Pfützen. Mehr denn je vermisste er die Berge.

Als Roys Mutter ihn am Donnerstag von der Schule abholte, hatte sie gute Neuigkeiten für ihn. »Du darfst jetzt wieder mit dem Schulbus fahren!«

Roy machte nicht gerade einen Luftsprung vor Freude. »Wieso? Was ist passiert?«

»Ich nehme an, Miss Hennepin hat noch mal über die Situation nachgedacht.«

»Und warum? Hast du sie angerufen oder was?«

»Ich habe sogar mehrmals mit ihr gesprochen«, gab seine Mutter zu. »Uns ging es um die Gerechtigkeit. Es war einfach nicht richtig, dass du vom Schulbus verwiesen wirst, während der Junge, der mit der Prügelei angefangen hat, straffrei ausgeht.«

»Das war keine Prügelei, Mom.«

»Ist ja auch egal. Jedenfalls sieht es so aus, als hätte sich Miss Hennepin unserer Sichtweise angeschlossen. Und ab morgen fährst du wieder mit dem Bus.«

Na wunderbar, dachte Roy. Danke, Mom.

Er hatte den Verdacht, dass es einen anderen Grund gab, weswegen sie der Stellvertretenden Schulleiterin so hartnäckig auf die Füße getreten hatte – sie wollte bestimmt gern wieder in ihren Yogakurs, der immer am frühen Vormittag in der Volkshochschule stattfand. Solange sie Roy zur Schule fahren musste, ging das nicht.

Aber Roy wollte auch nicht egoistisch sein. Er konnte

ja nicht für immer von seinen Eltern abhängig bleiben. Vielleicht würden die anderen Schüler im Bus gar kein großes Aufheben machen, wenn er wieder im Bus auftauchte.

»Was ist los, mein Lieber? Ich dachte, du freust dich, dass alles wieder im Lot ist.«

»Tu ich ja auch, Mom.«

Morgen ist gerade so gut wie jeder andere Tag, dachte Roy. Bringen wir's hinter uns.

Leroy Branitt, der Mann mit der Glatze, der sich Curly nannte, stand unter Hochspannung. Seine Augenlider zuckten, weil er zu wenig Schlaf bekam, und den ganzen Tag lang schwitzte er wie ein Wildschwein.

Eine Baustelle zu überwachen war eine verantwortungsvolle Tätigkeit und jeder Morgen brachte neue Hindernisse und neue Sorgen. Dank der geheimnisvollen Eindringlinge waren sie mit ihrem Zeitplan schon zwei Wochen in Verzug. Verzögerungen kosteten aber Geld und die Bosse von Mama Paula waren alles andere als glücklich darüber.

Noch irgendein Zwischenfall und sie würden ihn feuern, das hatte einer der Manager von Mama Paula Curly zu verstehen gegeben. Der Mann war der Stellvertretende Direktor des Unternehmens und zuständig für die Öffentlichkeitsarbeit. Chuck Muckle hieß er, und Curly fand, der Name passe viel eher zu einem Zirkusclown.

Chuck Muckle war jedoch alles andere als ein fröhlicher Mensch, schon gar nicht, nachdem er den Zeitungsartikel über den Streifenwagen gelesen hatte, dessen Fenster auf dem Grundstück von Mama Paula eingeschwärzt worden waren. Zu Chuck Muckles Aufgaben gehörte es, Mama Paulas kostbaren Namen aus den Nachrichten herauszuhalten, es sei denn, das Unternehmen eröffnete gerade eine Filiale oder stellte eine neue Pfannkuchenvariante vor, zum Beispiel die sensationellen Limonen-Crêpes.

In all den Jahren, in denen Curly schon Baustellen überwachte, hatte er noch nie einen solchen Anruf bekommen wie den von Chuck Muckle, nachdem der Zeitungsartikel erschienen war. Noch nie hatte ihn jemand eine geschlagene Viertelstunde lang so abgekanzelt wie der Stellvertretende Direktor der Restaurantkette.

»Hören Sie mal, das war doch nicht meine Schuld«, konnte er schließlich einwerfen. »*Ich* bin doch nicht im Dienst eingeschlafen. Das war doch der Polizist!«

Chuck Muckle sagte ihm, er solle aufhören zu jammern und die Sache wie ein Mann tragen. »*Sie* sind der Wachmann, Mr. Branitt, oder?«

»Ja, aber –«

»Also, wenn noch so etwas passiert, dann sind Sie ein arbeitsloser Wachmann. Mama Paulas Pfannkuchenhaus ist eine Aktiengesellschaft, die ihren weltweiten Ruf zu schützen hat. Diese Art von Aufmerksamkeit ist unserem Image nicht gerade förderlich. Haben Sie mich verstanden?«

»Jawohl«, hatte Curly geantwortet, obwohl er nichts verstanden hatte. Echten Liebhabern von Pfannkuchen konnte es doch völlig egal sein, was mit einem Polizeiwagen passiert war oder ob in den Baustellenklos Alligatoren gesteckt hatten. All diese merkwürdigen Vorfälle wären doch längst vergessen bis zur Eröffnung des Restaurants.

Aber Chuck Muckle war nicht in der Stimmung gewesen, sich auf eine vernünftige Diskussion einzulassen. »Hören Sie mir mal gut zu, Mr. Branitt. Jetzt ist Schluss mit dem Unfug. Wenn wir beide gleich aufgelegt haben, gehen Sie sofort hin und heuern die größten, blutdürstigsten Kampfhunde an, die Sie finden können. Rottweiler sind am besten, aber Dobermänner tun's auch.«

»Sehr wohl, Sir.«

»Ist der Platz inzwischen geräumt?«

»Es regnet«, hatte Curly gesagt. »Und es soll auch die ganze Woche noch regnen.« Vermutlich würde Chuck Muckle ihn auch noch fürs Wetter verantwortlich machen.

»Nicht zu fassen«, hatte der Stellvertretende Direktor geknurrt. »Ich will keine weiteren Verzögerungen mehr, verstanden? Keine.«

Es war geplant, das Grundstück vor dem feierlichen ersten Spatenstich mit Prominenten und Vertretern von Presse und Fernsehen zu planieren. Höhepunkt der Veranstaltung sollte der Auftritt der Schauspielerin sein, die in der Fernsehwerbung immer als Mama Paula auftrat.

Sie hieß Kimberly Lou Dixon und hatte vor über zehn Jahren für den Titel der Miss America kandidiert. Später war sie Schauspielerin geworden, allerdings konnte Curly sich nicht entsinnen, sie je in anderen Filmen als den Werbespots für Mama Paula gesehen zu haben. Da trug sie immer eine Baumwollschürze, eine graue Perücke und eine runde Nickelbrille, damit sie wie eine alte Dame aussah.

»Ich will Ihnen auch erklären, wieso Sie Ihren Job los sind, wenn das Projekt noch einmal ins Stocken gerät«, hatte Chuck Muckle zu Curly gesagt. »Miss Dixon hat nur ganz wenige freie Termine. In ein paar Wochen beginnt sie mit den Dreharbeiten für einen bedeutenden Film.«

»Sagen Sie bloß! Wie soll der denn heißen?« Curly und seine Frau waren begeisterte Kinogänger.

»›Mutierende Invasoren von Jupiter Sieben‹«, hatte Chuck Muckle gesagt. »Das Problem ist Folgendes, Mr. Branitt: Wenn wir die Feier zum ersten Spatenstich verschieben müssen, dann kann Miss Kimberly Lou Dixon nicht mehr dabei sein. Dann ist sie nämlich schon auf dem Weg nach Las Cruces, New Mexico, und bereitet sich auf ihre Rolle der Königin der mutierenden Grashüpfer vor.«

Wow, dachte Curly. Die Königin spielt sie!

»Ohne Miss Dixons Anwesenheit ist die Veranstaltung aber werbemäßig kein Straßenfeger. Sie symbolisiert unser Unternehmen. Sie ist sozusagen unser Maskottchen, unser –«

»... unser Tiger im Tank?«, hatte Curly gefragt.

»Ich bin froh, dass Sie begreifen, worum es geht.«

»Und ob ich das begreife, Mr. Muckle.«

»Ausgezeichnet. Wenn alles glatt läuft, dann müssen Sie und ich nie mehr miteinander sprechen. Wäre das nicht nett?«

»Oh doch«, hatte Curly zugestimmt.

Am allerdringlichsten war es also gewesen, einen Maschendrahtzaun um den Bauplatz zu ziehen. Es war gar nicht so einfach, jemanden zu finden, der bereit war, bei diesem Regen zu arbeiten, aber schließlich hatte Curly doch eine Firma in Bonita Springs aufgetrieben. Inzwischen war der Zaun fertig, jetzt fehlte nur noch der Mann mit den Wachhunden.

Curly war leicht nervös. Hunde waren überhaupt nicht sein Ding. Seine Frau und er hatten nie ein Haustier gehabt, wenn man die streunende Katze nicht mitrechnete, die gelegentlich hinter dem Haus auf der Veranda schlief. Diese Katze hatte nicht einmal einen Namen und Curly war das ganz recht. Mit den Menschen in seinem Leben hatte er schon mehr als genug am Hut.

Um halb fünf fuhr ein roter Truck mit Schlafkabine

neben dem Bauwagen vor. Curly zog sich einen gelben Poncho über seinen glänzenden Schädel und trat hinaus in den endlosen Nieselregen.

Der Hundetrainer war ein fleischiger Mann mit Schnurrbart, der sich als Kalo vorstellte. Er sprach mit starkem Akzent, genau so, wie die deutschen Soldaten in den Filmen über den Zweiten Weltkrieg redeten. Curly hörte die Hunde wild bellen. Sie befanden sich in der Schlafkabine und warfen sich mit Macht gegen die Heckklappe des Wagens.

»Sie gehen jetzt nach Hause, jawohl?«, fragte Kalo.

Curly warf einen Blick auf seine Armbanduhr und nickte.

»Ich schließ den Zaun zu, ja. Morgen komm ich ganz früh und hole Hunde.«

»Ist mir ganz recht«, sagte Curly.

»Wenn was passiert, sofort anrufen. Hunde nicht anfassen«, warnte ihn Kalo. »Nicht mit reden. Nicht füttern. Ganz wichtig, verstanden?«

»O ja.« Curly war mehr als glücklich, sich von diesen Bestien fern halten zu können. Er fuhr seinen Pick-up rückwärts vom Grundstück und stieg aus, um das Tor hinter sich zu schließen.

Kalo winkte freundlich, dann ließ er die Kampfhunde von der Leine. Es waren lauter Rottweiler, sogar extrem große. Sofort rasten sie am Zaun entlang und durch alle Pfützen, dass es nur so spritzte. Als sie am Tor ankamen, sprangen alle vier daran hoch, knurrten und schnappten wütend nach Curly auf der anderen Seite.

Kalo kam angelaufen und brüllte Kommandos auf Deutsch. Sofort hörten die Rottweiler auf zu bellen und setzten sich mit gespitzten Ohren.

»Wohl am besten, Sie gehen jetzt«, sagte Kalo zu Curly.

»Haben die auch Namen?«

»Ja doch. Der da ist Max. Der da Klaus. Der da Karl. Und der Große da heißt Pokerface.«

»Pokerface?«, fragte Curly.

»Mein bester, der, mein Baby. Hab ich extra aus München geholt.«

»Und der Regen – macht der denen nichts?«

Kalo grinste. »Die können draußen lassen, sogar bei Hurrikan. Aber jetzt nach Hause gehen und keine Sorge machen. Hunde sich kümmern um Problem.«

Als er zu seinem Auto ging, sah Curly, dass die Rottweiler jede seiner Bewegungen verfolgten. Sie keuchten leicht und um ihre Schnauzen herum lag weißer Schaum.

Diese Nacht würde er endlich wieder gut schlafen, dachte Curly. Gegen gut zweihundert Kilo gemeinster Hundekörper hatten die Vandalen keine Chance.

Wer da über den Zaun klettern wollte, der müsste schon verrückt sein. Total übergeschnappt.

Am nächsten Morgen bot Mrs. Eberhardt Roy an, ihn auf dem Weg zu ihrem Yoga-Kurs mitzunehmen und an der Bushaltestelle abzusetzen, aber Roy lehnte ab. Es hatte endlich aufgehört zu regnen, und er war ganz froh, wieder laufen zu können.

Eine frische Brise wehte von der Küste herein und die Luft roch angenehm nach Salz und Tang. Möwen kreisten über seinem Kopf, während in einem Nest hoch auf einem Strommast zwei Fischadler einander ankrächzten. Am Boden, neben dem Pfeiler des Mastes, lagen säuberlich abgenagte Skelette von Meeräschen.

Roy blieb stehen und sah sich die Fischgräten näher an. Dann trat er zurück und schaute hinauf zu den Fischadlern, deren Köpfe gerade eben über den Rand hinausragten. Einer war größer als der andere – vermutlich war es die Mutter, die ihrem Kind das Jagen beibrachte.

In Montana lebten die Fischadler in den Pappeln entlang der großen Flüsse, in denen sie nach Forellen und Felchen tauchten. Roy hatte sich gefreut, dass es auch in Florida Fischadler gab. Es war schon erstaunlich, dass Vögel ein und derselben Gattung in zwei so weit voneinander entfernten und so völlig verschiedenen Gegenden gut leben konnten. Wenn sie es können, dachte Roy, dann kann ich es vielleicht auch.

So lange blieb er unter dem Nest stehen, dass er um ein Haar den Bus verpasst hätte. Das letzte Stück musste er sogar rennen, aber er schaffte es gerade noch und stieg als Letzter ein.

Die anderen Schüler wurden merkwürdig still, als Roy durch den Gang lief. Als er sich setzen wollte, stand das Mädchen auf dem Fensterplatz rasch auf und zog in eine andere Reihe um.

Roy hatte ein ungutes Gefühl, aber er wollte sich lieber nicht umdrehen, um zu sehen, ob er Recht hatte. Er hockte sich hin und tat so, als wäre er in einen Comic vertieft.

Er hörte, wie hinter ihm erst geflüstert und dann hastig zusammengepackt wurde. Blitzartig verschwanden alle, die dort gesessen hatten, und gleich darauf spürte Roy, wie jemand Großes sich an ihn heranpirschte.

»Hi, Dana«, sagte er und drehte sich ganz langsam um.

»He, Cowgirl.«

Nach einer Woche war Dana Mathersons Nase noch immer leicht violett und geschwollen, aber sie stand definitiv nicht von der Stirn ab, wie Garrett behauptet hatte.

Das einzig Überraschende an Danas Aussehen war die dicke aufgeplatzte Oberlippe. So hatte Dana noch nicht ausgesehen, als Roy den Brief bei ihm abgegeben hatte. Roy fragte sich, ob Danas Mutter ihm vielleicht eins aufs Maul gegeben hatte.

Dank der neuen Verletzung lispelte der Idiot jetzt

richtig schön. »Wir müffen noch waff klären, Eberhardt.«

»Und was bitte?«, fragte Roy. »Ich hab mich bei dir entschuldigt. Damit wären wir quitt.«

Eine feuchte, schinkengroße Hand legte sich quer über Roys Gesicht. »Wir ffind alleff andere alff quitt«, sagte Dana.

Roy konnte nicht antworten, weil ihm der Mund zugehalten wurde. Er spähte zwischen Danas Wurstfingern hindurch, die nach Zigaretten stanken.

»Daff wird dir noch Leid tun, waff du gemacht hafft«, knurrte Dana. »Alpträume kriegfft du, und fwar von der fflimmfften Fforte.«

Der Schulbus fuhr eine Haltestelle an. Schnell ließ Dana von Roy ab und faltete brav die Hände für den Fall, dass der Fahrer zufällig in den Rückspiegel schauen sollte. Drei Schüler aus Roys Klasse stiegen ein, entschieden sich aber klugerweise für Plätze in den vorderen Reihen, als sie Dana sahen.

Kaum, dass der Bus wieder anfuhr, wollte Dana sich wieder an Roy heranmachen, doch der schlug ihm ganz locker den Arm weg. Dana kippte zurück und starrte Roy ungläubig an.

»Sag mal, hast du meinen Brief nicht gelesen?«, fragte Roy. »Solange du mich in Ruhe lässt, gibt's auch keinen Ärger.«

»Hafft du mich eben gebokfft? Hafft du mir auf den Arm gebokfft?«

»Verklag mich doch, wenn du willst.«

Dana riss die Augen auf. »Waff hafft du geffagt?«

»Ich hab gesagt, du solltest mal deine Ohren testen lassen – und deinen IQ am besten gleich mit.«

Roy wusste selbst nicht, welcher Teufel ihn da ritt, dass er jemandem, der so gewalttätig war, mit solchen Sprüchen kam. Er hatte wirklich keine Lust auf eine Keilerei, aber die Alternative war, zu kuschen und zu betteln, und so weit konnte er sich wirklich nicht herablassen.

Jedes Mal, wenn die Eberhardts in eine andere Stadt zogen, lernte Roy neue Ausgaben der Sorte Schinder und Dumpfbacken kennen. Er empfand sich inzwischen schon als Experte auf dem Gebiet. Solange er nicht zurückwich, ließen sie ihn normalerweise in Ruhe und suchten sich jemand anderen, den sie triezen konnten. Beleidigen sollte man sie aber lieber nicht, das konnte gefährlich werden.

Roy bemerkte ein paar von Danas bescheuerten Freunden, die hinten im Bus saßen und die Szene beobachteten. Das hieß, dass Dana sich verpflichtet fühlen würde, den anderen zu zeigen, was für ein toller Typ er war.

»Schlag zu«, sagte Roy.

»Waff?«

»Mach schon. Dann bist du's wenigstens los.«

»Du bifft echt ein Penner, Eberhardt.«

»Und du kannst vor lauter Blödheit kaum aus den Augen gucken, Matherson.«

Das hatte es gebracht. Dana warf sich nach vorn und knallte Roy eine. Er traf ihn seitlich am Kopf.

Nachdem er sich wieder aufgerichtet hatte, fragte Roy: »Na also. Geht's dir jetzt besser?«

»Verdammt gut geht'ff mir!«, rief Dana.

»Dann ist ja alles okay.« Roy drehte sich um und blätterte weiter in seinem Comic.

Dana schlug gleich noch einmal zu. Roy kippte zur Seite. Dana lachte gehässig und brüllte seinen Kumpeln hinten etwas zu.

Roy setzte sich sofort wieder gerade hin. Der Kopf tat ihm wirklich weh, aber er wollte nicht, dass jemand es merkte. Lässig hob er seinen Comic vom Boden auf und legte ihn sich auf den Schoß.

Dieses Mal schlug Dana mit der anderen Hand zu, die genau so fett und feucht war. Als Roy zu Boden ging, schrie er unwillkürlich auf, aber im Quietschen der Bremsen ging der Schrei unter.

Einen hoffnungsvollen Moment lang dachte Roy, der Fahrer habe vielleicht gesehen, was da vor sich ging, und sei an den Rand gefahren, um für Ordnung zu sorgen. Aber so war es leider nicht – der Fahrer bekam wie immer absolut nichts mit von Danas schlechtem Benehmen. Der Bus war einfach an der nächsten Haltestelle angekommen.

Solange die Schüler einstiegen, führte sich Dana mustergültig auf. Roy schaute hinunter auf seinen Comic. Er wusste, sobald der Bus losfuhr, würden die

Angriffe weitergehen, und er wappnete sich schon innerlich für Danas nächsten Schlag.

Doch der kam nicht.

An einer Straßenecke nach der anderen rollten sie vorbei, während Roy stocksteif dasaß und darauf wartete, dass er wieder eins übergebraten bekam. Schließlich siegte seine Neugier und er spähte vorsichtig über die linke Schulter.

Roy konnte es kaum fassen. Dana hockte zusammengesunken da und starrte säuerlich aus dem Fenster. Nach dem letzten Stopp hatte sich jemand mutig neben den Volltrottel gesetzt und ihm so den Spaß verdorben.

»Was glotzt du so?«, wurde Roy gleich angeblafft.

Trotz seiner bohrenden Kopfschmerzen musste Roy grinsen.

»Hi, Beatrice«, sagte er.

9

In der Schule war es einfach nervig. Jedes Mal, wenn Roy einen der Unterrichtsräume betrat, ließen seine Mitschüler alles stehen und liegen und starrten ihn an. Es kam ihm so vor, als wären sie immer wieder neu überrascht, dass er noch lebte und alle Knochen heil waren.

Als er nach Algebra aus der Klasse kam, hörte er hinter sich ein gewaltiges Furzimitat – das war Garrett, eindeutig. Er packte Roy am Ärmel und zog ihn mit sich in die Toiletten.

»Du siehst krank aus. Du solltest gleich nach Hause gehen«, riet ihm Garrett.

»Wieso, mir geht's gut«, sagte Roy, obwohl das nicht stimmte. Der Kopf tat ihm noch immer weh von den Schlägen, die Dana ihm im Bus verpasst hatte.

»Hör mir mal zu, du Pfeife«, sagte Garrett, »es ist mir ganz egal, wie du dich fühlst. Du bist krank. Echt krank, kapiert? Du musst deine Mutter anrufen, damit sie dich abholt.«

»Was hast du gehört?«

»Nach der siebten Stunde wartet er auf dich.«

»Soll er doch warten.«

Garrett zerrte Roy in eine der Kabinen und schloss von innen ab.

»Aber sonst geht's dir gut, oder?«, sagte Roy.

Garrett legte einen Finger auf die Lippen. »Ich kenne einen, der mit Dana Sport hat«, flüsterte er aufgeregt. »Der sagt, Dana krallt sich dich, bevor du in den Bus steigst.«

»Und was will er dann machen?«

»Na was wohl, du Affe!«

»Direkt vor der Schule? Wie denn?«, fragte Roy.

»Hör mal, mein Lieber, ich an deiner Stelle würde nicht abwarten, bis ich's weiß. Hey – du hast mir nie gesagt, dass du ihm auch eins aufs Maul gegeben hast.«

»Das war ich nicht, tut mir Leid.« Roy schloss auf und schob seinen Freund sanft nach draußen.

»Was machst du jetzt?«, rief Garrett über die Tür.

»Pinkeln.«

»Quatsch, das meinte ich nicht. Ich rede von Du-weißt-schon-wem.«

»Ich denk mir was aus.«

Aber was? Selbst wenn Roy es schaffte, Dana Matherson heute Nachmittag aus dem Weg zu gehen, würde das ganze Theater am Montag von vorn anfangen. Dana würde ihm wieder auflauern und Roy müsste sich einen anderen Fluchtplan ausdenken. Und so würde es weitergehen, Tag für Tag, bis zu den Ferien im Juni.

Es gab noch andere Möglichkeiten, aber keine war besonders attraktiv. Wenn er Dana bei Miss Hennepin anschwärzte, dann würde sie Dana in ihr Büro rufen lassen und ihm einen strengen Vortrag halten, mehr nicht. Darüber würde Dana bloß lachen. Wer konnte schon eine Stellvertretende Schulleiterin ernst nehmen, die ein einzelnes Haar über der Oberlippe kultivierte?

Wenn Roy seinen Eltern erzählte, wie die Situation mit Dana war, dann wären sie womöglich so besorgt, dass sie ihn von der Schule abmeldeten. Und das Ende vom Lied wäre, dass er mit einem anderen Bus zu irgendeiner Privatschule gekarrt würde, wo er tagein, tagaus dieselbe bescheuerte Uniform tragen und (laut Garrett) Latein lernen müsste.

Eine dritte Möglichkeit wäre, dass Roy sich noch einmal bei Dana entschuldigte, und dieses Mal müsste die Entschuldigung wirklich triefen vor aufrichtiger Reue. Aber das wäre zum einen entwürdigend und hätte zum anderen vermutlich nicht einmal die gewünschte Wirkung. Dana würde ihn trotzdem weiterhin gnadenlos schikanieren.

Als Letztes blieb ihm noch, standzuhalten und zu kämpfen. Roy machte sich nichts vor; er wusste, seine Chancen waren erbärmlich schlecht. Für ihn sprach, dass er schnell war und Grips hatte, aber Dana war bullig genug, ihn wie eine Weintraube zu zerquetschen.

Roy musste daran denken, was sein Vater einmal

gesagt hatte, als sie sich über Prügeleien unterhalten hatten: »Es ist wichtig, dass man für das eintritt, was richtig ist, aber manchmal ist die Grenzlinie zwischen Mut und Dummheit sehr fein.«

Roy vermutete, dass ein Kampf gegen Dana Matherson in die zweite Kategorie fiel.

Die Aussicht, von Dana zu Mus gehauen zu werden, gefiel ihm gar nicht, aber was ihn noch mehr beunruhigte, war die Auswirkung, die so etwas auf seine Mutter haben würde. Er vergaß nie, dass er ein Einzelkind war, und er wusste, dass seine Mutter es nicht ertragen könnte, wenn ihm etwas zustieße.

Roy hätte beinahe eine kleine Schwester gehabt, aber das sollte er eigentlich gar nicht wissen. Fünf Monate war seine Mutter mit dem Baby schwanger gewesen, als sie eines Nachts plötzlich furchtbar krank wurde und mit dem Krankenwagen in die Klinik musste. Als sie nach einigen Tagen wieder heimkam, war das Baby nicht mehr da, aber niemand erklärte ihm richtig, wieso nicht. Roy war damals erst vier Jahre alt, und seine Eltern waren so verstört gewesen, dass er sich nicht getraut hatte, Fragen zu stellen. Erst Jahre später hatte ein älterer Cousin ihm erklärt, was eine Fehlgeburt ist, und ihm unter dem Siegel der Verschwiegenheit anvertraut, dass Roys Mutter auf die Weise ein kleines Mädchen verloren hatte.

Seit damals hatte er sich immer bemüht, seinen Eltern nicht unnötige Sorgen zu machen. Egal, ob er ritt,

Rad fuhr oder auf dem Snowboard stand, immer verzichtete er auf die gewagten, wilden Kunststücke, die Jungen seines Alters normalerweise gern machen – nicht, weil er selbst Angst hatte, sondern weil er sich als Einzelkind dazu verpflichtet fühlte.

Und trotzdem hatte er heute Morgen im Bus diesen Brutalo mit dem Erbsenhirn beleidigt, der sowieso schon stinksauer auf ihn war. Manchmal verstand Roy selbst nicht, was ihn überkam. Manchmal besaß er mehr Stolz, als gut für ihn war.

In der letzten Stunde hatte er Amerikanische Geschichte. Nach dem Läuten wartete Roy, bis die anderen Schüler gegangen waren, dann spähte er vorsichtig den Gang hinunter. Keine Spur von Dana Matherson.

»Roy, stimmt was nicht?«

Mr. Ryan, der Geschichtslehrer, stand hinter ihm.

»Nein, alles in Ordnung«, sagte Roy leichthin und trat auf den Gang hinaus, während Mr. Ryan die Tür hinter ihnen schloss.

»Gehen Sie jetzt auch nach Hause?«, fragte Roy.

»Schön wär's. Aber ich muss noch Arbeiten korrigieren.«

Roy kannte Mr. Ryan nicht sehr gut, aber er ging neben ihm her, bis sie am Lehrerzimmer angekommen waren. Er redete über dies und das und gab sich ganz lässig, während er immer wieder unauffällig nach hinten schaute, um zu sehen, ob Dana irgendwo lauerte.

Mr. Ryan hatte zu seinen Collegezeiten in der Footballmannschaft gespielt und war seitdem kein bisschen kleiner geworden, deshalb fühlte Roy sich ziemlich sicher neben ihm. Es war fast so gut, als würde er neben seinem Dad herlaufen.

»Fährst du nicht mit dem Bus nach Hause?«, fragte Mr. Ryan.

»Doch, klar«, antwortete Roy.

»Aber ist die Haltestelle denn nicht auf der anderen Seite?«

»Ich will mich nur noch ein bisschen bewegen.«

Als sie am Lehrerzimmer ankamen, sagte Mr. Ryan: »Und vergiss nicht den Test am Montag.«

»Stimmt. Der Krieg von 1812«, sagte Roy. »Ich hab schon dafür gelernt.«

»Ach ja? Und wer hat die Schlacht am Eriesee gewonnen?«

»Kommodore Perry.«

»Welcher von beiden? Matthew oder Oliver?«

Roy musste raten. »Matthew?«

Mr. Ryan zwinkerte ihm zu. »Ein bisschen könntest du noch lernen«, sagte er. »Aber trotzdem ein schönes Wochenende.«

Dann stand Roy allein im Gang. Es war schon erstaunlich, wie schnell Schulen sich nach dem letzten Läuten leerten, gerade so, als hätte jemand bei einem gigantischen Whirlpool den Stöpsel herausgezogen. Roy horchte angestrengt nach Schritten, schleichenden

Schritten, hörte aber nur das Ticken der Uhr über der Tür zum Bioraum.

Ihm wurde klar, dass er noch genau vier Minuten bis zur Abfahrt des Busses hatte. Er machte sich aber keine Sorgen, denn er hatte sich schon eine Abkürzung durch die Turnhalle zurechtgelegt. Er hatte geplant, als Allerletzter in den Bus zu steigen. So konnte er sich auf einen der leeren Plätze ganz vorn setzen und blitzschnell an seiner Haltestelle hinausspringen. Dana und seine Kumpel belegten normalerweise die letzten Reihen und belästigten selten jemanden, der nahe beim Fahrer saß.

Abgesehen davon würde Mr. Kesey sowieso nie was merken, dachte Roy.

Er rannte bis ans Ende des Gangs, bog rechts um die Ecke und steuerte auf die Doppeltüren der Turnhalle zu. Fast hätte er es geschafft.

»Damit das glasklar ist, Mr. Branitt: Sie haben also nichts der Polizei gemeldet?«

»Nein, Sir«, sagte Curly mit Nachdruck in den Hörer.

»Das heißt, es dürfte nichts Schriftliches über diese jüngste Eskapade geben – richtig? Nichts, was irgendwie an die Presse geraten könnte?«

»Ich wüsste nicht, wie, Mr. Muckle.«

Für Curly war es wieder mal ein langer, entmutigender Tag gewesen. Die Sonne war zwar endlich hinter den Wolken hervorgekommen, aber seitdem war nichts

Gutes mehr passiert. Der Bauplatz wurde auch weiter nicht planiert, die Baumaschinen standen untätig herum.

Curly hatte den Anruf bei der Konzernzentrale so lange wie möglich hinausgezögert.

»Wenn das ein Witz sein soll, dann ist es ein verdammt schlechter«, hatte Chuck Muckle geknurrt.

»Das ist kein Witz.«

»Jetzt erzählen Sie mir die Sache noch einmal von vorn, Mr. Branitt. Mit allen elenden Einzelheiten.«

Und so hatte Curly alles wiederholt, angefangen damit, wie er früh am Morgen am Bauplatz angekommen war.

Der erste Hinweis auf Ärger war der zerfetzte rote Regenschirm, mit dem Kalo wedelte und seine vier Kampfhunde am Zaun entlangscheuchte. Dabei brüllte er hysterisch auf Deutsch herum.

Da er nicht von den Hunden angefallen werden wollte (und auch nicht vom Schirm aufgespießt), blieb Curly draußen vor dem Tor stehen und schaute verwirrt zu. In dem Moment fuhr ein Streifenwagen der Polizei von Coconut Cove vor – es war Officer Delinko, also derselbe, der eingenickt war, als er den Bauplatz bewachen sollte. Seinetwegen war die peinliche Geschichte mit dem schwarz eingefärbten Polizeiwagen in die Zeitung gekommen, seinetwegen hatte Curly den ganzen Ärger mit der Konzernleitung gekriegt.

»Ich bin gerade auf dem Weg zur Wache, aber ich hab den Aufstand da drin gesehen«, sagte Officer Delinko. Er musste laut sprechen, um das Gebell der Rottweiler zu übertönen. »Was ist denn los mit den Hunden?«

»Gar nichts«, sagte Curly. »Die werden bloß trainiert.«

Der Cop schluckte es und fuhr, zu Curlys großer Erleichterung, weiter. Sobald die Rottweiler an der Leine waren, scheuchte Kalo sie in den Camper und verschloss die Klappe. Wütend mit dem Regenschirm fuchtelnd, drehte er sich dann zu Curly um. »Sie da! Sie wollen meine Hunde umbringen!«, brüllte er.

Der Wachmann hob die Arme und zeigte die leeren Handflächen, um zu zeigen, dass er völlig unschuldig war. »Was reden Sie da eigentlich?«

Kalo riss das Tor auf und stapfte auf Curly zu, der sich fragte, ob er vielleicht einen Stein aufheben sollte, um sich zu verteidigen. Kalo war schweißgebadet, die Adern an seinem Hals traten deutlich hervor.

»Schlangen!« Er spuckte das Wort regelrecht aus.

»Was für Schlangen?«

»Sie wissen sehr gut! Hier wimmelt nur so von Schlangen! Giftschlangen!« An dieser Stelle hatte Kalo mit einem seiner rosigen Finger gewedelt. »Giftschlangen mit bunten Schwänzen!«

»Ich will Sie ja nicht beleidigen, aber Sie haben wohl 'ne Schraube locker.« Noch nie hatte Curly eine

Schlange auf Mama Paulas Grundstück gesehen. Und wenn er jemals eine gesehen hätte, dann wüsste er es noch – er hatte nämlich einen Horror vor Schlangen.

»Schraube locker?« Kalo packte ihn am Arm und führte ihn zu dem Bauwagen, den Curly als Büro nutzte. Dort, gemütlich zusammengerollt auf der zweiten Stufe, lag ein geflecktes Exemplar, das Curly sofort als Wassermokassinschlange erkannte. Die kamen im südlichen Florida häufig vor.

Kalo hatte Recht: Die Schlange war äußerst giftig. Und ihr Schwanz glitzerte farbig.

Er trat automatisch einen Schritt zurück. »Ich glaube, Sie übertreiben ein bisschen«, sagte er matt.

»Ach ja? Glauben Sie?«

Der Hundetrainer zerrte ihn zum Zaun, um ihm noch eine Schlange zu zeigen und noch eine und noch eine … Schließlich waren es neun. Curly standen die Haare zu Berge.

»Und – Sie glauben immer noch, Kalo hat Schraube locker?«

»Ich kann mir das nicht erklären«, gab Curly zittrig zu. »Vielleicht sind sie ja aus den Sümpfen gekommen, wegen dem vielen Regen.«

»Ganz bestimmt!«

»Hören Sie, ich –«

»Nein, jetzt Sie hören mir zu. Jeder von diese Hunde ist wert dreitausend US Dollar. Das heißt, was hier bellt im Wagen, das sind zwölftausend Dollar. Und wenn

Hund gebissen wird von Schlange, was dann? Dann ist kaputt, stimmt?«

»Ich hatte keine Ahnung, dass es hier Schlangen gibt, ich schwöre –«

»Bloß Wunder, dass Tieren nichts passiert ist! Pokerface – so nah war Schlange dran!« Mit den Händen zeigte Kalo eine Entfernung von einem knappen Meter. »Mit Schirm hier hab ich vertrieben!«

Im selben Moment trat Kalo in einen Eulenbau und verstauchte sich den Fuß. Ohne Curlys Hilfe anzunehmen, hüpfte er auf einem Bein zu seinem Wagen zurück.

»Ich gehe jetzt. Sie mich ja nicht wieder rufen!«, fauchte er noch.

»Hören Sie, ich hab doch gesagt, es tut mir Leid. Wie viel bin ich Ihnen schuldig?«

»Sie kriegen zwei Rechnungen. Eine für Hunde, eine für Bein.«

»Nun mal langsam ... !«

»Na ja, vielleicht auch nicht. Vielleicht ich geh gleich zu Anwalt.« Kalos Augen begannen zu leuchten. »Kann sein, ich keine Hunde mehr trainieren kann, weil Schmerzen in Bein, jawohl. Vielleicht auch klagen – auf, wie heißt gleich, Arbeitsunfähigkeit.«

»Nun machen Sie mal 'nen Punkt.«

»Mama Paula großer Konzern. Mit Haufen Geld, stimmt?«

Nachdem Kalo mit dröhnendem Motor weggefahren

war, hatte Curly sich vorsichtig auf den Weg zum Bauwagen gemacht. Die Wassermokassinschlange lag jetzt nicht mehr auf der Stufe und sonnte sich, aber Curly wollte kein Risiko eingehen. Er stellte eine Trittleiter auf und schwang sich durch ein Fenster.

Zum Glück hatte er die Telefonnummer von dem Reptilienfänger aufbewahrt, der so erfolgreich die Alligatoren aus den Toiletten geholt hatte. Der Mann war zwar gerade unterwegs, um einen Iguana einzufangen, aber seine Sekretärin versprach, er würde so bald wie möglich zum Bauplatz kommen.

Fast drei Stunden lang wagte Curly sich nicht aus dem Wagen, bis der Reptilienfänger endlich vorfuhr. Nur mit einem Kissenbezug und einem umgearbeiteten Golfschläger bewaffnet, suchte der Typ das ganze Grundstück nach Wassermokassinschlangen mit glitzernden Schwänzen ab.

Es war nicht zu fassen, aber er fand keine einzige.

»Das ist doch nicht möglich!«, brüllte Curly. »Heute Morgen war noch der ganze Platz voll!«

Der Reptilienfänger zuckte mit den Achseln. »Bei Schlangen weiß man nie. Die können wer weiß wo sein.«

»Das gefällt mir aber gar nicht!«

»Sind Sie sicher, dass es Mokassins waren? Ich hab noch nie eine mit glitzerndem Schwanz gesehen.«

»Vielen Dank für die Hilfe«, sagte Curly schneidend und knallte die Tür des Bauwagens zu.

Inzwischen war er derjenige, der sich schneidenden Spott anhören musste. »Vielleicht können Sie die Schlangen ja dressieren, dass sie das Grundstück bewachen«, sagte Chuck Muckle. »Das mit den Hunden hat ja nicht geklappt.«

»Es ist wirklich nicht komisch.«

»Da haben Sie sogar Recht, Mr. Branitt. Die Sache ist alles andere als komisch.«

»So 'ne Mokassin kann einen Menschen umbringen«, sagte Curly.

»Stimmt. Kann sie auch einen Bulldozer umbringen?«

»Na ja ... vermutlich nicht.«

»Also dann, worauf warten Sie noch?«

Curly seufzte. »Sehr wohl, Sir. Montagmorgen geht's los.«

»Das ist Musik für meine Ohren«, sagte Chuck Muckle.

In der Besenkammer stank es stechend nach Chlorbleiche und anderen Putzmitteln. Außerdem war es stockdunkel.

Dana Matherson hatte zugepackt und Roy abgefangen, als er auf die Turnhalle zurannte, hatte ihn in das Kabuff gezerrt und die Tür hinter sich zugeknallt. Wendig hatte Roy sich aus Danas feuchtem Griff befreit und hockte jetzt auf dem Boden zwischen lauter Plastikflaschen und anderem Kram, während Dana umherstolperte und blind zustieß.

Auf dem Hosenboden rutschte Roy vorsichtig auf den dünnen Lichtstreifen zu, wo er die Tür vermutete. In diesem Moment gab es irgendwo über ihm ein dröhnendes Geräusch und gleich darauf einen Aufschrei – offensichtlich hatte Dana einem Blecheimer einen kräftigen Kinnhaken versetzt.

Irgendwie schaffte Roy es, im Dunkeln den Türknauf zu finden. Er riss die Tür auf und wollte sich hinausstürzen in die Freiheit. Aber nur sein Kopf schaffte es, bevor Dana ihn wieder einfing. Roys Fingerspitzen rieben quietschend über das Linoleum, als Dana ihn zurück in das Putzkämmerchen zog und die Tür schloss. Roys Hilfeschreie blieben ungehört.

Als Dana ihn hochriss, tastete Roy verzweifelt nach irgendetwas, womit er sich verteidigen konnte. Mit der rechten Hand erwischte er einen Besenstiel oder dergleichen.

»Jefft hab ich dich, Cowgirl«, sagte Dana heiser.

Er nahm Roy in den Schwitzkasten und presste ihm die Luft aus den Lungen. Roys Arme waren zu beiden Seiten festgeklemmt und die Beine baumelten herunter wie die einer Stoffpuppe.

»Ffo, tut eff dir jefft Leid, waff du gemacht hafft?«, sagte Dana hämisch.

Roy merkte, wie ihm schwarz vor Augen wurde. Der Besenstiel glitt ihm aus den Händen, seine Ohren füllten sich mit dem Geräusch zusammenschlagender Wellen. Danas Griff war erdrückend, aber noch konnte

Roy die Beine bewegen. Mit aller Kraft, die ihm geblieben war, fing er an, um sich zu treten.

Einen Moment lang geschah gar nichts – dann fühlte Roy, wie er fiel. Er landete auf dem Rücken, so dass sein Rucksack den Aufprall milderte. Er konnte noch immer nichts sehen in der Dunkelheit, aber aus Danas Wimmern schloss er, dass er ihn an einem höchst empfindlichen Körperteil getroffen haben musste.

Roy wusste, dass er schnell handeln musste. Er versuchte sich auf den Bauch zu rollen, aber er war schwach und bekam seit Danas Würgegriff nur mühsam Luft. Hilflos lag er da, wie eine Schildkröte, die jemand auf den Rücken gedreht hat.

Als er Danas Wutschrei hörte, schloss er die Augen und machte sich auf das Schlimmste gefasst. Dana stürzte sich auf ihn und umklammerte Roys Hals mit seinen beiden Metzgerhänden.

Das war's, dachte Roy. Dieser Idiot bringt mich echt um. Roy fühlte, wie ihm heiße Tränen über die Wangen liefen.

Tut mir Leid, Mom. Vielleicht könnt ihr ja noch mal einen Versuch machen, Dad und du ...

Plötzlich flog die Tür der Besenkammer auf und das Gewicht, das auf Roys Brust gelastet hatte, war auf einmal weg. Er öffnete die Augen und sah gerade noch, wie Dana Matherson hochgehoben wurde. Seine Arme baumelten hin und her, auf seinem Schweinegesicht lag ein völlig verdatterter Ausdruck.

Roy blieb am Boden liegen, schnappte nach Luft und versuchte zu begreifen, was da gerade passiert war. Vielleicht hatte Mr. Ryan ja gehört, dass in der Besenkammer gekämpft wurde – er war so stark, dass er Dana wie einen Strohsack hochheben könnte.

Endlich konnte Roy sich auf den Bauch rollen und kam auf die Füße. Er tastete nach dem Lichtschalter und bewaffnete sich wieder mit dem Besenstiel, für alle Fälle. Als er den Kopf zur Tür hinausstreckte, sah er, dass der Gang menschenleer war.

Er ließ den Besen fallen und lief auf den nächsten Ausgang zu. Fast hätte er es geschafft.

10

»Ich hab meinen Bus verpasst«, murmelte Roy.

»Na und? Ich verpass gerade mein Fußballtraining«, sagte Beatrice.

»Was ist mit Dana?«

»Er wird's überleben.«

Nicht Mr. Ryan hatte Roy davor bewahrt, in der Besenkammer erwürgt zu werden – Beatrice Leep war es gewesen. Anschließend hatte sie Dana Matherson alle Klamotten bis auf die Unterhosen heruntergerissen und ihn an den Fahnenmast vor dem Verwaltungsgebäude der Schule gefesselt. Dann hatte sie sich ein Fahrrad »ausgeliehen« und Roy mit Gewalt auf dem Lenker platziert. Nun radelte sie mit einer Wahnsinnsgeschwindigkeit durch die Straßen – und Roy hatte keine Ahnung, wohin. Er fragte sich, ob es sich rein rechtlich gesehen um eine Entführung handelte. Es musste doch ein Gesetz geben, wonach es verboten war, dass ein Schüler einen anderen vom Schulgelände verschleppte.

»Wohin fahren wir überhaupt?« Er nahm an, dass Beatrice die Frage wieder ignorieren würde, wie schon zwei Mal zuvor.

Aber dieses Mal antwortete sie: »Zu dir nach Hause.«

»Was?«

»Halt jetzt bitte den Mund, ja? Ich hab eine Saulaune.«

Roy merkte an ihrem Tonfall, dass sie ziemlich aufgeregt war.

»Du musst mir einen Gefallen tun, jetzt gleich«, sagte sie.

»Klar. Was du willst.«

Was sollte er auch sonst sagen? Er klammerte sich verzweifelt am Lenker fest, während Beatrice über Kreuzungen schoss und in Zickzacklinien zwischen den Autos hindurchpreschte. Sie war eine geübte Radlerin, trotzdem war Roy nervös.

»Verbandmaterial, Pflaster. Desinfektionsmittel«, sagte Beatrice. »Hat deine Mom so was?«

»Natürlich.« Die Hausapotheke seiner Mutter hätte ausgereicht, um eine kleinere Notaufnahmestation auszustatten.

»Gut. Jetzt brauchen wir nur noch 'ne gute Ausrede.«

»Was ist eigentlich los? Wieso kannst du das Zeug nicht bei dir zu Hause kriegen?«

»Weil dich das 'nen Dreck angeht.« Beatrice biss die Zähne zusammen und trat noch fester in die Pedale. Roy hatte das ungute Gefühl, dass mit Beatrice' Stiefbruder, dem rennenden Jungen, irgendwas Schlimmes passiert sein musste.

Mrs. Eberhardt machte ihnen die Tür auf. »Ich hab

mir schon Sorgen gemacht, Liebes. Hat der Bus Verspätung gehabt? Oh – wer ist denn das?«

»Mom, das ist Beatrice. Sie hat mich mitgenommen, auf dem Fahrrad.«

»Ich freue mich, dich kennen zu lernen, Beatrice!« Roys Mutter war nicht nur einfach höflich. Sie freute sich wirklich, dass Roy jemanden mit nach Hause brachte, auch wenn dieses Mädchen ziemlich burschikos aussah.

»Wir wollen gleich zu Beatrice und zusammen Hausaufgaben machen. Okay?«

»Ihr könnt gern hier arbeiten. Es ist ganz still im Haus –«

»Es geht um ein Chemieexperiment«, warf Beatrice schnell ein. »Es könnte ziemlich viel Unordnung geben.«

Roy unterdrückte ein Grinsen. Beatrice hatte seine Mutter auf Anhieb richtig eingeschätzt. Mrs. Eberhardt legte Wert auf ein super aufgeräumtes Haus. Beim Gedanken an Reagenzgläser mit blubbernden chemischen Lösungen runzelte sie besorgt die Stirn.

»Ist das auch nicht gefährlich?«

»Oh, wir tragen immer Gummihandschuhe«, sagte Beatrice beruhigend. »Und Schutzbrillen.«

Es war offensichtlich, dass Beatrice Erfahrung darin hatte, Erwachsenen was vorzuschwindeln. Mrs. Eberhardt fiel auch sofort auf die Geschichte rein.

Während sie ihnen eine Kleinigkeit zu essen machte,

schlich sich Roy aus der Küche und ging schnell in das Bad seiner Eltern. Die Erste-Hilfe-Ausrüstung war im Schrank unter dem Waschbecken. Roy nahm eine Schachtel mit Mullbinden, eine Rolle mit Klebepflaster und eine Tube mit antibiotischer Salbe, deren Farbe an Grillsauce erinnerte, und verstaute alles in seinem Rucksack.

Als er wieder in die Küche kam, saßen Beatrice und seine Mutter am Tisch und unterhielten sich. Zwischen ihnen stand ein Teller mit Erdnusskeksen. Beatrice kaute mit vollen Backen, was Roy als viel versprechendes Zeichen deutete. Es duftete süß nach den noch warmen Keksen und Roy nahm sich gleich zwei auf einmal.

»Los jetzt«, sagte Beatrice und sprang auf. »Wir haben noch viel zu tun.

»Ich bin so weit«, sagte Roy.

»Oh, warte noch – weißt du, was wir vergessen haben?«

Er hatte keine Ahnung, was Beatrice meinte. »Nein, was?«

»Das Hackfleisch«, sagte sie.

»Hmh?«

»Du weißt doch, für das Experiment.«

»Ach so.« Jetzt spielte Roy mit. »Stimmt.«

Seine Mutter sagte eifrig: »Ich hab zwei Pfund Hackfleisch im Kühlschrank. Wie viel braucht ihr denn?«

Roy schaute zu Beatrice, die unschuldig lächelte.

»Zwei Pfund reichen uns locker, Mrs. Eberhardt, vielen Dank.«

Roys Mutter ging eilig zum Kühlschrank und holte die Packung mit dem Fleisch heraus. »Was für ein Experiment macht ihr da eigentlich?«

Bevor Roy noch antworten konnte, sagte Beatrice: »Es geht um Zellenverfall.«

Mrs. Eberhardt rümpfte die Nase, als hätte sie jetzt schon einen fauligen Geruch in der Nase. »Na, dann saust mal los«, sagte sie, »solange das Fleisch noch frisch ist.«

Beatrice Leep lebte bei ihrem Vater, einem früheren Basketballprofi mit kaputten Knien, einem Bierbauch und wenig Lust auf regelmäßige Arbeit. Leon »Lurch« Leep hatte sehr erfolgreich erst bei den Cleveland Cavaliers, später bei Miami Heat gespielt, aber zwölf Jahre nachdem er sich aus dem Profisport zurückgezogen hatte, konnte er sich immer noch nicht entscheiden, was er mit dem Rest seines Lebens anfangen sollte.

Beatrice' Mutter war eigentlich keine ungeduldige Frau, aber irgendwann hatte sie sich von Leon scheiden lassen und als Kakadu-Trainerin im Papagei-Dschungel, einer Touristenattraktion in Miami, angeheuert. Beatrice hatte sich dafür entschieden, bei ihrem Vater zu bleiben, teils, weil sie auf Papageien allergisch reagierte, teils, weil sie Zweifel hatte, dass Leon Leep allein überleben konnte. Im Grunde war er inzwischen nur noch ein schlaffer Fettkloß.

Aber keine zwei Jahre nachdem Mrs. Leep ihn verlassen hatte, überraschte Leon alle Welt damit, dass er sich mit einer Frau verlobte, die er bei einem Golfturnier mit Promis kennen gelernt hatte. Lonna war eine der Kellnerinnen, die im Badeanzug mit kleinen Elektrowagen über den Golfplatz fuhren und den Spielern Bier und andere Getränke servierten. Bis zum Tag der Hochzeit kannte Beatrice nicht einmal Lonnas Nachnamen. An diesem Tag erfuhr sie auch, dass sie in Zukunft einen Stiefbruder haben würde.

Lonna fuhr zusammen mit einem düster dreinschauenden Jungen vor der Kirche vor. Er hatte knochige Schultern, sonnengebleichtes Haar und war braun gebrannt. Er schien sich mit Jackett und Krawatte sehr unwohl zu fühlen und verdrückte sich noch vor dem Empfang. Kaum hatte Leon den Ehering an Lonnas Finger gesteckt, da knallte der Junge seine auf Hochglanz polierten schwarzen Schuhe in die Ecke und rannte davon. Diese Szene wiederholte sich dann noch öfter in der Chronik der Familie Leep.

Lonna kam mit ihrem Sohn überhaupt nicht zurecht und nörgelte ständig an ihm herum. Beatrice kam es so vor, als hätte Lonna Angst, ihr frisch gebackener Ehemann könnte sich über das Benehmen ihres Sohnes ärgern, dabei schien Leon gar keine Notiz von ihm zu nehmen. Ab und zu machte er einen halbherzigen Versuch, sich dem Jungen anzunähern, aber die beiden hatten wenig gemein. Für Leons große Leidenschaften – Sport, Fastfood und Fernsehen – interessierte sich der Junge absolut nicht, er verbrachte seine ganze freie Zeit damit, durch die Wälder und Sümpfe zu streifen.

Einmal brachte Lonnas Sohn ein verwaistes Waschbärenbaby mit nach Hause, das prompt in einen von Leons Lieblingsschuhen aus feinem Leder kroch und sich darin erleichterte. Leon schien eher überrascht als sauer, aber Lonna ging in die Luft wie eine Rakete. Ohne mit ihrem Mann darüber zu reden, suchte sie für ihren Sohn einen Platz an einer Kadettenanstalt. Das war der erste von mehreren gescheiterten Versuchen, ihren Sohn zu »normalisieren«, wie sie es nannte.

Selten hielt er es länger als zwei Wochen irgendwo aus, bevor er wegrannte oder rausgeworfen wurde. Als das zum letzten Mal passierte, sagte Lonna ihrem Mann absichtlich nichts davon. Stattdessen tat sie weiter so, als ginge es ihrem Sohn gut – er habe gute Noten, erzählte sie, und sein Verhalten werde immer besser.

In Wirklichkeit wusste Lonna gar nicht, wo ihr Sohn überhaupt steckte, und sie hatte auch nicht die Absicht, nach ihm zu suchen. Sie hatte »die Nase voll von dem kleinen Monster«, jedenfalls hörte Beatrice, wie Lonna das am Telefon zu jemandem sagte. Und Leon Leep zeigte an dem Jungen keinerlei Interesse; was seine Frau ihm über ihren missratenen Sprössling erzählte, reichte ihm völlig. Leon merkte nicht einmal, als die Kadettenanstalt keine Rechnungen mehr für das Schulgeld schickte.

Lange bevor seine Mutter ihn zum letzten Mal wegschickte, hatten der Junge und seine Stiefschwester stillschweigend ein Bündnis geschlossen. Als Lonnas Sohn wieder in Coconut Cove auftauchte, war Beatrice der erste und einzige Mensch, zu dem er Kontakt aufnahm. Sie war auch der Meinung, dass es besser sei, nicht zu verraten, wo er sich aufhielt, denn sie wusste, sobald Lonna dahinter käme, würde sie nur das Jugendamt einschalten.

Um genau das zu verhindern, hatte sich Beatrice Roy vorgeknöpft, als sie gesehen hatte, wie er ihrem Stiefbruder hinterhergerannt war. Sie tat, was jede große Schwester getan hätte.

Während ihrer gemeinsamen Fahrt auf dem Rad bekam Roy jedenfalls so viel von der Familiengeschichte mit, dass er die schwierige Situation begriff. Und als er die Wunde des Jungen sah, verstand er auch, wieso Beatrice gleich losgerannt war, um Hilfe zu suchen, als sie ihren Bruder stöhnend im Eiswagen gefunden hatte.

Es war das erste Mal, dass Roy den Jungen aus der Nähe und von Angesicht zu Angesicht sehen durfte. Ausgestreckt lag er da, ein zerdrückter Karton diente ihm als Kopfkissen. Sein strohblondes Haar war matt vom Schweiß, seine Stirn fühlte sich heiß an. Der ruhelose, flackernde Blick des Jungen erinnerte ihn irgendwie an den eines Tieres.

»Tut es sehr weh?«, fragte Roy.

»Nee.«

»Lügner«, sagte Beatrice.

Der linke Arm des Jungen war rotviolett verfärbt und angeschwollen. Zuerst dachte Roy an einen Schlangenbiss und schaute sich besorgt um. Aber zum Glück war die Tüte mit den Wassermokassins nirgends zu sehen.

»Auf dem Weg zum Bus bin ich heute Morgen kurz vorbeigekommen und da hab ich ihn so gefunden«, erklärte Beatrice. Dann wandte sie sich an ihren Stiefbruder: »Komm schon, erzähl dem Cowgirl, was passiert ist.«

»Ein Hund hat mich erwischt.« Der Junge drehte seinen Arm um und zeigte auf mehrere knallrote Stellen, wo eindeutig ein Hund zugelangt hatte.

Die Bisswunden waren schlimm, aber Roy hatte schon Schlimmeres gesehen. Als sein Vater ihn einmal zu einer Landwirtschaftsausstellung mitgenommen hatte, war dort ein Rodeo-Clown von einem in Panik geratenen Pferd angefallen worden. Der Clown hatte so heftig geblutet, dass er mit dem Hubschrauber ins nächste Krankenhaus gebracht werden musste.

Roy machte seinen Rucksack auf und holte das Erste-Hilfe-Material heraus. Seit er in Montana an einem Sommerlager teilgenommen hatte, kannte er sich ein bisschen aus mit der Behandlung von offenen Wunden. Beatrice hatte den Arm bereits mit Mineralwasser gereinigt, so dass Roy gleich antiseptische Tinktur auf ein Stück Mullbinde tropfen und dem Jungen einen festen Verband anlegen konnte.

»Du brauchst eine Tetanusspritze«, sagte Roy.

Fischfinger schüttelte den Kopf. »Geht schon.«

»Rennt der Hund immer noch da draußen rum?«

Der Junge sah Beatrice fragend an und sie sagte: »Erzähl's ihm.«

»Sicher?«

»Ja, er ist in Ordnung.« Sie warf Roy einen abschätzenden Blick zu. »Außerdem ist er mir noch was schuldig. Er ist heute um ein Haar in der Besenkammer zerquetscht worden – stimmt's, Cowgirl?«

Roy lief rot an. »Das spielt ja jetzt keine Rolle. Was war mit dem Hund?«

»Genau genommen waren es vier«, sagte Fischfinger. »Hinter einem Drahtzaun.«

»Aber wie bist du dann gebissen worden?«

»Bin mit dem Arm stecken geblieben.«

»Wieso, was hast du denn gemacht?«

»Ach, nichts Besonderes«, sagte der Junge. »Beatrice, was ist mit dem Hackfleisch?«

»Alles klar. Roys Mom hat uns welches gegeben.«

Der Junge setzte sich auf. »Dann sollten wir mal in die Gänge kommen.«

»Nein«, sagte Roy, »du brauchst jetzt Ruhe.«

»Später. Kommt schon, sie werden bald Hunger haben.«

Roy sah Beatrice an, doch die machte keine Anstalten, ihm eine Erklärung zu geben.

Sie folgten Fischfinger aus dem Eiswagen und vom Schrottplatz hinunter. »Wir treffen uns da«, sagte er noch, dann rannte er los. Roy versuchte sich vorzustellen, wie viel Kraft das den Jungen kosten musste bei dieser schmerzhaften Verletzung.

Als Fischfinger losdüste, stellte Roy mit Befriedigung fest, dass er Schuhe anhatte – und zwar genau die Turnschuhe, die Roy ihm vor ein paar Tagen gebracht hatte.

Beatrice stieg aufs Rad und zeigte auf den Lenker. »Spring auf!«

»Kommt nicht in Frage«, antwortete Roy.

»Jetzt spinn nicht rum.«

»Hör mal, ich mach da nicht mit. Nicht, wenn er den Hunden was tun will.«

»Wovon redest du eigentlich?«

»Dafür wollte er doch das Fleisch, oder?«

Roy dachte, er sei dahinter gekommen. Er dachte, der Junge wolle sich an den Hunden rächen, indem er dem Hackfleisch irgendetwas beimischte, etwas Schädliches, vielleicht sogar Giftiges.

Beatrice lachte und verdrehte die Augen. »So verrückt ist er auch wieder nicht. Los jetzt!«

Eine Viertelstunde später fand Roy sich in der East

Oriole Avenue wieder, in der Nähe desselben Bauwagens, von dem aus der Wachmann ihn vor wenigen Tagen angebrüllt hatte. Es war fast fünf Uhr und die Baustelle sah verlassen aus.

Roy fiel auf, dass um das Grundstück herum inzwischen ein Drahtzaun errichtet worden war. Er erinnerte sich, dass der verrückte Wachmann ihm damit gedroht hatte, gefährliche Hunde auf ihn loszulassen – wahrscheinlich waren die es gewesen, die Fischfinger gebissen hatten.

Roy sprang vom Rad und sagte zu Beatrice: »Hat das irgendwas mit dem Streifenwagen zu tun, der hier mit Farbe voll gesprüht wurde?«

Beatrice sagte nichts.

»Oder den Alligatoren in den Klos?«, fragte Roy weiter.

Er kannte die Antwort, aber Beatrice' Gesichtsausdruck sagte schon alles: *Kümmer dich um deinen eigenen Kram.*

Trotz des Fiebers und der heftigen Infektion war Fischfinger vor ihnen an der Baustelle eingetroffen.

»Gib her«, sagte er und riss Roy das Päckchen mit dem Fleisch aus der Hand.

Roy schnappte es sich zurück. »Erst, wenn du mir sagst, wofür.«

Der Junge schaute Hilfe suchend zu Beatrice hinüber, aber die schüttelte den Kopf. »Mach schon«, sagte sie. »Wir haben nicht den ganzen Tag Zeit.«

Fischfinger kletterte über den Zaun, sein verletzter Arm hing dabei schlaff herunter. Beatrice folgte ihm. Mühelos schwang sie ihre langen Beine hinüber.

»Worauf wartest du noch?«, blaffte sie Roy an, der immer noch auf der anderen Seite stand.

»Und was ist mit den Hunden?«

»Die sind doch längst weg«, sagte Fischfinger.

Total verwirrt stieg Roy über den Zaun. Er folgte Beatrice und ihrem Stiefbruder zu einem Bulldozer, der auf dem Gelände stand. Dort, im Schatten der Schaufel, waren sie von der Straße aus nicht zu sehen. Roy hockte sich hin, zwischen Beatrice und Fischfinger.

Roy legte beide Arme über das Fleischpäckchen auf seinen Beinen, wie ein Footballspieler, der den Ball bewacht.

»Hast du den Polizeiwagen eingesprüht?«, fragte er den Jungen kühn.

»Kein Kommentar.«

»Und die Alligatoren in die Klos gesteckt?«

Fischfinger kniff die Augen zu schmalen Schlitzen zusammen und starrte geradeaus.

»Ich kapier das nicht«, sagte Roy. »Wieso machst du so einen Schwachsinn? Wen interessiert das schon, ob die ihr blödes Pfannkuchenrestaurant hier hinstellen oder nicht?«

Der Junge warf den Kopf herum und sah Roy mit einem eisigen Blick an.

An seiner Stelle antwortete Beatrice. »Mein Stiefbruder ist von den Hunden gebissen worden, weil er mit seinem Arm im Zaun stecken geblieben ist. So, und jetzt frag mich, wieso er ihn überhaupt durchgestreckt hat.«

»Okay. Wieso?«, fragte Roy.

»Er hat Schlangen ausgesetzt.«

»Die vom Golfplatz? Die Wassermokassins?«, rief Roy. »Aber warum? Willst du jemanden umbringen?«

Fischfinger lächelte überlegen. »Die könnten keiner Fliege was zuleide tun, diese Schlangen. Ich hab ihnen das Maul zugeklebt.«

»Haha!«

»Und Glitzerfarbe auf die Schwänze geschmiert, damit sie gut zu sehen sind«, fuhr der Junge fort.

»Ist echt wahr, Eberhardt«, sagte Beatrice.

Die Farbe hatte Roy allerdings mit eigenen Augen gesehen. »Na schön«, sagte er, »aber wie klebt man einer Schlange das Maul zu?«

»Ganz vorsichtig«, antwortete Beatrice und lachte trocken.

»Ach, das ist gar nicht so schwer«, meinte Fischfinger, »du musst bloß wissen, was du tust. Ich wollte den Hunden ja nichts Böses, ich wollte sie nur ein bisschen aufmischen.«

»Hunde können Schlangen nämlich nicht leiden«, erklärte Beatrice.

»Die flippen total aus. Bellen und jaulen und rennen wie blöd im Kreis rum«, sagte ihr Stiefbruder. »Ich wusste, wenn er die Mokassins sieht, bringt der Trainer die Hunde sofort hier weg. Rottweiler sind nämlich nicht billig.«

Das war wirklich der wildeste Plan, von dem Roy je gehört hatte.

»Das Einzige, womit ich nicht gerechnet hatte«, sagte Fischfinger und schaute auf seinen bandagierten Arm, »war, dass sie mich beißen.«

»Ich trau mich ja kaum zu fragen«, sagte Roy, »aber was ist aus deinen Schlangen geworden?«

»Ach, denen geht's gut«, berichtete der Junge. »Ich bin hin und hab sie alle wieder geholt. Dann hab ich sie an einen sicheren Ort gebracht und freigelassen.«

»Aber erst musste er ihnen die Klebstreifen vom Mund pulen«, sagte Beatrice kichernd.

»Halt«, sagte Roy. Er war völlig durcheinander. »Jetzt mal langsam.«

Fischfinger und Beatrice sahen ihn ganz nüchtern an. Roy schwirrten die Fragen nur so durch den Kopf. Die beiden mussten irgendwie von einem anderen Planeten kommen.

»Würde mir vielleicht mal einer von euch erklären«, bat er, »was das alles mit Pfannkuchen zu tun hat? Vielleicht bin ich ja vernagelt, aber ich kapier's einfach nicht.«

Der Junge grinste und rieb sich über den geschwollenen Arm. »Ganz einfach, Mann«, sagte er. »Mama Paula darf hier nicht bauen, und zwar aus demselben

Grund, weswegen hier keine miesen alten Rottweiler frei rumlaufen dürfen.«

»Zeig ihm, wieso nicht«, sagte Beatrice zu ihrem Stiefbruder.

»Okay. Gib mir mal das Hackfleisch.«

Roy reichte ihm das Päckchen. Fischfinger pulte die Plastikfolie ab und fummelte eine Hand voll Hackfleisch heraus, das er sorgfältig zu sechs kugelrunden Fleischbällchen rollte.

»Komm mit«, sagte er. »Aber sei möglichst leise.«

Fischfinger führte Roy zu einem Loch in einem Grasflecken und legte zwei Hackfleischbällchen davor. Dann ging er zu einem Loch auf der anderen Seite des Grundstücks, das ganz genau so aussah wie das erste, und legte auch dort zwei Bällchen hin. Dasselbe tat er an einem dritten Loch in einer entfernten Ecke des Grundstücks.

Während er in einen der dunklen Tunnel spähte, fragte Roy: »Was ist denn da unten?«

In Montana gruben nur Dachse und Streifenziesel solche Löcher in den Boden, und Roy war sich ziemlich sicher, dass es die in Florida kaum gab.

»Pscht!«, sagte der Junge.

Roy ging hinter ihm her zum Bulldozer, wo Beatrice immer noch auf dem Schaufelblatt saß und ihre Brille putzte.

»Und?«, fragte sie Roy.

»Was und?«

Fischfinger tippte ihm auf den Arm. »Horch!«

Roy hörte ein kurzes, hohes *Ku-kuu*. Dann noch eins, quer über den Platz hinweg. Beatrice' Stiefbruder stand leise auf, schlüpfte aus seinen neuen Turnschuhen und schlich vorwärts. Roy folgte ihm dicht auf den Fersen.

Trotz des Fiebers grinste der Junge, als er Roy ein Zeichen gab, stehen zu bleiben. »Da!«

Er zeigte auf den ersten Bau.

»Wow!«, flüsterte Roy.

Direkt neben dem Loch stand, neugierig ein Fleischbällchen beäugend, die kleinste Eule, die er je gesehen hatte.

Fischfinger tippte ihm sanft auf die Schulter.

»Okay? Hast du's jetzt kapiert?«

»Ja«, sagte Roy. »Alles klar.«

11

Officer David Delinko hatte es sich zur Gewohnheit gemacht, jeden Morgen auf dem Weg zur Arbeit und jeden Nachmittag auf dem Heimweg an dem Bauplatz vorbeizufahren. Manchmal schaute er sogar auch spät am Abend vorbei, wenn er noch einmal losfuhr, um sich schnell was zu essen zu besorgen. Praktischerweise gab es ganz in der Nähe einen kleinen Supermarkt.

Bisher hatte der Polizist nichts Außergewöhnliches bemerkt, bis auf das Spektakel an diesem Morgen: Da hatte ein wild gewordener Mann mit einem roten Schirm mehrere riesige schwarze Hunde über das Gelände gejagt. Aber der Wachmann der Baufirma hatte gesagt, es handle sich nur um ein Training, kein Grund zur Beunruhigung. Officer Delinko hatte keinen Grund, daran zu zweifeln.

Einerseits hatte der Polizist gehofft, die Vandalen höchstpersönlich einzufangen, andererseits fand er es eine ausgezeichnete Idee, das Grundstück einzuzäunen und Wachhunde zu postieren – das würde potentielle Eindringlinge mit Sicherheit abschrecken.

Am selben Nachmittag, nach wiederum acht langweiligen Stunden Dienst am Schreibtisch, beschloss Officer Delinko, erneut eine Runde am Bauplatz vorbei zu drehen. Zwei Stunden lang würde es noch hell sein, und er freute sich schon darauf, die Kampfhunde in Aktion zu sehen.

Er hatte damit gerechnet, mit wildem Gebell empfangen zu werden, stattdessen war es merkwürdig still auf dem Gelände. Von den Hunden war nichts zu sehen. Der Beamte lief außen am Zaun entlang, klatschte in die Hände und rief laut, für den Fall, dass die Tiere sich vielleicht unter Curlys Bauwagen verkrochen hatten oder im Schatten der Baumaschinen ein Schläfchen hielten.

»Hierher!«, brüllte Officer Delinko. »Komm, Bello!"

Nichts.

Er hob ein Stück Holz auf und schlug damit gegen einen Zaunpfosten. Wieder nichts.

Officer Delinko kehrte zum Tor zurück und kontrollierte das Schloss, aber da war alles in Ordnung.

Er versuchte zu pfeifen und dieses Mal erhielt er eine Antwort. Allerdings eine, mit der er nicht gerechnet hatte: *Ku-kuu, ku-kuu.*

Das war eindeutig kein Rottweiler.

Der Polizist sah, dass sich etwas auf dem Gelände bewegte, und er strengte sich an zu erkennen, was es war. Erst dachte er, es sei ein Kaninchen, wegen der sandbraunen Farbe, aber dann hob es plötzlich vom Boden ab und schwang sich von einer Seite des Grundstücks zur anderen, bis es schließlich auf der Motorhaube eines Bulldozers landete.

Officer Delinko schmunzelte – das war eine dieser zähen kleinen Eulen, über die Curly sich beschwert hatte.

Aber wo waren die Kampfhunde?

Der Beamte trat zurück und kratzte sich am Kinn. Morgen würde er mal den Wachmann fragen, was hier eigentlich los war.

Ein warmer Wind frischte auf, und Officer Delinko sah, wie oben am Zaun etwas flatterte. Es sah aus wie die Banderole von einem der Markierungspfosten, aber das war es nicht. Es war ein zerfetzter grüner Stoffstreifen.

Der Polizist fragte sich, ob vielleicht jemand versucht hatte, über den Zaun zu klettern, dem dabei das T-Shirt zerrissen war.

Officer Delinko stellte sich auf die Zehenspitzen, holte den Stofffetzen herunter und steckte ihn sorgfältig in die Tasche. Dann stieg er in den Streifenwagen und fuhr die East Oriole hinunter.

»Schneller!«, rief Beatrice Leep.

»Ich kann nicht!«, sagte Roy, der keuchend hinter ihr herrannte.

Beatrice strampelte auf dem Rad, das sie an der Schule vom Ständer genommen hatte. Fischfinger hing fast bewusstlos über dem Lenker. Ihm war schwindlig geworden, und so war er vom Zaun gefallen, als sie den Bauplatz schnell wieder verlassen wollten.

Roy konnte sehen, dass es dem Jungen wegen der Infektion immer schlechter ging. Er brauchte einen Arzt, und zwar gleich.

»Er will aber nicht«, hatte Beatrice erklärt.

»Dann müssen wir es seiner Mutter sagen.«

»Ausgeschlossen!« Und damit war sie losgeradelt.

Roy bemühte sich, sie nicht aus den Augen zu verlieren. Er wusste nicht, wo Beatrice mit ihrem Bruder hinwollte, und es kam ihm fast so vor, als wüsste sie es auch nicht.

»Wie geht's ihm?«, rief Roy.

»Nicht gut.«

Roy hörte ein Auto und schaute nach hinten. Keine zwei Häuserblocks entfernt kam ein Streifenwagen angefahren. Automatisch machte er eine Vollbremsung und winkte aufgeregt. Das Einzige, woran er denken konnte, war, Fischfinger ins Krankenhaus zu kriegen, so schnell wie möglich.

»Was machst du da!«, brüllte Beatrice ihn an.

Roy hörte ein schepperndes Geräusch, als das Fahrrad zu Boden fiel. Er drehte sich um und sah, wie Beatrice losstürmte, den Bruder wie einen Mehlsack über der Schulter. Ohne einmal zurückzuschauen, schlug sie einen Weg zwischen zwei Häusern am Ende der Straßenzeile ein und verschwand.

Roy stand wie festgewurzelt mitten auf der Straße.

Er musste eine Entscheidung treffen, schnell. Aus der einen Richtung kam der Streifenwagen, in die andere Richtung rannten seine beiden Freunde … Freunde?

Na ja – wenn er überhaupt Freunde hatte in Coconut Cove, dann waren es wohl die beiden.

Roy holte tief Luft und raste den anderen hinterher. Er hörte Hupen, aber er rannte einfach weiter und hoffte, der Polizist würde nicht aus dem Auto springen und ihn zu Fuß verfolgen. Roy glaubte eigentlich nicht, dass er etwas Unrechtes getan hatte, aber er war sich nicht sicher, ob er vielleicht Ärger dafür kriegen könnte, dass er Fischfinger geholfen hatte, der immerhin ständig die Schule schwänzte.

Der Junge versuchte doch nur, sich um die Eulen zu kümmern – wieso sollte das eine Straftat sein?, fragte sich Roy.

Fünf Minuten später fand er Beatrice im Schatten eines Mahagonibaums im Garten eines fremden Hauses. Der Kopf ihres Stiefbruders lag in ihrem Schoß. Der Junge hatte die Augen geschlossen, Schweißtropfen glänzten auf seiner Stirn. Die tiefen Bisswunden an seinem geschwollenen Arm lagen jetzt frei, denn der Verband (und ein Ärmel des grünen T-Shirts) waren beim Sturz vom Zaun abgerissen worden.

Beatrice strich dem Jungen über die Wangen und schaute traurig zu Roy hoch. »Und was machen wir jetzt, Cowgirl?«

Curly hatte die Nase gestrichen voll von Kampfhunden. Er war zwar nicht gerade begeistert bei dem Gedanken daran, die Nächte im Bauwagen zu verbringen, aber es musste wohl sein. Es schien ihm die einzige sichere Möglichkeit, die Täter, wer immer sie waren, aufzuhalten und daran zu hindern, über den Zaun zu hüpfen und verrückt zu spielen.

Wenn an diesem Wochenende noch irgendetwas passieren sollte, was Mama Paulas Vorhaben weiter verzögerte, dann wäre Curly seinen Job los, das hatte Chuck Muckle ihm glasklar zu verstehen gegeben.

Als Curly seiner Frau von der Nachtwache erzählte, nahm sie die Neuigkeit gelassen auf, ohne sich zu ärgern oder sich Sorgen zu machen. Ihre Mutter war gerade zu Besuch und die beiden hatten für das Wochenende etliche Einkaufsbummel geplant. So würde ihnen Curlys bezaubernde Gegenwart nicht fehlen.

Missmutig packte er Zahnbürste, Zahnseide, Rasierapparat, Rasiercreme und eine Großpackung Aspirin in seinen Kulturbeutel. Dann stopfte er frische Arbeitskleidung und Unterwäsche in eine Reisetasche und nahm sein Kopfkissen aus dem Bett. Als er schon auf dem Weg nach draußen war, gab ihm seine Frau noch zwei Thunfischsandwiches mit, eins fürs Abendessen und eins fürs Frühstück.

»Pass nur gut auf dich auf da draußen, Leroy«, sagte sie.

»Wird gemacht.«

Auf der Baustelle schloss er das Tor hinter sich und ging mit Storchenschritten zum sicheren Bauwagen hinüber. Den ganzen Nachmittag lang hatte er sich den Kopf zerbrochen wegen dieser Wassermokassins, die so plötzlich wieder weg waren, und hatte sich gefragt, wieso der Reptilienfänger sie nicht hatte finden können.

Wie konnten so viele Schlangen auf einmal verschwinden?

Curly befürchtete, dass die Schlangen irgendwo ganz in der Nähe in irgendeinem geheimen Versteck unter der Erde lauerten und nur darauf warteten, bis es dunkel wurde, so dass sie ihre tödliche Jagd beginnen konnten.

»Aber ich bin gewappnet«, sagte Curly laut, um sich selbst zu überzeugen.

Er verrammelte die Tür des Bauwagens, setzte sich vor den tragbaren Fernseher und stellte den Sportkanal ein. Später am Abend sollten die Orioles gegen die Devil Rays spielen und darauf freute sich Curly schon. Bis dahin war er ganz zufrieden mit dem Fußballspiel, das gerade aus Quito in Ecuador übertragen wurde – wo immer das sein mochte.

Er lehnte sich zurück und lockerte seinen Gürtel, um Platz zu schaffen für den Revolver, den er zu seinem Schutz mitgebracht hatte. Seit er in der Marine gewesen war, hatte er keinen einzigen Schuss mehr abgefeuert und das war jetzt einunddreißig Jahre her, aber er hatte eine Pistole in seinem Haus versteckt und volles Vertrauen in seine Fähigkeiten als Schütze.

Es konnte ja wirklich nicht so schwer sein, eine dicke, fette Schlange zu treffen, oder?

Als Curly gerade sein erstes Thunfischsandwich verdrückte, kam ein Werbespot für *Mama Paulas Pfannkuchenhaus*. Die freundliche alte Mama Paula war, wie er ja schon von Chuck Muckle wusste, niemand anderes als die verkleidete Kimberly Lou Dixon. Sie backte Pfannkuchen auf einem runden Blech, warf sie in die Luft, fing sie wieder auf und sang dabei ein ziemlich albernes Lied.

Obwohl die Maskenbildner ihre Sache verflixt gut gemacht hatten, merkte Curly doch, dass die alte Dame im Film in Wirklichkeit eine viel jüngere – und hübsche – Frau war. Er musste daran denken, was Chuck Muckle ihm über Kimberly Lou Dixon und ihren neuen Film erzählt hatte, und versuchte sie sich als Königin der mutierenden Grashüpfer vorzustellen. Bestimmt würden die Leute, die für die Trickaufnahmen zuständig waren, ihr sechs grüne Beine und ein Paar Antennen verpassen, und diese Vorstellung fand Curly durchaus spannend.

Er überlegte, ob er Kimberly Lou Dixon wohl persönlich vorgestellt würde, wenn sie nach Coconut Cove kam, um beim ersten Spatenstich für das neue Restaurant dabei zu sein. So abwegig war der Gedanke wirklich nicht – schließlich war er ja der Überwachungsingenieur des Bauvorhabens, sozusagen der Boss von all dem hier.

Noch nie hatte Curly einen Filmstar oder eine Fernsehschauspielerin getroffen, auch keine Miss America oder Miss Sonstwas. Ob er sie wohl um ein Autogramm bitten dürfte? Ob sie was dagegen hätte, sich mit ihm fotografieren zu lassen? Und wenn sie mit ihm redete, würde sie das dann mit ihrer falschen Mama-Paula-Stimme tun oder als Kimberly Lou Dixon?

All diese Fragen gingen Curly durch den Kopf, als sich das Bild auf dem Fernsehschirm vor seinen ungläubig schauenden Augen mit einem Mal auflöste und nur noch heftiges Geflimmer zu sehen war. Wütend schlug er mit einer majonäsebeschmierten Faust seitlich gegen das Gerät, aber das brachte nichts.

Mitten in der Werbung für Mama Paulas Pfannkuchen war das Bild weg. Nicht gerade ein gutes Omen, dachte Curly.

Er fluchte fürchterlich über dieses elende Pech. Seit Jahren hatte er keine ganze Nacht mehr ohne Fernsehen verbracht, und er wusste gar nicht mehr, wie er sich sonst die Zeit vertreiben sollte. Ein Radio gab's nicht im Bauwagen und zu lesen nichts als eine Zeitschrift der Bauindustrie mit langweiligen Artikeln über wirbelsturmsichere Dachverkleidung und Antitermitenbehandlung für Sperrholzwände.

Curly überlegte, ob er schnell zum Supermarkt fahren und ein paar Videos ausleihen solle, aber um zu seinem Auto zu kommen, hätte er erst das Grundstück überqueren müssen. Es wurde schon langsam dämmerig, und so konnte er sich nicht aufraffen hinauszugehen – nicht, solange diese tödlichen Wassermokassins ihm draußen auflauerten.

Er knüllte das Kissen zusammen und lehnte seinen Kopf gegen die holzverkleidete Wand. Als er so ganz allein dalag in der Stille, kam ihm der Gedanke, ob eine Schlange sich wohl in den Bauwagen schlängeln konnte. Er erinnerte sich, dass er mal von einer Boa Constrictor gehört hatte, die durch die Kanalisation gekrochen und durch den Abfluss einer Badewanne in ein New Yorker Appartement gelangt war.

Bei der Vorstellung spürte Curly einen Knoten im Magen. Er stand auf und tappte vorsichtig zur Tür des kleinen Bades seines Bauwagens. Er legte ein Ohr an die Tür und lauschte …

Bildete er sich das ein oder hörte er auf der anderen Seite etwas rascheln? Curly zog seine Pistole und legte den Finger auf den Abzug.

Doch, ganz bestimmt. Da bewegte sich etwas!

Im selben Moment, als Curly die Tür aufstieß, war ihm klar, dass da keine Giftschlange im Bad war, dass es keinen Grund für Todesangst gab. Dummerweise schaffte diese Neuigkeit es nicht schnell genug von seinem Gehirn bis zum Finger am Abzug.

Der Schuss erschreckte Curly fast genauso sehr wie die kleine Feldmaus, die still auf dem gefliesten Boden saß und nichts Böses im Sinn hatte. Als die Kugel über ihren winzigen Kopf mit den Schnurrbarthaaren hinwegpfiff, flitzte sie davon – ein quiekender, grauer Schatten, der zwischen Curlys Füßen hindurch zur Tür hinausschoss.

Mit zitternden Händen ließ Curly die Pistole sinken und starrte reumütig auf das, was er angerichtet hatte. Er hatte aus Versehen die Toilette getroffen und die Klobrille zerschmettert.

Es würde ein sehr langes Wochenende werden.

Mr. Eberhardt saß an seinem Schreibtisch, als Mrs. Eberhardt mit besorgter Miene zu ihm hereinkam.

»Dieser Polizist ist da«, sagte sie.

»Was für ein Polizist?«

»Der, der Roy neulich abends nach Hause gebracht hat. Rede du mal mit ihm.«

Officer Delinko stand im Wohnzimmer und drehte seinen Hut in der Hand. »Nett, Sie wiederzusehen«, sagte er zu Roys Vater.

»Stimmt irgendwas nicht?«

»Es geht um Roy«, erklärte Mrs. Eberhardt.

»Möglicherweise«, sagte Officer Delinko, »aber ich bin mir nicht sicher.«

»Setzen wir uns doch«, schlug Mr. Eberhardt vor. Er war darin geübt, die Ruhe zu bewahren, während er Informationsfetzen zu sortieren versuchte. »Erzählen Sie erst mal, was los ist.«

»Wo ist Roy? Ist er zu Hause?«, fragte der Polizeibeamte.

»Nein, er ist zu einer Freundin gegangen, um für die Schule zu arbeiten«, sagte Mrs. Eberhardt.

»Ich frage deswegen«, sagte Officer Delinko, »weil ich vor einer Weile ein paar Jugendliche auf der East Oriole gesehen habe. Einer davon sah ein bisschen so aus wie Ihr Sohn. Aber das Merkwürdige war: Erst hat er dem Polizeiwagen gewinkt und dann ist er plötzlich weggerannt.«

Mr. Eberhardt runzelte die Stirn. »Weggerannt? Das klingt aber gar nicht nach Roy.«

»Nein, wirklich nicht«, stimmte Mrs. Eberhardt ihm zu. »Wieso sollte er so etwas auch tun?«

»Die Jugendlichen haben ein Fahrrad auf der Straße liegen lassen.«

»Also, das von Roy ist es jedenfalls nicht. Das hat einen Platten«, verkündete Roys Mutter.

»Stimmt, ich erinnere mich«, sagte der Polizist.

»Wir mussten erst einen neuen Reifen bestellen«, erklärte Mr. Eberhardt.

Officer Delinko nickte geduldig. »Ich weiß, dass es nicht Roys Rad ist. Das Rad, von dem ich spreche, wurde kurz nach Schulschluss aus der Trace Middle School gestohlen.«

»Sind Sie sicher?«, fragte Mr. Eberhardt.

»Sicher, Sir. Ich habe die Seriennummer per Funk durchgegeben, so habe ich es erfahren.«

Es wurde still im Raum. Roys Mutter sah ihren Mann ernst an, dann schaute sie dem Polizisten ins Gesicht.

»Mein Sohn ist kein Dieb«, sagte sie entschieden.

»Ich wollte auch niemanden beschuldigen«, sagte Officer Delinko. »Der Junge, der weggerannt ist, sah so aus wie Roy, aber ich kann nicht mit Sicherheit sagen, dass er es war. Ich bin nur vorbeigekommen, weil Sie seine Eltern sind und weil das, nun ja, zu meinem Job gehört.« Der Polizist wandte sich Verständnis suchend an Mr. Eberhardt. »Sie verstehen das sicher, Mr. Eberhardt, Sie sind ja selbst auf dem Gebiet tätig.«

»Ja, sicher«, murmelte Mr. Eberhardt zerstreut. »Wie viele Kinder haben Sie gesehen?«

»Wenigstens zwei, vielleicht auch drei.«

»Und alle sind weggerannt?«

»Jawohl, Sir.« Officer Delinko versuchte so professionell wie möglich zu klingen. Vielleicht würde er sich eines Tages um einen Posten beim FBI bewerben, dann könnte Mr. Eberhardt ein gutes Wort für ihn einlegen.

»Und wie viele Fahrräder?«, fragte Mr. Eberhardt.

»Nur eins. Es ist hinten im Auto, wenn Sie es sich anschauen wollen.«

Roys Eltern folgten dem Polizisten vors Haus, wo er den Kofferraum seines Crown Victoria öffnete.

»Sehen Sie?« Officer Delinko zeigte auf das gestohlene Rad, ein blaues Strandrad.

»Nie gesehen«, sagte Mr. Eberhardt. »Was meinst du, Lizzy?«

Roys Mutter schluckte schwer. Es sah genauso aus wie das Rad von Roys neuer Freundin, Beatrice, die ihn mittags nach Hause begleitet hatte.

Bevor Mrs. Eberhardt ihre Gedanken noch sammeln konnte, sagte Officer Delinko: »Oh, fast hätte ich's vergessen. Was ist hiermit?« Er griff in seine Tasche und zog etwas heraus, das wie der abgerissene Ärmel eines T-Shirts aussah.

»Haben Sie das beim Fahrrad gefunden?«, fragte Mr. Eberhardt.

»In der Nähe.« Das war allerdings leicht geschwindelt. Der Bauplatz war in Wirklichkeit mehrere Häuserblocks von der Stelle entfernt, wo er die Kinder gesehen hatte.

»Kommt Ihnen das bekannt vor?«, fragte er die Eberhardts und hielt den Stofffetzen hoch.

»Mir nicht«, antwortete Roys Vater. »Lizzy?«

Mrs. Eberhardt schien erleichtert. »Also, Roys ist es auf jeden Fall nicht«, informierte sie Officer Delinko. »Er besitzt überhaupt keine grünen Kleidungsstücke.«

»Welche Farbe hatte denn das Hemd des Jungen, der weggerannt ist?«, fragte Mr. Eberhardt.

»Das konnte ich nicht erkennen«, gab der Beamte zu. »Er war zu weit weg.«

Das Telefon läutete und Roys Mutter ging schnell ins Haus.

Officer Delinko lehnte sich zu Roys Vater hinüber

und sagte: »Ich muss mich wirklich entschuldigen, dass ich Sie mit der Sache belästigt habe.«

»Wie Sie schon sagten – das gehört zu Ihrer Arbeit.« Mr. Eberhardt blieb höflich, auch wenn ihm klar war, dass der Polizist ihm nicht die ganze Wahrheit gesagt hatte, was den grünen Stofffetzen betraf.

»Wo wir gerade über die Arbeit sprechen«, sagte Officer Delinko. »Erinnern Sie sich noch an den Abend, als ich Roy mit seinem Rad nach Hause gebracht hab, als er den Platten hatte?«

»Natürlich.«

»Bei diesem furchtbaren Wetter.«

»Ja, ich erinnere mich«, sagte Mr. Eberhardt ungeduldig.

»Hat er irgendwas erwähnt, dass Sie vielleicht einen Brief für mich schreiben könnten?«

»Was für einen Brief?«

»An unseren Polizeichef«, sagte Officer Delinko. »Nichts Großartiges – nur eine Notiz für die Akten, dass Sie angetan waren von der Hilfe, die Ihr Sohn erhalten hat. So in der Art.«

»Und diese Notiz sollte an den Polizeichef gerichtet sein?«

»Oder an den Captain. Mein Sergeant wäre auch okay. Hat Roy nichts gesagt?«

»Nicht, dass ich wüsste«, sagte Mr. Eberhardt.

»Na ja, Sie wissen ja, wie die Kinder sind. Vermutlich hat er's vergessen.«

»Wie heißt Ihr Sergeant? Ich will sehen, was ich tun kann.« Roys Vater machte keine Anstrengung, seinen Mangel an Begeisterung zu verbergen. Langsam verlor er die Geduld mit diesem aufdringlichen jungen Polizisten.

»Tausend Dank«, sagte Officer Delinko und schüttelte Mr. Eberhardt fest die Hand. »Jedes bisschen hilft, wenn man vorankommen will. Und dann noch ein Brief von jemandem wie Ihnen, der selber bei der Regierung arbeitet –«

Aber bevor er Mr. Eberhardt den Namen seines Sergeants nennen konnte, kam Mrs. Eberhardt aus dem Haus gerannt, die Handtasche in der einen Hand und einen klingelnden Schlüsselbund in der anderen.

»Lizzy, was ist los?«, rief Mr. Eberhardt. »Wer hat denn angerufen?«

»Die Notaufnahme«, rief sie atemlos. »Roy ist verletzt!«

12

Roy war völlig fertig. Es kam ihm vor, als wäre es mindestens hundert Jahre her, seit Dana Matherson versucht hatte, ihn in der Besenkammer zu erwürgen. Dabei war es am selben Nachmittag gewesen.

»Danke«, sagte Beatrice Leep. »Jetzt sind wir quitt.«

»Kann sein«, sagte Roy.

Sie saßen in der Notaufnahme des Krankenhauses von Coconut Cove und warteten. Hierher hatten sie Beatrice' Stiefbruder gebracht, nachdem sie ihn fast anderthalb Kilometer zwischen sich getragen hatten.

»Der packt das«, sagte Roy.

Einen Moment lang dachte er, Beatrice würde anfangen zu weinen. Er griff nach ihrer Hand und drückte sie. Beatrice' Hand war deutlich größer als seine eigene.

»Er ist ganz schön zäh, wie eine kleine Kakerlake«, sagte Beatrice mit einem leichten Schniefen. »Der wird schon wieder.«

Eine Frau in hellblauem Kittel und mit einem Stethoskop um den Hals kam auf sie zu. Sie stellte sich ihnen als Dr. Gonzalez vor.

»Jetzt erzählt mir mal genau, was Roy passiert ist.«

Beatrice und der echte Roy tauschten ängstliche Blicke aus. Weil Fischfinger befürchtete, dass seine Mutter verständigt würde, hatte er ihnen verboten, im Krankenhaus seinen wirklichen Namen anzugeben. Der Junge war so aufgeregt gewesen, dass Roy gar nicht erst versucht hatte, mit ihm zu diskutieren. Als sie in der Notaufnahme nach dem Namen, der Adresse und der Telefonnummer des Jungen gefragt wurden, war Roy spontan vorgetreten und hatte laut seinen eigenen Namen genannt. Das schien die schnellste Möglichkeit, den Jungen in ein Klinikbett zu bekommen.

Roy wusste, dass er Probleme kriegen würde. Beatrice Leep wusste es auch. Deswegen hatte sie sich auch bei ihm bedankt.

»Mein Bruder ist von einem Hund gebissen worden«, sagte sie auf die Frage von Dr. Gonzalez.

»Von mehreren«, fügte Roy hinzu.

»Von was für Hunden?«, fragte die Ärztin.

»Großen.«

»Und wie kam das?«

Roy überließ es Beatrice weiterzuerzählen, schließlich hatte sie mehr Erfahrung im Schwindeln.

»Beim Fußballtraining sind sie über ihn hergefallen«, sagte sie. »Er ist völlig zerbissen nach Hause gekommen, deshalb haben wir ihn so schnell wie möglich hergebracht.«

»Hm, hm«, machte Dr. Gonzalez und runzelte leicht die Stirn.

»Was ist – glauben Sie mir nicht?« Beatrice' Entrüstung klang echt. Roy war beeindruckt.

Aber die Ärztin war auch nicht von gestern. »Oh doch, ich glaube dir, dass dein Bruder von Hunden angefallen wurde«, sagte sie. »Ich glaube nur nicht, dass das heute passiert ist.«

Beatrice verspannte sich. Roy wusste, dass er sich jetzt ganz schnell etwas einfallen lassen musste.

»Die Wunden am Arm sind nicht neu«, erklärte ihnen Dr. Gonzalez. »Bei einer Infektion in diesem Stadium würde ich mal schätzen, dass er vor achtzehn bis vierundzwanzig Stunden gebissen wurde.«

Beatrice wurde deutlich nervös. Roy wartete nicht ab, bis sie sich wieder gefangen hatte.

»Ja, das kommt hin. Etwa achtzehn Stunden«, sagte er zu der Ärztin.

»Was soll das heißen?«

»Schauen Sie, nachdem er gebissen wurde, ist er ohnmächtig geworden«, sagte Roy. »Und erst am nächsten Tag ist er aufgewacht und nach Hause gerannt. Dann hat Beatrice mich angerufen und gefragt, ob ich ihr helfen kann, ihn ins Krankenhaus zu bringen.«

Dr. Gonzalez sah Roy durchdringend und ziemlich streng an, aber ihre Stimme klang so, als wäre sie leicht amüsiert.

»Wie heißt du, mein Junge?«

Roy schluckte heftig. Jetzt hatte sie ihn kalt erwischt.

»Tex«, sagte er leise.

Beatrice stieß ihn an, so als wollte sie sagen: Was Besseres fällt dir nicht ein?

Die Ärztin verschränkte die Arme. »Also, Tex, jetzt noch mal von vorn: Dein Freund Roy wird also auf dem Fußballfeld von mehreren großen Hunden angefallen. Keiner versucht ihm zu helfen, und er bleibt die ganze Nacht und den größten Teil des nächsten Tages ohnmächtig da liegen. Dann wacht er auf einmal auf und joggt nach Hause. War es so?«

»Hm-m.« Roy schaute zu Boden. Er war ein miserabler Lügner, das wusste er.

Nun wandte Dr. Gonzalez ihre eiserne Aufmerksamkeit Beatrice zu.

»Wieso musstest *du* deinen Bruder herbringen? Wo sind denn deine Eltern?«

»Bei der Arbeit«, antwortete Beatrice.

»Und du hast sie nicht angerufen und ihnen gesagt, dass dein Bruder ins Krankenhaus muss?«

»Sie arbeiten auf 'nem Krabbenfangschiff. Da gibt's kein Telefon.«

Nicht schlecht, dachte Roy. Aber die Ärztin schluckte die Geschichte nicht.

»Das ist schon merkwürdig«, sagte sie zu Beatrice, »dein Bruder ist so lange verschwunden und keiner in der Familie macht sich Sorgen und ruft die Polizei an.«

»Er rennt öfter mal weg von zu Hause«, sagte Beatrice ruhig, »und kommt erst nach einer Weile wieder.«

Das war Beatrice' erste halbwegs wahre Antwort, doch ironischerweise war genau sie es, die Dr. Gonzalez vollends misstrauisch machte.

»Ich schaue jetzt mal nach Roy«, sagte sie. »In der Zwischenzeit könnt ihr zwei ja eure Geschichte ein bisschen aufpolieren.«

»Wie geht es ihm übrigens?«, fragte Beatrice.

»Besser. Er hat eine Tetanusspritze bekommen, außerdem pumpen wir ihn voll mit Antibiotika und Schmerzmitteln. Die Mittel sind ziemlich stark, deshalb schläft er viel.«

»Können wir zu ihm?«

»Jetzt noch nicht.«

Kaum war die Ärztin weg, gingen Roy und Beatrice vor die Tür, wo sie ungestört miteinander reden konnten. Roy setzte sich auf die Stufen vor der Notaufnahme, Beatrice blieb stehen.

»Das funktioniert nicht, Cowgirl. Sobald sie rausfinden, dass er nicht du ist ... «

»... dann haben wir ein Problem«, stimmte Roy ihr zu und das war eindeutig das Understatement des Jahres.

»Und wenn Lonna von der Sache hört, dann kommt er ins Heim«, sagte Beatrice düster, »so lange, bis sie eine neue Kadettenanstalt gefunden hat. Vermutlich irgendwo ganz weit weg, Guam oder so, damit er nicht abhauen kann.«

Roy verstand nicht, wie eine Mutter ihr eigenes Kind

rausschmeißen konnte, einfach nichts mehr mit ihm zu tun haben wollte, aber er wusste, dass solche tragischen Dinge vorkamen. Er hatte auch schon von Vätern gehört, die sich so verhielten. Ein furchtbarer Gedanke.

»Uns fällt schon was ein«, versprach er Beatrice.

»Weißt du was, Tex? Du bist in Ordnung.« Sie kniff ihn in die Wange und sprang die Stufen hinunter.

»He, wo willst du hin?«, rief er ihr nach.

»Essen kochen für meinen Dad. Mach ich jeden Abend.«

»Sag mal, soll das 'n Witz sein? Du kannst mich doch hier nicht alleine lassen.«

»Tut mir Leid«, sagte Beatrice. »Aber mein Dad rastet aus, wenn ich nicht komme. Der kann sich nicht mal 'nen Toast machen, ohne sich die Fingerspitzen abzubrennen.«

»Kann Lonna ihm denn nicht Essen kochen, nur heute mal?«

»Nix da. Die steht in der Kneipe hinter der Theke.« Beatrice winkte Roy kurz zu. »Sobald ich kann, komm ich wieder. Und pass bloß auf, dass sie meinen Bruder nicht operieren oder so was.«

»Warte!« Roy sprang auf. »Sag mir, wie er wirklich heißt. Das ist wohl das Mindeste, nach allem, was passiert ist.«

»Tut mir Leid, Cowgirl, geht nicht. Ich hab einen blutigen Eid geschworen, schon vor ewigen Zeiten.«

»Wie bitte?«

»Wenn er will, dass du's weißt, dann sagt er's dir schon selber.« Und damit rannte sie los. Ihre Schritte verhallten in der Dunkelheit.

Roy ging langsam zurück in die Notaufnahme. Er wusste, dass seine Mutter sich Sorgen machen würde, also fragte er den Mann am Schalter, ob er mal telefonieren dürfe. Es läutete ein halbes Dutzend Mal am anderen Ende, dann schaltete sich der Anrufbeantworter ein. Roy hinterließ die Nachricht, er werde gleich nach Hause kommen, Beatrice und er hätten ihr Experiment beendet und müssten nur noch aufräumen.

Da er nun allein im Warteraum der Notaufnahme saß, kramte er den Stapel mit alten Zeitschriften durch, bis er eine Nummer der *Outdoor Life* fand, in der ein Artikel über Forellenfischen in den Rocky Mountains stand. Das Beste an dem Bericht waren die Fotos – Angler, die knietief in blauen Flüssen standen, deren Ufer von hohen Pappeln gesäumt waren, und das alles vor dem Hintergrund schneebedeckter Gipfel.

Roy war gerade dabei, ziemlich heftiges Heimweh nach Montana zu bekommen, als er hörte, wie sich eine Sirene näherte. Er beschloss, jetzt sei genau der richtige Moment, um sich nach einem Cola-Automaten umzuschauen, auch wenn er gerade mal zwanzig Cent in der Tasche hatte.

In Wirklichkeit jedoch wollte Roy nicht in der Notaufnahme sitzen und hautnah mitbekommen, weswegen der Krankenwagen mit Sirenengeheul vorgefahren war. Er war absolut nicht in der Stimmung, jemanden hereinrollen zu sehen, der vielleicht bei einem schlimmen Autounfall verletzt worden war, womöglich einen Menschen, der im Sterben lag.

Es gab genug Leute, die so etwas richtig spannend finden würden, aber Roy gehörte nicht dazu. Einmal, als er sieben war und mit seinen Eltern in Milwaukee lebte, war ein betrunkener Jäger mit seinem Schneemobil mit Karacho gegen eine alte Birke gefahren. Der Unfall war ganz in der Nähe des Hangs geschehen, auf dem Roy und sein Vater Schlitten fuhren. Mr. Eberhardt war den Hügel hinaufgerannt, um zu sehen, ob er helfen könne, und Roy war ihm keuchend gefolgt. Oben beim Baum sahen sie dann, dass sie nichts mehr tun konnten. Der Tote lag blutüberströmt da, völlig verrenkt war er, wie eine kaputte Puppe. Dieses Bild würde Roy nie vergessen und er wollte so etwas nie mehr sehen.

Daher hatte er keine Lust, in der Notaufnahme sitzen zu bleiben und zu warten, bis ein Schwerverletzter hereingebracht wurde. Er verdrückte sich also durch eine Seitentür und lief durch die Gänge des Krankenhauses, bis eine Schwester ihn fragte, wo er hinwolle.

»Ich hab mich verlaufen, glaube ich«, sagte Roy und tat sein Bestes, verwirrt auszusehen.

»Den Eindruck hab ich allerdings auch.«

Die Schwester brachte ihn durch einen Nebengang

zurück in die Notaufnahme, wo Roy zu seiner Erleichterung nicht das befürchtete Chaos vorfand und auch keine Verletzten mit blutenden Wunden. Es war genauso still dort wie zuvor.

Verwirrt ging Roy ans Fenster und schaute hinaus. In der Einfahrt stand kein Krankenwagen, nur ein Streifenwagen der Polizei von Coconut Cove. Vielleicht war ja gar nichts gewesen, dachte er und kehrte zu seiner Zeitschrift zurück.

Kurz darauf hörte er Stimmen hinter den Doppeltüren, die zu dem Behandlungsraum führten, in den sie Fischfinger gebracht hatten. Eine lautstarke Diskussion fand dort statt und Roy spitzte die Ohren.

Eine Stimme insbesondere übertönte alle anderen und zu seinem Kummer kam sie Roy deutlich bekannt vor. Nervös saß er da und überlegte niedergeschlagen, was er jetzt machen sollte. Dann hörte er noch eine vertraute Stimme, und nun wusste er, dass er keine Wahl hatte.

Er ging auf die Doppeltüren zu und stieß sie auf. »Mom! Dad!«, rief er. »Hier bin ich.«

Officer Delinko hatte darauf bestanden, die Eberhardts mit dem Streifenwagen zur Klinik zu fahren. Es gehörte sich so, und außerdem war es eine prima Gelegenheit, bei Roys Vater Punkte zu sammeln.

Der Beamte hoffte nur, dass der Sohn von Mr. Eberhardt nicht in diesen Unfug auf der Baustelle des

Pfannkuchenrestaurants verwickelt war. Das wäre allerdings eine ganz blöde Geschichte!

Auf der Fahrt zum Krankenhaus saßen Roys Eltern hinten und unterhielten sich leise. Mrs. Eberhardt sagte, es sei ihr schleierhaft, wie Roy von einem Hund gebissen worden sein könne, während er an einem Experiment für Biologie arbeitete. »Vielleicht hatte es etwas mit dem vielen Hackfleisch zu tun«, spekulierte sie.

»Hackfleisch?«, fragte Roys Vater »Für welches Projekt braucht man denn bitte sehr Hackfleisch?«

Im Rückspiegel sah Officer Delinko, wie Mr. Eberhardt seiner Frau den Arm um die Schultern legte. Ihre Augen waren feucht und sie biss sich auf die Unterlippe. Mr. Eberhardt dagegen wirkte so angespannt wie eine Uhrfeder.

Als sie in der Notaufnahme ankamen, erklärte ihnen der Pfleger am Schalter, dass Roy schlafe und nicht gestört werden dürfe. Die Eberhardts versuchten ihn umzustimmen, aber der Mann gab nicht nach.

»Wir sind seine Eltern«, sagte Mr. Eberhardt ruhig, »und wir wollen unseren Sohn sehen, jetzt gleich.«

»Sir, zwingen Sie mich nicht, meinen Vorgesetzten zu rufen.«

»Rufen Sie, wen Sie wollen, meinetwegen auch den Zauberer von Oz«, sagte Mr. Eberhardt. »Wir gehen jetzt jedenfalls da hinein.«

Der Pfleger lief ihnen durch die Schwingtür hinterher. »Das können Sie nicht machen!«, protestierte er, überholte die Eberhardts und blockierte ihnen den Weg zur Station.

Officer Delinko preschte vor, in der Annahme, seine Polizeiuniform würde den Mann beeindrucken. Aber da irrte er sich.

»Jeder Besuch ist streng verboten, das steht hier, in den Anweisungen der Ärztin.« Der Pfleger wedelte mit einem Klemmbrett. »Ich muss Sie leider bitten, zurück ins Wartezimmer zu gehen. Das gilt auch für Sie, Officer.«

Officer Delinko trat einen Schritt zurück. Nicht so die Eberhardts.

»Hören Sie, unser Sohn liegt da drin«, erinnerte Roys Mutter den Pfleger. »Sie haben uns schließlich angerufen, stimmt's? Sie haben uns gesagt, wir sollten herkommen.«

»Sicher, und Sie dürfen Roy ja auch sehen – sobald die Ärztin es erlaubt.«

»Dann rufen Sie bitte die Ärztin! Jetzt!« Mr. Eberhardt redete weiterhin unaufgeregt, aber seine Stimme war doch um einiges lauter geworden. »Gehen Sie ans Telefon und wählen Sie die Nummer. Falls Sie vergessen haben, wie das geht, zeige ich es Ihnen gerne.«

»Die Ärztin hat gerade Pause. In fünfundzwanzig Minuten ist sie zurück«, sagte der Pfleger knapp.

»Dann findet sie uns bei unserem verletzten Sohn«, sagte Mr. Eberhardt. »So, und wenn Sie jetzt nicht den

Weg frei machen, dann gebe ich Ihnen einen Tritt in Ihren Allerwertesten. Verstanden?«

Der Pfleger wurde blass. »Ich we-werde Sie bei meimeinem Vorgesetzten me-melden.«

»Großartig, tun Sie das.« Mr. Eberhardt schob den Pfleger beiseite und ging den Gang hinunter, wobei er seine Frau am Ellbogen führte.

»Stehen geblieben!«, blaffte eine harte weibliche Stimme sie von hinten an.

Die Eberhardts drehten sich um. Aus einer Tür mit der Aufschrift *Nur für Personal* trat eine Frau in hellblauem Kittel mit einem Stethoskop um den Hals.

»Ich bin Dr. Gonzalez. Wo wollen Sie eigentlich hin?«

»Wir möchten unseren Sohn sehen«, antwortete Mrs. Eberhardt.

»Ich habe versucht, sie aufzuhalten«, beeilte sich der Pfleger einzuwerfen.

»Sie sind die Eltern des Jungen?«, fragte die Ärztin.

»So ist es.« Roys Vater bemerkte, dass Dr. Gonzalez sie beide mit unverhohlener Neugier betrachtete.

»Verzeihen Sie die vielleicht etwas unpassende Bemerkung«, sagte sie, »aber – Sie beide sehen nicht so aus, als würden Sie auf einem Krabbenfangschiff arbeiten.«

»Wovon um Himmels willen reden Sie überhaupt?«, fragte Roys Mutter. »Sind in diesem Krankenhaus eigentlich alle verrückt?«

»Es scheint sich um ein Missverständnis zu handeln«, unterbrach Officer Delinko. »Mr. Eberhardt arbeitet im Justizministerium.«

Dr. Gonzalez seufzte. »Also, das klären wir später. Kommen Sie, schauen wir erst mal nach Ihrem Jungen.«

Die Station der Notaufnahme verfügte über sechs Betten, von denen fünf nicht belegt waren. Um das sechste Bett war ein Vorhang gezogen.

»Wir haben ihn an den Tropf gehängt. Er bekommt Antibiotika und es geht ihm schon wieder ganz gut«, sagte Dr. Gonzalez leise. »Aber wenn wir diese Hunde nicht ausfindig machen, dann braucht er noch ein paar Spritzen gegen Tollwut, und die sind kein Zuckerschlecken.«

Die Eberhardts hakten einander unter und gingen auf das Bett hinter dem Vorhang zu. Officer Delinko stellte sich neben sie – er wollte zu gern wissen, welche Farbe Roys Hemd hatte. In seiner Tasche war immer noch der leuchtend grüne Stofffetzen von Mama Paulas Zaun.

»Wundern Sie sich nicht, wenn er schläft«, flüsterte die Ärztin und zog sanft den Vorhang beiseite.

Einige Augenblicke lang sagte niemand etwas. Die vier Erwachsenen standen nur da und starrten entgeistert auf das leere Bett.

Von einem trapezförmigen Metallhaken hing ein Beutel mit einer gelblichen Flüssigkeit herunter. Die

Kanüle war abgenommen worden und baumelte kurz über dem Fußboden.

Endlich stieß Mrs. Eberhardt hervor: »Wo ist Roy?«

Dr. Gonzalez hob die Arme und ließ sie wieder sinken: »Ich … wirklich, ich weiß es nicht.«

»Sie *wissen* es nicht?«, brach es aus Mr. Eberhardt hervor. »Eben noch soll ein verletzter Junge schlafend in seinem Bett gelegen haben und im nächsten Moment ist er plötzlich verschwunden?«

Officer Delinko trat zwischen Mr. Eberhardt und die Ärztin. Der Polizist befürchtete, Roys Vater könnte in seiner Aufregung etwas tun, was er später bedauern würde.

»Wo ist unser Sohn?«, fragte Mrs. Eberhardt noch einmal.

Die Ärztin klingelte nach einer Schwester und fing hektisch an, die Station abzusuchen.

»Aber er war der einzige Patient hier«, sagte Mr. Eberhardt wütend. »Wie ist es möglich, dass Sie den einzigen Patienten, den Sie überhaupt haben, verlieren? Was ist passiert – haben Außerirdische ihn in ihr Raumschiff gebeamt, während Sie Kaffeepause machten?«

»Roy? Roy, wo bist du?«, rief Mrs. Eberhardt.

Sie und Dr. Gonzalez fingen an, unter die fünf übrigen Betten der Station zu schauen. Officer Delinko nahm sein tragbares Funkgerät vom Gurt und sagte: »Ich fordere jetzt Verstärkung an.«

Genau in diesem Moment flogen die Doppeltüren des Wartezimmers auf.

»Mom! Dad! Hier bin ich!« Mit einer doppelten Umarmung erdrückten die Eberhardts ihren Sohn fast.

»Kleiner Teufel.« Officer Delinko lachte leise glucksend, während er sein Funkgerät wieder am Gurt befestigte. Er war sehr erfreut, dass Roy kein zerrissenes grünes T-Shirt trug.

»He!« Dr. Gonzalez klatschte einmal kurz in die Hände. »Alle mal herhören, bitte!«

Die Eberhardts schauten verblüfft auf. Die Ärztin schien nicht übermäßig froh zu sein, dass ihr verlorener Patient wieder aufgetaucht war.

»Das ist Roy?«, fragte sie und zeigte auf den Jungen.

»Natürlich ist er das. Wer denn sonst?« Mrs. Eberhardt küsste ihn auf den Kopf. »Schatz, jetzt legst du dich aber sofort wieder ins Bett.«

»Mal langsam«, sagte Mr. Eberhardt. »Ich bin mir nicht sicher, was hier eigentlich vor sich geht, aber ich habe das Gefühl, wir sollten uns bei Ihnen entschuldigen. Vermutlich gleich mehrfach.« Er legte beide Hände fest auf Roys Schultern. »Jetzt zeig uns mal, wo dich der Hund gebissen hat, Freundchen.«

Roy senkte den Blick. »Ich bin nicht gebissen worden, Dad. Das war nicht ich.«

Mrs. Eberhardt stöhnte auf. »Okay, jetzt ist mir alles klar. *Ich* bin diejenige, die nicht ganz dicht ist, stimmt's? *Ich* hab nicht mehr alle Tassen im Schrank.«

»Entschuldigen Sie mich, Herrschaften, aber wir haben nach wie vor ein großes Problem«, sagte Dr. Gonzalez. »Uns fehlt noch immer ein Patient.«

Officer Delinko war total verwirrt. Wieder griff er nach seinem Funkgerät, um die Hauptwache anzurufen.

»Bevor mir gleich der Schädel platzt«, sagte Mrs. Eberhardt, »könnte mir vielleicht irgendjemand erklären, was hier eigentlich gespielt wird?«

»Das kann nur einer.« Mr. Eberhardt zeigte auf Roy, der am liebsten in einem Mauseloch verschwunden wäre. Sein Vater drehte ihn herum, so dass er Dr. Gonzalez direkt anschauen musste.

»Tex?«, sagte sie und zog eine Augenbraue hoch.

Roy spürte, wie er rot wurde. »Es tut mir Leid, wirklich.«

»Das hier ist ein Krankenhaus und kein Spielplatz.«

»Ich weiß. Entschuldigung.«

»Wenn du der echte Roy bist«, sagte die Ärztin, »wer war dann der junge Mann, der hier im Bett lag, und wo ist er hin? Und jetzt will ich die Wahrheit wissen.«

Roy starrte auf seine Schuhspitzen. Er konnte sich nicht erinnern, dass schon jemals in seinem Leben an einem einzigen Tag so viele Dinge schief gegangen waren.

»Antworte bitte, mein Sohn«, sagte sein Vater.

Seine Mutter drückte Roys Arm. »Komm schon, Schatz. Es ist wichtig.«

»Wir finden ihn, früher oder später«, sagte Officer Delinko. »Sie können sich darauf verlassen.«

Unglücklich sah Roy zu den Erwachsenen auf.

»Ich weiß nicht, wie der Junge heißt, und ich weiß auch nicht, wo er ist«, sagte er. »Tut mir Leid, aber das ist die Wahrheit.«

Und technisch gesehen war es das ja auch.

13

Während Roy unter der Dusche stand, kochte seine Mutter einen großen Topf Spaghetti. Roy aß drei Portionen, obwohl es am Esstisch dieses Mal stiller zuging als bei einer Schachpartie.

Roy legte die Gabel zur Seite und wandte sich an seinen Vater.

»Ich nehme an, es ist so weit, oder?«

»Richtig.«

Es war Jahre her, seit Roy das letzte Mal von seinem Vater eins hinten drauf bekommen hatte, und er glaubte auch nicht, dass es jetzt dazu kommen würde. Stattdessen zitierte sein Vater ihn immer in sein Arbeitszimmer, wenn er von Roy eine ernsthafte Erklärung für sein Verhalten erwartete. Heute Abend war Roy so müde, dass er sich nicht sicher war, ob er überhaupt noch irgendetwas Sinnvolles von sich geben konnte.

Sein Vater saß hinter dem großen Schreibtisch aus Walnussholz und erwartete ihn.

»Was hast du da?«, fragte er Roy.

»Ein Buch.«

»Das sehe ich auch. Ich hatte auf etwas ausführlichere Auskünfte gehofft.«

Roys Vater konnte ziemlich sarkastisch werden, wenn er meinte, keine ausreichende Antwort zu bekommen. Roy nahm an, dass das an den vielen Jahren lag, in denen er windige Gestalten verhört hatte – Gangster oder Spione oder andere, für die sein Vater zuständig war.

»Ich nehme an«, fuhr der Vater fort, »dass das Buch ein Licht auf die merkwürdigen Ereignisse des heutigen Abends werfen soll.«

Roy reichte es über den Schreibtisch. »Ihr habt es mir vor zwei Jahren zu Weihnachten geschenkt, Mom und du.«

»Ich weiß«, sagte sein Vater nach einem kurzen Blick auf den Umschlag. »Der große Vogelführer von Sibley. Bist du sicher, dass es nicht ein Geburtstagsgeschenk war?«

»Ganz sicher, Dad.«

Roy hatte das Buch auf seinen Wunschzettel geschrieben, nachdem er mit Hilfe dieses Buches eine Wette mit dem Vater gewonnen hatte. Eines Nachmittags hatten sie nämlich einen großen, rötlich braunen Raubvogel gesehen, der hinuntergestoßen war und sich ein Erdhörnchen von einer Viehweide im Gallatin River Valley geschnappt hatte. Roys Vater hatte mit ihm um einen Milch-Shake gewettet, dass es sich bei dem Vogel um einen jungen Weißkopfseeadler handelte, dessen Kopffedern noch nicht weiß geworden waren, aber Roy hatte gesagt, es handele sich um einen ausgewachsenen Steinadler, der in der trockenen Prärielandschaft verbreiteter war. Nachdem Roys Vater in der Bücherei von Bozeman im *Sibley* nachgeschlagen hatte, musste er zugeben, dass Roy Recht gehabt hatte.

Mr. Eberhardt hielt das Buch hoch und fragte: »Und was hat dieses Buch nun mit dem Unfug im Krankenhaus zu tun?«

»Schlag mal Seite 278 auf«, sagte Roy. »Ich hab dir da was angestrichen.«

Sein Vater blätterte rasch, bis er die richtige Seite gefunden hatte.

»Kanincheneule«, las er laut vor. »*Athene Cunicularia*. Mit langen Beinen und kurzem Schwanzgefieder, relativ langen, schmalen Flügeln und flachem Schädel. Nur die jungen Eulen zeigen sich schon mal bei Tageslicht.« Sein Vater sah ihn fragend über den Buchrand hinweg an. »Hat das etwas mit dem ›Bio-Experiment‹ zu tun, an dem ihr angeblich heute Nachmittag gearbeitet habt?«

»Es gibt kein Bio-Experiment«, gab Roy zu.

»Und das Hackfleisch, das deine Mutter dir gegeben hat?«

»War ein Imbiss für die Eulen.«

»Erzähl weiter«, sagte Mr. Eberhardt.

»Es ist eine lange Geschichte, Dad.«

»Ich habe jede Menge Zeit.«

»Also gut«, sagte Roy. Irgendwie, dachte er müde, wäre es leichter gewesen, wenn sein Vater ihm eine Ohrfeige gegeben hätte.

»Na ja«, begann er, »da gibt es diesen Jungen, er ist etwa so alt wie ich ...«

Roy erzählte seinem Vater alles – oder doch fast alles. Er erwähnte nicht, dass die Schlangen, die der Stiefbruder von Beatrice Leep ausgesetzt hatte, hochgiftig waren und dass der Junge ihnen allen Ernstes den Mund zugeklebt hatte. Solche Details hätten Mr. Eberhardt womöglich mehr in Aufregung versetzt als kleinere Vandalenakte.

Außerdem sagte Roy lieber nicht, dass Beatrice ihren Stiefbruder Fischfinger getauft hatte – nur für den Fall, dass sein Vater sich gesetzlich verpflichtet fühlte, den Fall der Polizei zu melden oder irgendwo in einer Datenbank der Regierung zu speichern.

Aber ansonsten berichtete Roy alles, was er über den rennenden Jungen wusste. Sein Vater hörte ihm zu, ohne ihn zu unterbrechen.

»Dad, er ist wirklich kein schlechter Mensch«, sagte Roy, als er fertig war. »Er will bloß die Eulen retten, mehr nicht.«

Eine Weile sagte Mr. Eberhardt nichts. Er schlug noch einmal das Vogelbuch auf und betrachtete die kleinen Vögel auf der farbigen Zeichnung.

»Wenn Mama Paula das Grundstück mit Bulldozern

platt walzen lässt, dann werden alle Höhlen zugeschüttet«, sagte Roy.

Sein Vater legte das Buch weg und sah Roy liebevoll an, wenn auch mit einer Spur Traurigkeit.

»Roy, das Grundstück gehört ihnen. Sie können so ziemlich alles damit machen, was sie wollen.«

»Aber –«

»Sie haben ihren Papierkram bestimmt erledigt, so dass mit Sicherheit alle notwendigen Genehmigungen vorliegen.«

»Sie haben eine Genehmigung, die Eulen zu begraben?«, fragte Roy ungläubig.

»Die Eulen werden wegfliegen. Sie suchen sich anderswo neue Höhlen.«

»Und wenn sie gerade Junge haben? Wie sollen *die* wegfliegen?«, gab Roy wütend zurück. »Wie, Dad?«

»Das weiß ich nicht«, musste sein Vater zugeben.

»Wie würde euch das denn gefallen, Mom und dir«, drängte Roy weiter, »wenn eines Tages irgendwelche wildfremden Leute mit Bulldozern hier auftauchen und unser Haus platt machen würden? Und nichts weiter sagen würden als: ›Machen Sie sich keine Sorgen, Mr. und Mrs. Eberhardt, das ist doch nicht so schlimm. Packen Sie einfach Ihren Kram zusammen und ziehen sie woandershin.‹ Wie fändest du das?«

Roys Vater stand langsam auf, so als lastete ein zentnerschweres Gewicht auf seinen Schultern.

»Komm, lass uns ein Stück spazieren gehen«, sagte er.

Es war ein windstiller, wolkenloser Abend und ein blass silberner Mond stand über den Dächern. Insekten, die an Konfetti erinnerten, umschwirrten die Straßenlaternen in großen Schwärmen. An der Straßenecke miauten zwei Katzen einander an.

Roys Vater hielt den Kopf leicht gesenkt, die Hände hatte er in die Manteltaschen gesteckt.

»Du wirst schnell groß«, bemerkte er zu Roys Überraschung.

»Dad, ich bin der Drittkleinste in meiner Klasse!«

»So meinte ich das nicht.«

Während sie weitergingen, hüpfte Roy immer auf die Spalten zwischen den Pflastersteinen. Sein Vater und er redeten über unverfängliche Themen – über die Schule, über Sport, über Sport in der Schule –, bis Roy das Gespräch vorsichtig wieder auf das heikle Thema Fischfinger zurückbrachte. Er musste unbedingt wissen, wie sein Vater die Sache sah.

»Erinnerst du dich noch an den Tag im letzten Sommer, als wir im Madison Canyon waren?«

»Klar«, sagte sein Vater, »mit dem Schlauchboot.«

»Richtig«, sagte Roy. »Und erinnerst du dich noch, wie wir da fünf große Ohreulen in einer Pappel gezählt haben? Fünf Stück!«

»Ja, ich weiß noch.«

»Und wie du versucht hast, ein Foto zu machen, und dir die Kamera dabei ins Wasser gefallen ist?«

»Ganz so war's nicht – ich hab sie fallen lassen.« Roys Vater grinste etwas dümmlich.

»Na ja, es war schließlich nur eine Billigkamera.«

»Schon, aber es wäre ein toller Schnappschuss geworden. Fünf auf einem Baum.«

»Ja«, sagte Roy, »das war schon erstaunlich.«

Die Eulengeschichte brachte es. Sein Vater nahm den Hinweis auf.

»Dieser Junge, von dem du mir erzählt hast – weißt du wirklich nicht, wie er heißt?«

»Er will es mir nicht sagen. Und Beatrice auch nicht«, sagte Roy. »Und das ist die volle Wahrheit.«

»Den Namen seines Stiefvaters hat er nicht angenommen?«

»Leep? Nein, laut Beatrice nicht.«

»Und er geht nicht zur Schule, hast du gesagt.«

Roys Mut sank. Wollte sein Vater Fischfinger etwa anzeigen, weil er die Schule schwänzte?

»Was mir Sorgen macht«, fuhr Mr. Eberhardt fort, »ist die familiäre Situation. Das hört sich nicht gut an.«

»Nein, die ist auch nicht gut«, räumte Roy ein. »Deswegen wohnt er ja auch nicht mehr zu Hause.«

»Gibt es denn keine Verwandten, die sich um ihn kümmern könnten?«

»Er fühlt sich sicher da, wo er ist«, sagte Roy.

»Bestimmt?«

»Dad, bitte übergib ihn nicht der Polizei. Bitte!«

»Wie sollte ich denn – ich weiß doch nicht einmal,

wo er ist.« Der Vater zwinkerte ihm zu. »Aber ich sag dir, was ich machen werde: Ich werde eine ganze Weile ernsthaft über die Sache nachdenken. Und das solltest du auch.«

»Okay«, sagte Roy. Wie sollte er denn auch an irgendetwas anderes denken? Sogar sein Kampf mit Dana Matherson schien ihm jetzt wie ein verschwommener, ferner Traum.

»Lass uns umkehren«, sagte sein Vater. »Es wird langsam spät und du hast einen langen Tag hinter dir.«

»Kann man wohl sagen«, stimmte Roy ihm zu.

Aber als er dann im Bett lag, konnte er nicht einschlafen. Sein Körper war erschöpft, doch innerlich war Roy hellwach, und alles, was am Tag passiert war, schwirrte ihm noch durch den Kopf. Er versuchte, ein bisschen zu lesen, und griff nach einem Buch, das er aus der Schülerbücherei ausgeliehen hatte. Es war die Geschichte einer Familie, die um 1850 in Florida gelebt hatte, als das Land noch totale Wildnis war. Menschen gab es zu der Zeit kaum dort und die Sümpfe und Wälder waren voller Tiere. Vermutlich eine gute Zeit für Kanincheneulen, dachte Roy.

Etwas später, als er fast eingeschlafen war, hörte er ein leises Klopfen an der Tür. Es war seine Mutter, die noch einmal hereinschaute, um ihm gute Nacht zu sagen. Sie nahm ihm das Buch aus den Händen und knipste die Nachttischlampe aus. Dann setzte sie sich auf sein Bett und fragte ihn, wie er sich fühle.

»Kaputt«, sagte Roy.

Sanft zog sie seine Decke hoch. Obwohl es so viel zu warm war, ließ Roy es geschehen. Das war einfach Moms Art, sie konnte nicht anders.

»Du weißt, wie lieb wir dich haben, mein Herz«, sagte sie.

Oh, oh, dachte Roy. Jetzt kommt's.

»Aber was du heute Abend gemacht hast, im Krankenhaus, dass du dem anderen Jungen erlaubt hast, deinen Namen zu benutzen, damit er aufgenommen wird –«

»Das war meine Idcc, Mom, nicht seine.«

»Und ich bin mir auch sicher, dass du es gut gemeint hast«, sagte sie, »aber streng genommen war es eine Lüge. Du hast falsche Informationen weitergegeben oder wie man das nennen will. Das, mein Liebling, ist eine ernste Angelegenheit –«

»Ich weiß.«

»– und dein Vater und ich, nun, wir möchten nicht, dass du in Schwierigkeiten gerätst. Selbst, wenn du es für einen Freund tust.«

Roy richtete sich halb auf und stützte sich auf einen Ellbogen. »Er wäre lieber weggerannt, als seinen richtigen Namen anzugeben. Und das durfte ich nicht zulassen. Er musste zu einem Arzt.«

»Das verstehe ich auch, glaub mir.«

»Sie wollten alles Mögliche von ihm wissen, Mom, dabei kippte er fast aus den Latschen, so hohes Fieber hatte er. Vielleicht war es falsch, was ich gemacht habe, aber wenn es sein müsste, würde ich es wieder tun. Das meine ich ganz ernst.«

Roy erwartete eine milde Zurechtweisung, aber seine Mutter lächelte nur. Sie strich die Decke mit beiden Händen glatt und sagte: »Liebes, du wirst immer wieder im Leben in Situationen geraten, wo die Trennlinie zwischen Richtig und Falsch nicht so eindeutig zu ziehen ist. Dein Herz wird dir sagen, du sollst dies tun, und dein Kopf wird dir sagen, du sollst etwas anderes tun. Letzten Endes kannst du nur beide Möglichkeiten betrachten und schließlich nach bestem Wissen und Gewissen entscheiden.«

Na ja, dachte Roy, das ist doch so etwa das, was ich gemacht habe.

»Dieser Junge«, begann seine Mutter wieder, »wieso will er denn seinen Namen nicht sagen? Und wieso ist er aus dem Krankenhaus weggerannt?«

Fischfinger war durch ein Fenster der Damentoilette entkommen, die gleich neben dem Röntgenraum lag. Sein zerrissenes grünes T-Shirt hatte er an die Antenne von Officer Delinkos Streifenwagen gehängt, der vor der Notaufnahme geparkt stand.

»Vermutlich ist er weggerannt, weil er Angst hatte, jemand könnte seine Mutter anrufen.«

»Und?«

»Sie will nichts mehr von ihm wissen. Sie würde nur dafür sorgen, dass er ins Heim kommt.«

»Wie bitte?«

»Sie hat ihn in eine Kadettenanstalt geschickt«, erklärte Roy, »und jetzt will sie ihn nicht zurückhaben. Das hat sie selbst gesagt, vor Beatrice.«

Roys Mutter legte den Kopf zur Seite, so als hätte sie ihn vielleicht nicht richtig verstanden. »Seine Mutter will ihn nicht mehr haben?«

Roy sah etwas in ihrem Blick aufflackern. Er war sich nicht sicher, ob es Kummer war oder Wut – oder beides.

»Sie *will* ihn nicht?«, wiederholte seine Mutter.

Roy nickte ernst.

»Lieber Himmel!«, sagte sie.

Ihre Worte kamen so sanft, dass Roy ganz überrascht war. Er hörte Schmerz in ihrer Stimme, und er dachte, vielleicht hätte er ihr diesen Teil von Fischfingers Geschichte lieber nicht erzählen sollen.

»Tut mir Leid, Mom«, sagte er. »Ich hab dich lieb.«

»Ich dich auch, mein Herz.«

Sie küsste ihn auf die Wange und stopfte noch einmal die Decke fest um ihn. Als sie gerade die Tür schließen wollte, zögerte sie noch einmal und wandte sich zu ihm um.

»Wir sind stolz auf dich, Roy. Ich möchte, dass du das weißt. Dein Vater und ich, wir sind beide sehr, sehr stolz auf dich.«

»Hat Dad dir von den Eulen erzählt?«

»Ja, hat er. Das ist wirklich traurig.«

»Was soll ich denn bloß machen?«

»Wie meinst du das?«

»Ach, schon gut«, sagte Roy und ließ sich auf sein Kissen sinken. »Gute Nacht, Mom.«

Im Grunde hatte sie die Frage ja schon beantwortet. Alles, was er tun musste, war, die Diskussion zwischen seinem Herzen und seinem Kopf zu entscheiden.

14

Zum Glück war der nächste Tag ein Samstag, und so musste Roy nicht früh aufstehen, um den Schulbus zu erwischen.

Als er sich gerade zum Frühstück hingesetzt hatte, läutete das Telefon. Es war Garrett. Er hatte noch nie zuvor bei Roy angerufen, aber nun wollte er wissen, ob Roy Lust habe, mit ihm in einem der Einkaufszentren Skateboard zu fahren.

»Ich hab kein Skateboard, das weißt du doch«, sagte Roy.

»Macht nichts. Ich hab zwei.«

»Nein, danke. Heute geht's bei mir nicht.«

In Wirklichkeit hatte Garrett natürlich nur angerufen, weil er wissen wollte, was mit Dana Matherson passiert war.

»Mann, jemand hat ihn an die Fahnenstange gefesselt!«

»Ich war's nicht«, sagte Roy. Über dieses Thema konnte er nicht offen vor seinen Eltern reden.

»Wer dann? Und wie ist das passiert?«, wollte Garrett wissen.

»Kein Kommentar«, sagte Roy. Dasselbe hatte Fischfinger gesagt.

»Ach, komm schon, Eberhardt!«

»Bis Montag dann.«

Nach dem Frühstück fuhr ihn sein Vater zum Radladen, um den neuen Reifen abzuholen, und gegen Mittag war Roy wieder mobil. Im Telefonbuch war unter L.B. Leep eine Adresse angegeben und Roy fand das Haus auch problemlos. Es lag in der West Oriole Avenue, wo auch die Bushaltestelle war und er den rennenden Jungen zum ersten Mal gesehen hatte.

In der Einfahrt der Leeps standen ein verbeulter alter Jeep und ein glänzendes neues Cabrio. Roy lehnte sein Rad an den Briefkastenpfosten und ging schnell zum Eingang. Aus dem Haus waren keifende Stimmen zu hören, und Roy hoffte, dass sie aus einem voll aufgedrehten Fernseher kamen.

Nachdem er dreimal kräftig geklopft hatte, schwang die Tür auf und Leon Leep stand vor ihm, die kompletten zwei Meter fünf. Er trug ausgebeulte rote Shorts und ein ärmelloses Netzhemd, das sich über einem blassen Bierbauch dehnte. Leon sah so aus, als hätte er seit seinem Rückzug aus dem Profibasketball keine fünf Minuten mehr im Fitnessraum verbracht. Nur an seiner Größe erkannte man noch, dass er mal Basketballer in der Nationalliga gewesen war.

Roy verlagerte sein Gewicht auf die Fersen, um Leon ins Gesicht sehen zu können.

»Ist Beatrice zu Hause?«, fragte Roy.

»Das schon, aber die hat zu tun.«

»Dauert nur eine Minute. Es ist wegen der Schule«, sagte Roy.

»Schule – ach so«, sagte Leon, als hätte er ganz vergessen, wo seine Tochter fünf Tage die Woche hinging. Mit einem merkwürdigen Grunzen schleppte er sich davon.

Im nächsten Augenblick tauchte Beatrice auf. Sie sah ziemlich genervt aus.

»Kann ich reinkommen?«, fragte Roy.

»Nee«, flüsterte sie, »ist gerade ganz ungünstig.«

»Kannst du denn rauskommen?«

»Auch nicht.« Beatrice schaute ängstlich über die Schulter.

»Hast du gehört, was im Krankenhaus los war?«

Sie nickte. »Tut mir Leid, dass ich nicht rechtzeitig wieder da war, um dir zu helfen.«

»Was ist mit deinem Bruder – geht's ihm besser?«, fragte Roy.

»Besser als vorher jedenfalls«, sagte Beatrice.

»Wer ist denn da? Wer ist das?«, tönte eine eisige Stimme über den Flur.

»Bloß jemand von der Schule.«

»Ein Junge?«

»Ja, ein Junge«, sagte Beatrice und rollte mit den Augen in Roys Richtung.

Eine Frau, die kaum größer war als Beatrice, tauchte

hinter ihr in der Tür auf. Sie hatte eine Adlernase, misstrauisch dreinschauende, stechende Augen und eine wilde kastanienrote Lockenmähne. Aus einer Zigarette zwischen ihren glänzend lackierten Nägeln stieg blauer Rauch auf.

Das konnte nur Lonna sein, Fischfingers Mutter.

»Wer bist du?«, fragte sie.

»Ich heiße Roy.«

»Und was willst du hier, Roy?« Lonna zog hörbar an ihrer Zigarette.

»Es ist wegen der Schule«, sagte Beatrice.

»Heute ist ja wohl Samstag«, sagte Lonna.

Roy machte einen Versuch. »Es tut mir wirklich sehr Leid, dass ich Sie belästige, Mrs. Leep. Aber Beatrice und ich arbeiten zusammen an einem Referat für Biologie und –«

»Heute aber nicht«, schnitt ihm Lonna das Wort ab. »Miss Beatrice wird heute das Haus putzen. Einschließlich Küche. Und Badezimmer. Und bestimmt fällt mir noch was ein.«

Roy hatte den Eindruck, dass Lonna sich auf ziemlich dünnem Eis bewegte. Beatrice war offensichtlich die Stärkere von beiden und sie kochte vor Wut. Wenn Lonna gesehen hätte, was ihre Stieftochter mit Roys Fahrradreifen gemacht hatte, dann hätte sie ihren Tonfall vielleicht etwas gemildert.

»Vielleicht morgen«, sagte Beatrice mit zusammengebissenen Zähnen zu Roy.

»Klar. Wann du willst.« Er ging rückwärts die Stufen hinunter.

»Das wollen wir erst mal sehen.« Lonnas heisere Stimme klang abfällig. »Und das nächste Mal rufst du vorher an«, blaffte sie Roy an. »Schon mal was von 'nem Telefon gehört?«

Während Roy auf seinem Rad davonfuhr, überlegte er, ob Fischfinger in den Wäldern nicht wirklich besser dran war als zu Hause mit dieser Hexe als Mutter. Roy fragte sich, wie es wohl kommen konnte, dass Erwachsene zu solchen Ekeln wurden. Es würde ihn nicht überraschen, wenn Beatrice Lonna eines Tages den Kopf abrisse.

Seine nächste Station war das Haus von Dana Matherson, wo noch so ein zweifelhaftes Exemplar der Gattung Mutter lebte. Danas Vater öffnete ihm die Tür, und Roy hatte das Gefühl, dass der auch nicht gerade ein Hauptgewinn war. Roy hatte einen zweiten Neandertaler erwartet, aber Mr. Matherson war klein und nervös und sah nicht gerade gesund aus.

»Hi. Ich bin Roy und –«

»Tut mir Leid, wir kaufen nichts«, sagte Danas Vater höflich und wollte schon die Tür zumachen.

»Aber ich will Ihnen ja gar nichts verkaufen«, sagte Roy durch den Spalt hindurch. »Ich wollte zu Dana.«

»O je, noch so einer!« Mr. Matherson öffnete die Tür wieder und sagte etwas leiser: »Lass mich raten. Er hat dich angeheuert, damit du ihm die Hausaufgaben machst.«

»Nein, ich bin bloß ein Freund, wir kennen uns von der Schule.«

»Ein *Freund*?«

Dana hatte nicht viele Freunde, das wusste Roy, und die wenigen, die er hatte, waren durchweg größer als Roy und sahen brutaler aus.

»Wir fahren immer im Schulbus zusammen«, sagte Roy und beschloss, Beatrice' Vers noch einmal aufzusagen: »Wir schreiben zusammen ein Referat in Bio.«

Mr. Matherson runzelte die Stirn. »Soll das ein Scherz sein? Jetzt sag mir mal, wer du wirklich bist.«

»Das hab ich Ihnen doch schon gesagt.«

Danas Vater zückte seine Brieftasche. »Lassen wir die Witze, junger Mann – wie viel schulde ich dir?«

»Wofür?«

»Für die Hausaufgaben von meinem Herrn Sohn.« Mr. Matherson hielt einen Fünf-Dollar-Schein hoch. »Das Übliche?«

Er sah beschämt aus und ganz schön fertig. Roy hatte Mitleid mit ihm. Es war offensichtlich eine ziemliche Qual, so einen Idioten wie Dana großzuziehen.

»Sie schulden mir gar nichts«, sagte Roy. »Ist er zu Hause?«

Mr. Matherson sagte, Roy solle an der Tür warten. Kurz darauf tauchte Dana auf – in auf Halbmast hängenden Boxershorts und ziemlich schmuddeligen Socken.

»Du!«, knurrte er.

»Genau«, sagte Roy. »Ich.«

»Was gibt's zu glotzen, Cowgirl?«

Nicht viel, dachte Roy. Er bemerkte, dass Dana nicht mehr lispelte – die Schwellung der Oberlippe war zurückgegangen.

»Du hast ja wohl 'ne Macke«, sagte Dana, »den ganzen Weg herzuradeln, damit ich Mus aus dir mache.«

»Komm raus, ich hab nicht den ganzen Tag Zeit.«

»Was hast du gesagt?«

Dana kam heraus und lehnte die Tür an. Vermutlich wollte er nicht, dass sein Vater Zeuge des nun folgenden Gemetzels würde. Er holte aus und zielte auf Roys Kopf, aber Roy hatte den Schlag kommen sehen. Er duckte sich und Danas Faust landete voll in einem Vogelhaus aus Plastik.

Als Dana aufgehört hatte zu jaulen, sagte Roy: »Jedes Mal, wenn du versuchst, mir wehzutun, passiert dir was. Hast du das noch nicht gemerkt?«

Dana krümmte sich und schüttelte die verletzte Hand. Er schaute hoch und starrte Roy an.

»Wie gestern«, fuhr Roy fort, »als du versucht hast, mich in der Besenkammer umzubringen. Erinnerst du dich? Da hat dich ein Mädchen abgeschleppt, nackt ausgezogen und an den Fahnenmast gebunden.«

»Ich war gar nicht nackt«, blaffte Dana ihn an. »Ich hatte 'ne Unterhose an!«

»Wenn du am Montag wieder in die Schule kommst, lachen dich alle aus. Alle, Dana, und das nur, weil du so dämlich warst. Selber schuld, du hättest mich einfach nur in Ruhe lassen müssen. Das kann doch nicht so schwer sein, oder?«

»Die lachen noch viel mehr, wenn sie sehen, wie ich dich in deinen knochigen Hintern trete, dass du bis zum Mond fliegst, Cowgirl. Wie Hyänen werden sie lachen, bloß kannst du's leider nicht mehr hören.«

»Mit anderen Worten«, sagte Roy gereizt, »du hast immer noch nichts gelernt.«

»Stimmt. Und das schaffst du auch nicht.«

Roy seufzte. »Ich bin nur hergekommen, damit wir über die Sache reden. Dass endlich Schluss ist mit diesen blöden Prügeleien.«

Das hatte er sich vorgenommen. Wenn er bloß Frieden schließen könnte mit Dana Matherson, wenigstens vorübergehend, dann könnte er seine ganze Energie darauf konzentrieren, Fischfingers Problem zu lösen.

Aber Dana brüllte ihn an: »Du tickst echt nicht richtig. Nach dem Scheiß, der mir passiert ist, bist du ein toter Mann, Eberhardt. Das ist schon gar nicht mehr lustig, wie tot du bist.«

Roy begriff, dass es witzlos war. »Du bist ein hoffnungsloser Fall«, sagte er. »Übrigens, das Lila ist voll cool.« Er zeigte auf Danas geschwollene Fingerknöchel.

»Verschwinde, Cowgirl! Hau ab!«

Roy ließ ihn stehen. Dana bollerte an die Tür und brüllte, sein Vater solle ihn reinlassen. Anscheinend war die Tür ins Schloss gefallen, als Dana rausgekommen war, um Roy eins überzubraten.

Es hatte durchaus was Komisches, Dana in seinen ausgeleierten Boxershorts auf und ab hüpfen zu sehen, aber Roy konnte es nicht genießen. Er war nicht in der Stimmung dazu.

Er versteckte sein Rad und schlüpfte durch das Loch im Zaun. Bei Tageslicht betrachtet, sah der Schrottplatz gar nicht so gruselig aus, einfach nur voll gestopft. Trotz der vielen Wagen hatte Roy keine Mühe, den rostigen alten Lieferwagen zu finden, auf dessen Plane JO-JOS EISSALON geschrieben stand.

Beatrice' Stiefbruder lag hinten im Wagen, in einem modrigen Schlafsack, dessen Reißverschluss bis oben zugezogen war. Als er Roys Schritte hörte, bewegte er sich und machte vorsichtig ein Auge auf. Roy kniete sich neben ihn.

»Ich hab dir Wasser gebracht.«

»Danke, Mann.« Fischfinger griff nach der Plastikflasche. »Und danke auch für gestern Abend. Hast du Ärger gekriegt?«

»Nicht so wild«, sagte Roy. »Wie fühlst du dich?«

»Wie Kuhscheiße.«

»Du siehst aber besser aus als gestern«, sagte Roy

und das stimmte auch. Die Wangen des Jungen hatten wieder Farbe bekommen und der Arm mit den Hundebissen schien auch nicht mehr so steif und geschwollen. Am anderen Arm war ein knopfgroßer blauer Fleck zu sehen, wo der Junge die Kanüle von seinem Tropf rausgerissen hatte, bevor er aus dem Krankenhaus geflohen war.

»Das Fieber ist weg, aber mir tut's überall weh«, sagte er und kroch aus dem Schlafsack. Roy schaute weg, bis der Junge sich was übergezogen hatte.

»Ich bin hergekommen, weil ich dir was sagen wollte. Es geht um das neue Pfannkuchenrestaurant«, sagte Roy. »Ich hab mit meinem Dad gesprochen, und der sagt, die Leute können auf dem Grundstück bauen, was sie wollen, solange sie alle Genehmigungen haben, die sie brauchen. Da können wir nichts machen.«

Fischfinger grinste. »Wir?«

»Ich mein ja nur –«

»Du meinst, die Sache ist hoffnungslos, stimmt's? Komm schon, Tex, du musst mal anfangen, wie ein Outlaw zu denken.«

»Aber ich *bin* kein Outlaw.«

»Bist du wohl. Gestern Abend im Krankenhaus – so was macht nur ein Outlaw, eindeutig.«

»Du warst krank. Du hast Hilfe gebraucht«, sagte Roy.

Fischfinger trank den letzten Schluck und warf die

leere Flasche in die Ecke. Dann stand er auf und dehnte sich wie eine Katze.

»Du hast eine Grenze überschritten. Und warum? Weil es dir wichtig war, was mit mir passiert«, sagte er zu Roy. »Genauso wie es mir wichtig ist, was mit diesen ulkigen kleinen Eulen passiert.«

»Das sind Kanincheneulen. Ich hab's nachgeschlagen«, sagte Roy. »Ach übrigens, die sind vermutlich nicht so scharf auf Hackfleisch. Nach dem, was in den Vogelbüchern steht, ernähren die sich hauptsächlich von Käfern und Würmern.«

»Dann fang ich ihnen eben ein paar Käfer.« Der Junge klang leicht ungeduldig. »Es geht doch darum, dass es nicht richtig ist, was da draußen passiert. Das Land gehörte den Eulen, lange bevor es den Pfannkuchenleuten gehörte. Wo kommst du her, Tex?«

»Montana«, antwortete Roy automatisch. Dann fügte er hinzu: »Na ja, genau genommen bin ich in Detroit geboren. Aber wir haben in Montana gelebt, bevor wir hergezogen sind.«

»Ich bin noch nie im Westen gewesen«, sagte Fischfinger, »aber ich weiß, dass sie da Berge haben.«

»Und ob. Wahnsinnsberge.«

»Die könnten wir hier auch brauchen. Florida ist so flach, die rollen mit ihren Bulldozern glatt von einer Küste zur anderen durch. Denen steht einfach nichts im Weg.«

Selbst die Berge sind vor solchen Maschinen nicht

sicher, dachte Roy, aber er brachte es nicht über sich, ihm das zu sagen.

»Seit ich klein war«, sagte Fischfinger, »habe ich mit angesehen, wie alles hier verschwindet – die Kiefernwälder, das Unterholz, die Bäche, die Sümpfe. Sogar die Strände, Mann – überall stellen sie diese Hotelkästen auf und lassen nur noch Touristen mit Knete rein. Das ist doch total beknackt.«

»Das passiert überall«, sagte Roy.

»Das heißt aber nicht, dass man sich nicht dagegen wehren kann. Hier, guck doch.« Aus einer Tasche seiner zerrissenen Jeans zog der Junge ein zerknittertes Stück Papier. »Ich hab's ja versucht, Tex. Ich hab Beatrice dazu gebracht, dass sie ihnen einen Brief schreibt und ihnen alles erzählt, das mit den Eulen und so. Hier, das haben sie zurückgeschrieben, lies selbst.«

Roy strich das Papier glatt, auf dem oben das Logo von *Mama Paula* zu sehen war. Der Brief lautete:

Sehr geehrtes Fräulein Leep,

besten Dank für Ihren Brief.
Unser Unternehmen, *Mama Paulas Pfannkuchenhaus AG*, ist stolz auf sein ausgeprägtes Engagement für die Umwelt. Wir werden uns daher nach besten Kräften bemühen, die von Ihnen vorgebrachten Sorgen zu berücksichtigen.
Lassen Sie sich von mir persönlich versichern, dass

Mama Paulas Pfannkuchenhaus eng mit den örtlichen Behörden zusammenarbeitet und sämtliche Gesetze, Regeln und Bestimmungen genauestens beachtet.

Mit freundlichem Gruß
Chuck E. Muckle
Stellvertretender Direktor
Abteilung für Öffentlichkeitsarbeit

»Das ist ja vielleicht lahm«, sagte Roy und gab Beatrice' Stiefbruder das Papier zurück.

»Eben. Das ist so ein – wie nennt man das – ein Formbrief. Kein Wort von den Eulen.«

Die beiden traten aus dem Eiswagen in die Sonne. So weit Roys Auge reichte, waren Schrottautos abgestellt, eine Reihe nach der anderen. Man sah förmlich, wie die Hitze über ihnen aufstieg.

»Wie lange willst du dich hier noch verstecken?«, fragte Roy den Jungen.

»Bis sie mich wegjagen. He, sag mal, was machst du heute Abend?«

»Hausaufgaben.«

In Wirklichkeit musste Roy nur ein kurzes Kapitel durchlesen für Geschichte, aber er brauchte eine Ausrede, damit er zu Hause bleiben konnte. Er hatte so eine Ahnung, als plante Fischfinger einen seiner illegalen Besuche auf dem Grundstück von Mama Paula.

»Für den Fall, dass du deine Meinung noch änderst, kannst du ja bei Sonnenuntergang kommen. Du weißt schon, wohin«, sagte der Junge. »Und bring einen Schraubenschlüssel mit.«

Roy fühlte eine seltsame Mischung aus Angst und Aufregung in sich. Einerseits hatte er Bedenken wegen der Methoden, die Beatrice' Stiefbruder anwandte, andererseits fand er es auch toll, was der machte.

»Du bist krank gewesen«, sagte er, »du solltest dich noch ausruhen.«

»Quatsch! Als ob ich für so was Zeit hätte.«

»Das funktioniert sowieso nicht so, wie du dir das vorstellst«, hakte Roy nach. »Kann sein, dass du das alles verzögerst, aber aufhalten wirst du sie nicht. Mama Paula ist ein großes Unternehmen. Die geben nicht einfach auf und ziehen woanders hin.«

»Ich auch nicht, Tex.«

»Früher oder später kriegen sie dich, dann stecken sie dich ins Heim und –«

»Dann mach ich die Flatter. So wie immer.«

»Aber vermisst du nicht manchmal ein – na ja – ein normales Leben?«

»Was man nie gehabt hat, kann man auch nicht vermissen«, sagte Beatrice' Stiefbruder. Roy konnte keinerlei Bitterkeit in seiner Stimme feststellen.

»Vielleicht geh ich irgendwann mal wieder zur Schule«, fuhr der Junge fort, »aber fürs Erste bin ich schlau genug. Vielleicht kann ich keine Algebra, ich kann auch nicht auf Französisch sagen, ›Was für ein niedlicher Pudel‹, und wer Brasilien entdeckt hat, weiß ich auch nicht, aber ich kann mit zwei trockenen Stöckchen und einem Stein Feuer machen. Ich kann auf eine Kokospalme steigen und mir genug frische Milch für einen Monat holen –«

Sie hörten, wie der Motor eines Autos angelassen wurde, und verschwanden blitzschnell im Eiswagen.

»Der Alte, dem der Platz gehört«, flüsterte Fischfinger. »Der hat so eine Allradkiste – supercool, sag ich dir. Der kurvt damit rum wie ein Rennfahrer.«

Als sich das Dröhnen des Fahrzeugs zur anderen Seite des Schrottplatzes hin entfernte, gab der Junge Roy ein Zeichen, dass die Luft rein sei. Über eine Abkürzung führte er ihn zur Öffnung im Zaun und beide schlüpften hindurch.

»Wo willst du jetzt hin?«, fragte Roy.

»Weiß noch nicht. Vielleicht auf Erkundung.«

»Erkundung?«

»Ziele ausgucken, für heute Abend«, sagte Fischfinger.

»Oh.«

»Willst du nicht fragen, was ich vorhabe?«

»Es ist vermutlich besser, wenn ich's nicht weiß«, sagte Roy. Er überlegte, ob er erwähnen solle, dass sein Vater Justizbeamter war. Vielleicht würde Fischfinger dann verstehen, wieso Roy so ungern mitmachen wollte, auch wenn er für diesen Eulenkreuzzug durchaus Sympathien hatte. Aber Roy konnte den Gedanken nicht ertragen, seine Eltern durch die Gitterstäbe einer Gefängniszelle hindurch ansehen zu müssen, falls er und Fischfinger geschnappt würden.

»Mein Dad arbeitet für die Regierung«, sagte Roy.

»Stark«, sagte der andere. »Meiner schiebt sich bloß den ganzen Tag gefüllte Sandwiches in die Mikrowelle und glotzt Sport. Komm mit, Tex, ich zeig dir was! Was Tolles.«

»Roy heiß ich.«

»Okay, *Roy*. Mir nach!«

Und damit rannte er los. Wieder einmal.

In einem Sommer in den späten Siebzigern, lange bevor Roy Eberhardt zur Welt kam, braute sich über dem Golf von Mexiko ein kleiner, aber heftiger tropischer Wirbelsturm zusammen und zog über ein Gebiet nur wenige Meilen südlich von Coconut Cove hinweg. Niemand wurde verletzt oder getötet, obwohl die mehr als drei Meter hohe Sturmwelle schwere Schäden an Straßen und Gebäuden in Küstennähe anrichtete.

Zu Schaden gekommen war unter anderem auch ein Krabbenfangboot namens *Molly Bell,* das aus seiner Verankerung gerissen und einen Gezeitenfluss hochgeschwemmt wurde. Dort kenterte es und versank.

Der Sturm ließ nach, das Hochwasser ging zurück und auf einmal ragte das verlorene Krabbenboot halb aus dem Wasser heraus. Da blieb es liegen, denn der

Fluss war so schmal und die Strömung so gemein, die Austernbetten waren so tückisch, dass kein Kapitän Lust hatte, sein eigenes Boot zu riskieren, um die *Molly Bell* an Land zu ziehen.

Von Jahr zu Jahr wurde sie kleiner und ramponierter, ihr kräftiger Rumpf und das Deck fielen der zerstörerischen Arbeit von Holzwürmern und Muscheln sowie dem Wetter zum Opfer. Nach zwei Jahrzehnten schaute von der *Molly Bell* nur noch das schräge, verblichene Dach des Ruderhauses aus dem Fluss – und das war gerade groß genug, dass zwei Jungen nebeneinander darauf sitzen konnten, die Gesichter der Sonne zugewandt, die Füße im blassgrünen Wasser.

Roy staunte, wie still es hier war und wie die dichten Mangroven den Ort vom Lärm und Getöse der Zivilisation abschotteten. Fischfinger hatte die Augen geschlossen und atmete gierig die salzige Luft ein.

Ein einsamer Fischadler schwebte über ihnen, angelockt von schimmernden Köderfischen im seichten Wasser. Weiter stromaufwärts lauerten kleine Tarpone auf ihr Mittagessen. Ganz in der Nähe, im selben Baum, in dem die Jungen ihre Schuhe aufgehängt hatten, bevor sie zu dem kaputten Boot geschwommen waren, stand ein weißer Reiher majestätisch auf einem Bein.

»Vor zwei Wochen hab ich hier ein Krokodil gesehen«, sagte Fischfinger. »An die drei Meter lang.«

»Na toll – und das erzählst du mir erst jetzt?«, fragte Roy lachend.

Aber in Wirklichkeit fühlte er sich absolut sicher. Der Fluss war unglaublich schön und wild, ein versteckter Zufluchtsort, nur zwanzig Minuten von seinem eigenen Garten entfernt.

Diesen Ort hätte ich auch selbst entdecken können, dachte Roy, wenn ich nicht so viel Zeit damit verbracht hätte, rumzuhängen und Heimweh nach Montana zu haben.

»Wegen der Krokos musst du dir hier keine Sorgen machen«, sagte Fischfinger. »Aber wegen der Mücken.«

»Bist du mal mit Beatrice hier draußen gewesen?«

»Nur einmal. Da hat ein Krebs sie in den großen Zeh gebissen, seitdem ist das Thema für sie erledigt.«

»Armer Krebs«, sagte Roy.

»Kann man wohl sagen.«

»Darf ich dich mal was fragen?«

»Alles, außer nach meinem Namen«, sagte Fischfinger. »Ich will keinen und ich brauch auch keinen. Jedenfalls nicht hier draußen.«

»Was ich fragen wollte«, sagte Roy, »deine Mutter und du – wo ist da das Problem?«

»Keine Ahnung. Wir können einfach nicht miteinander, das war schon immer so«, sagte Fischfinger ganz nüchtern. »Ich mach mir schon lange keinen Kopf mehr deswegen.«

Roy konnte sich das schlecht vorstellen.

»Und was ist mit deinem Dad? Dem richtigen?«

»Nie gesehen.« Der Junge zuckte mit den Achseln.

»Nicht mal ein Bild kenn ich von ihm.«

Roy wusste nicht, was er sagen sollte, deshalb ließ er das Thema fallen. Stromabwärts gab es eine Bewegung im Wasser, und ein Dutzend silbriger Fische in Zigarrengröße sprang gleichzeitig hoch, um sich vor einem hungrigen Raubfisch zu retten.

»Cool! Da sind sie!« Beatrice' Stiefbruder zeigte auf das Wasser, wo die zappelnden Fische ein V bildeten. Er legte sich flach auf den Bauch und sagte Roy, er solle ihn an den Knöcheln festhalten.

»Wozu das denn?«

»Los, mach schon, Mann!«

Während Roy ihn an den Füßen hielt, warf Fischfinger sich weit nach vorn und lehnte sich mit dem drahtigen Oberkörper über den Rand des Ruderhauses hinaus, so dass er über dem Wasser hing.

»Lass jetzt bloß nicht los!«, schrie er und streckte seine gebräunten Arme aus, bis er mit den Fingerspitzen das Wasser berührte.

Roy konnte ihn fast nicht mehr halten, und so beugte er sich vor und legte sich mit seinem ganzen Gewicht auf den Jungen. Wahrscheinlich würden sie gleich alle beide kopfüber ins Wasser fallen, aber solange sie nicht an einer Austernbank entlangschrappten, war das auch okay.

»Da sind sie! Achtung!«

»Ich halte dich.« Roy spürte, wie Fischfinger noch einmal eine ruckartige Bewegung nach vorn machte, aber er schaffte es, nicht loszulassen. Er hörte ein Grunzen, ein Plätschern und dann ein triumphierendes »Ju-huu!!!«.

An den Gürtelschlaufen der Jeans zog er den Jungen sicher auf das Ruderhaus zurück. Der drehte sich um und hielt Roy strahlend seine gewölbten Hände vors Gesicht.

»Schau mal, aber vorsichtig«, sagte er zu Roy.

Zwischen den Händen des Jungen sah er einen glänzenden Fisch mit einem stumpfen Maul. Wie man ein so glitschiges, kleines Ding mit bloßen Händen aus dem Wasser holen konnte, war Roy ein Rätsel. Selbst der Fischadler wäre beeindruckt gewesen.

»Das also ist eine Meeräsche«, sagte Roy.

»Genau. Und daher hab ich meinen Spitznamen.« Der Junge lächelte stolz.

»Und wie genau hast du das gemacht? Was ist der Trick dabei?«

»Übung«, sagte der Junge. »Glaub mir, das ist tausendmal besser als Hausaufgaben machen.«

Der Fisch, der in Fischfingers Händen zappelte, glitzerte blau und grün. Der Junge hielt ihn übers Wasser und öffnete die Hände. Mit einem sanften *Plopp* war die Meeräsche in einem Wirbel verschwunden.

»Tschüss, Kleiner«, sagte der Junge. »Schwimm schnell!«

Später, als sie zum Ufer zurückkehrten, siegte Roys Neugier und er hörte sich selbst sagen: »Okay, jetzt kannst du's mir erzählen. Was geht heute Abend ab bei Mama Paula?«

Fischfinger, der gerade eine kleine Schnecke von seinen neuen Turnschuhen abschüttelte, warf ihm einen misstrauischen Blick zu. »Es gibt nur eine Möglichkeit, das rauszufinden«, sagte er. »Da sein.«

15

Roy saß im Schneidersitz auf dem Fußboden und schaute hinauf zu dem Cowboy auf dem Plakat vom Rodeo in Livingston. Er wünschte, er wäre genauso mutig wie so ein erstklassiger Bullenreiter, aber das war er nicht.

Die Sache bei Mama Paula war ihm einfach zu riskant; irgendwer oder irgendwas würde dort auf sie warten. Die Kampfhunde mochten weg sein, aber das Unternehmen würde das Grundstück für das neue Restaurant nicht lange unbewacht lassen.

Abgesehen davon, dass er Angst hatte, geschnappt zu werden, hatte Roy auch ernsthafte Bedenken, etwas zu tun, das verboten war. Und Vandalismus war nun mal eine Straftat, daran gab es nichts zu deuteln, ganz gleich, wie edel die Motive sein mochten.

Trotzdem konnte er den Gedanken an den Tag nicht ertragen, an dem die Eulenbauten von den Bulldozern zerstört würden. Er konnte sich lebhaft vorstellen, wie die Euleneltern hilflos im Kreis herumflogen, während ihre Kinder unter Tonnen von Erde begraben wurden.

Die Vorstellung machte Roy traurig und wütend.

Was machte es schon, wenn Mama Paula die nötigen Genehmigungen hatte? Nur weil etwas legal war, war es nicht automatisch auch richtig.

Roy hatte die Diskussion zwischen seinem Kopf und seinem Herzen noch nicht beenden können. Es musste doch einen Weg geben, wie er den Vögeln – und Beatrice' Stiefbruder – helfen konnte, ohne gegen das Gesetz zu verstoßen. Er musste sich einen Plan ausdenken.

Ein Blick aus dem Fenster erinnerte Roy daran, dass ihm nicht mehr viel Zeit blieb. Die Schatten waren länger geworden, und das bedeutete, dass die Sonne bald unterging und Fischfinger sich auf den Weg machen würde.

Bevor er das Haus verließ, steckte er kurz den Kopf zur Küche hinein, wo seine Mutter am Herd stand.

»Wo willst du hin?«, fragte sie.

»Nur 'ne kleine Radtour.«

»Schon wieder? Du bist doch eben erst zurückgekommen!«

»Wann gibt's Essen? Es riecht super lecker.«

»Schmorfleisch, nichts Besonderes. Aber wir essen nicht vor halb acht, acht. Dein Vater hat erst spät seinen Tee getrunken.«

»Prima«, sagte Roy. »Bis gleich, Mom.«

»Was hast du denn vor?«, rief sie ihm nach. »Roy?«

Er radelte, so schnell er konnte, bis zu dem Häuserblock, in dem Dana Matherson wohnte, und kettete sein Fahrrad an ein Straßenschild. Er ging zu Fuß auf das

Haus zu und gelangte ungesehen durch eine Hecke in den Garten.

Roy war nicht groß genug, um durch die Fenster schauen zu können; er musste also hochspringen und sich mit den Fingern an den Simsen hochziehen. Im ersten Zimmer sah er eine dünne, faltige Gestalt lang ausgestreckt auf einem Sofa liegen. Das war Danas Vater, der anscheinend ein Kühlkissen auf der Stirn liegen hatte.

Im zweiten Zimmer war entweder Danas Mutter oder auch Dana selbst, in roten Leggings und einer zotteligen Perücke auf dem Kopf. Roy beschloss, dass es sich vermutlich um Mrs. Matherson handelte, da die Person einen Staubsauger vor sich her schob. Er ließ sich wieder herunter und schlich geduckt an der Hauswand vorbei, bis er das dritte Fenster erreichte.

Und da war Dana, eindeutig.

Er rekelte sich auf seinem Bett, ein schlapper Fettsack in dreckigen Cargo-Hosen und Turnschuhen mit offenen Schnürsenkeln. Er hatte Kopfhörer auf und sein Kopf wackelte im Takt zur Musik hin und her.

Roy stellte sich auf die Zehenspitzen und klopfte mit den Knöcheln gegen die Scheibe. Dana hörte ihn nicht. Roy klopfte so lange weiter, bis ein Hund, der vor einem der Nachbarhäuser lag, zu bellen anfing.

Als Roy sich das nächste Mal hochzog, um ins Zimmer zu spähen, starrte Dana ihn finster durch die Glasscheibe an. Er hatte die Kopfhörer abgesetzt und sagte etwas. Selbst jemand, der das Lippenlesen nur als Hobby betrieb, hätte das sofort deuten können.

Grinsend ließ sich Roy wieder auf den Rasen runter und trat zwei Schritte vom Haus der Mathersons zurück. Dann tat er etwas, was nun wirklich überhaupt nicht zu einem Jungen passte, der im Grunde eher schüchtern war.

Er winkte Dana kurz zu, drehte sich um, ließ seine Hosen runter und beugte sich vor.

Verkehrt herum gesehen (also aus Roys Sicht) ließ Danas Reaktion darauf schließen, dass ihm so was noch nie passiert war. Er schien zutiefst beleidigt.

Roy zog ganz ruhig seine Hose wieder hoch, ging ums Haus herum und wartete darauf, dass Dana wie eine Furie aus der Haustür geschossen kam. Es dauerte auch nicht lange.

Roy rannte los, mit einem Vorsprung von knapp zwanzig Metern vor Dana, der ihm fluchend und schimpfend folgte. Roy wusste, dass er der bessere Läufer war, also mäßigte er sein Tempo eher. Er wollte nicht, dass Dana entmutigt aufgab.

Aber schon nach drei Blocks zeigte sich, dass Dana noch viel schlechter in Form war, als Roy vermutet hatte. Er war völlig aus der Puste, aus den wütenden Flüchen wurde ein müdes Stöhnen und statt der Beschimpfungen war nur noch ein mattes Keuchen zu hören.

Als Roy sich das nächste Mal umdrehte, sah er, wie

Dana humpelnd angetrabt kam. Es war ein jämmerlicher Anblick. Sie waren noch über einen halben Kilometer von der Stelle entfernt, zu der Roy Dana locken wollte, aber es war ihm klar, dass der es ohne eine kleine Ruhepause nicht bis dahin schaffen würde. Die traurige Gestalt schien im nächsten Moment umzukippen.

Roy blieb keine andere Wahl, er musste so tun, als ob er selbst auch müde würde. Er lief immer langsamer und fiel immer weiter zurück, bis Dana ihm praktisch in die Fersen trat. Die sattsam bekannten schweißnassen Hände legten sich um seinen Hals, aber Roy merkte gleich, dass Dana viel zu erschöpft war, um ihm die Kehle zuzudrücken. Der Junge versuchte nur, sich irgendwo festzuklammern, um nicht hinzufallen.

Es funktionierte nicht. Sie landeten auf einem Haufen, Roy platt zuunterst. Dana keuchte wie ein nasser Ackergaul.

»Tu mir nichts! Ich geb auf!«, piepste Roy überzeugend.

»Agggrrrm!« Danas Gesicht war so rot wie eine Tomate und die Augäpfel rollten wild umher.

»Du hast gewonnen!«, schrie Roy.

»Aaarrrggg!«

Danas Atem war ja schon widerlich, aber sein Körper stank einfach bestialisch. Roy drehte den Kopf zur Seite, um nach Luft zu schnappen.

Der Boden unter ihnen war weich, die Erde pechschwarz. Roy vermutete, dass sie in den Garten von irgendwelchen Leuten gefallen waren. Es kam ihm vor, als würden sie ewig da liegen, während Dana sich von der Verfolgungsjagd erholte. So zerquetscht zu werden fand Roy sehr ungemütlich, aber es war zwecklos, sich losstrampeln zu wollen. Dana war einfach ein Schwergewicht.

Endlich rührte Dana sich, packte fester zu und sagte: »So, Eberhardt, jetzt bist du fällig.«

»Bitte nicht!«

»Du hast mir deinen nackten Hintern gezeigt!«

»Das war doch nur ein Witz. Tut mir Leid, echt.«

»Wenn einer so was macht, da kenn ich keine Gnade.«

»Ich kann ja verstehen, dass du sauer bist«, sagte Roy.

Dana boxte ihm in die Rippen, aber viel Kraft war nicht dahinter.

»Findest du das immer noch witzig, Cowgirl?«

Roy schüttelte den Kopf und tat so, als täte ihm alles weh.

Dana grinste bösartig. Seine Zähne waren stumpf und gelb, so wie die eines alten Hofhundes. Er kniete sich auf Roys Brust und holte aus zum nächsten Schlag.

»Halt!«, quiekte Roy.

»Wozu? Dein Grizzly kommt dich heute nicht retten.«

»Kippen«, flüsterte Roy vertraulich.

»Hhm?« Dana ließ die Faust sinken. »Was sagst du da?«

»Ich weiß, wo eine ganze Kiste mit Zigaretten ist. Versprich mir, dass du mir nichts tust, dann sag ich dir, wo.«

»Zigaretten? Was für welche?«

So weit hatte Roy nicht gedacht, als er die Geschichte erfunden hatte. Es war ihm nicht in den Sinn gekommen, dass Dana wählerisch sein könnte, was die Marke anging.

»Gladiator«, sagte Roy. Den Namen hatte er in einer Anzeige in einer Zeitschrift gesehen.

»Gold oder Leicht?«

»Gold.«

»Ist nicht wahr!«, rief Dana aus.

»Ist wohl wahr«, antwortete Roy.

Danas Miene war nicht schwer zu deuten – er plante schon, einen Teil der Zigaretten für sich zu behalten und den Rest mit ordentlichem Profit an seine Kumpel zu verhökern.

»Wo sind sie?« Er stieg runter von Roy und zog ihn so weit hoch, dass er aufrecht saß. »Sag's mir!«

»Erst musst du versprechen, dass du mich nicht schlägst.«

»Klar, Mann, versprochen.«

»Nie mehr«, sagte Roy. »Für alle Zeiten.«

»Was du willst.«

»Sag's laut, ich will's hören.«

Dana lachte herablassend. »Na schön, kleines Cowgirl. Nie, nie, nie mehr werde ich dir den armen kleinen

Arsch versohlen. Okay? Ich schwöre beim Grab meines Vaters. Reicht das so?«

»Dein Vater lebt doch noch«, bemerkte Roy.

»Dann eben bei Natalies Grab. Und jetzt sag, wo die Dinger versteckt sind. Ich mach keine Witze.«

»Wer ist Natalie?«, fragte Roy.

»Der Papagei von meiner Mutter. Sonst kenn ich keinen, der tot ist.«

»Na ja, das wird reichen.« Nach dem, was Roy vom Haushalt der Mathersons mitbekommen hatte, überkam ihn das ungute Gefühl, dass die arme Natalie keines natürlichen Todes gestorben war.

»Was jetzt? Alles klar?«

»Ja«, sagte Roy.

Es wurde auch Zeit, dass er den dummen Fettsack in die Gänge brachte. Die Sonne war bereits im Golf versunken und die Straßenlaternen gingen nach und nach an.

Roy sagte: »An der Ecke Woodbury und East Oriole ist ein leeres Grundstück.«

»Ja und?«

»In einer Ecke von dem Grundstück steht ein Bauwagen. Da drin sind die Zigaretten.«

»Eine ganze Kiste. Wahnsinn!« Dana klang schon ganz gierig. »Aber woher weißt du das?«

»Weil meine Freunde und ich sie da versteckt haben. Wir haben sie von einem Lkw geklaut, bei den Indianern.«

»Du?«

»Ja, ich auch.«

Die Geschichte war halbwegs glaubwürdig. Die Seminole-Indianer verkauften in ihrem Reservat Tabakprodukte steuerfrei, und Raucher kamen von weit her angefahren, um sich bei ihnen einzudecken.

»Und wo in dem Bauwagen?«, wollte Dana wissen.

»Die kannst du gar nicht übersehen«, sagte Roy. »Aber wenn du willst, komm ich mit.«

Dana schnaubte verächtlich. »Nee danke, die find ich schon.«

Er bohrte zwei Finger in Roys Brust und schubste ihn einmal heftig. Roy flog in das Blumenbeet hinter ihm, sein Kopf lag in der weichen Erde. Er wartete etwa eine Minute, dann stand er auf und klopfte sich die Erde ab.

Dana Matherson war längst weg. Roy wäre auch enttäuscht gewesen, wenn nicht.

Curly überstand die Nacht, gemütlich war es allerdings nicht gerade. Am Samstagmorgen fuhr er als Erstes zum Baumarkt und kaufte eine robuste neue Klobrille für den Bauwagen sowie ein Dutzend extragroßer Rattenfallen. Auf dem Rückweg hielt er noch bei der Videothek an und lieh einen Film aus, für den Fall, dass das Fernsehkabel wieder den Geist aufgab.

Von dort fuhr er erst mal nach Hause, wo seine Frau ihm mitteilte, dass sie den Pick-up brauchte, da ihre Mutter mit dem anderen Auto zum Bingospielen wollte. Curly konnte es gar nicht leiden, wenn jemand anderes mit seinem Pick-up fuhr, und so war er ziemlich muffig, als seine Frau ihn am Bauwagen absetzte.

Bevor er sich vor dem Fernseher niederließ, nahm Curly seine Pistole aus dem Gurt und machte einen raschen Gang über das Grundstück. Alles schien in Ordnung, nichts war angetastet, nicht einmal die Vermessungspfosten. Er vermutete schon, dass allein seine Anwesenheit ausreichte, um Eindringlinge vom Bauplatz abzuschrecken. Die wirkliche Nagelprobe würde allerdings erst heute Nacht stattfinden – ohne den Pick-up, der sonst immer in der Nähe des Bauwagens geparkt war, würde der Platz verlassen und einladend aussehen.

Er lief am Zaun entlang und stellte erfreut fest, dass ihm keine einzige Wassermokassinschlange begegnete. Das bedeutete, dass er die fünf Kugeln, die er noch hatte, für ernsthafte Bedrohungen aufbewahren konnte. So ein Fiasko wie das mit der Feldmaus wollte er allerdings nicht noch einmal durchmachen, das hatte ihn den letzten Nerv gekostet.

Fest entschlossen, ungebetene Nagetiere fern zu halten, stellte Curly rings um den Bauwagen herum an strategisch günstigen Stellen Rattenfallen auf, nachdem er Erdnussbutter hineingetan hatte.

Gegen fünf machte er sich ein Fertigmenü in der Mikrowelle heiß und schob den Film in den Videorekorder. Das Putengeschnetzelte war nicht übel und der Kirschstrudel erwies sich als erstaunlich lecker. Curly ließ kein Krümelchen davon übrig.

Nur der Film war dummerweise eine Enttäuschung. Er hieß *Das letzte Haus am Hexenboulevard, Folge 3*, und eine der Schauspielerinnen war niemand anderes als Kimberly Lou Dixon.

Ein Angestellter der Videothek hatte Curly geholfen, den Film zu finden, der schon vor mehreren Jahren gedreht worden war, noch bevor Kimberly Lou Dixon als Mama Paula im Werbefernsehen auftrat. Im Film spielte sie eine College-Studentin, die Cheerleader war und in eine Hexe verzaubert wurde. Daraufhin fing sie an, in ihrem Keller die besten Footballspieler des Colleges in einem großen Topf zu kochen. Ihr Haar war für die Rolle feuerrot gefärbt und sie trug eine künstliche Nase mit einer Gummiwarze.

In der Schlussszene entkommt der Quarterback der Mannschaft dem Kochtopf und streut eine Art Zauberstaub auf Kimberly Lou Dixon, die sich daraufhin von einer Hexe zurückverwandelt in einen hübschen Cheerleader, bevor sie ihm in die Arme sinkt. Aber kaum will der Quarterback sie küssen, verwandelt sie sich wieder, dieses Mal in einen toten Iguana.

Angewidert schaltete Curly den Rekorder aus. Im Fernsehen fand er ein Golfturnier, aber davon wurde er nur schläfrig. Der erste Preis waren eine Million Dollar und eine neue Limousine, trotzdem schaffte es Curly nicht, die Augen offen zu halten.

Als er aufwachte, war es draußen bereits dunkel. Ein Geräusch hatte ihn hochfahren lassen, aber er konnte nicht sagen, was es gewesen war. Da auf einmal hörte er es wieder: Schnapp!

Im selben Moment ertönte ein Schrei, womöglich der eines Menschen, aber Curly war sich nicht sicher. Er stellte den Fernseher stumm und griff nach seiner Waffe.

Etwas – ein Arm, eine Faust? – polterte gegen die Aluminiumwand des Bauwagens. Dann wieder das schnappende Geräusch, gefolgt von einem unterdrückten Fluch.

Curly schlich zur Tür und wartete. Sein Herz klopfte so wild, dass er fürchtete, der Eindringling könne es hören.

Sobald Curly sah, dass der Türknauf sich bewegte, ging er in Aktion. Er senkte eine Schulter, ließ einen Schrei los, wie er es bei der Marine gelernt hatte, und schoss zur Tür hinaus, die er dabei aus den Angeln hob.

Der Eindringling landete schreiend am Boden. Curly stellte ihm einen Stiefel auf den Bauch, um ihn am Wegrennen zu hindern.

»Keine Bewegung!«

»Nein! Nein! Bestimmt nicht!«

Curly ließ seinen Revolver sinken. Im Licht des Bauwagens erkannte er, dass der Einbrecher nichts weiter als ein Junge war – ein großer, fetter Junge. Er war aus Versehen über die Rattenfallen gestolpert, von denen sich zwei um die Turnschuhe des Jungen gelegt hatten.

Das muss doch wehtun, dachte Curly.

»Nicht schießen! Nicht schießen!«, schrie der Junge.

»Ach, halt die Klappe.« Curly steckte seine Pistole zurück in den Halfter. »Wie heißt du, Bürschchen?«

»Roy. Roy Eberhardt.«

»Also, Roy, du steckst ganz schön in der Tinte.«

»Tut mir Leid, Mann. Aber rufen Sie nicht die Polizei, bitte. Okay?«

Der Junge fing an zu zappeln, also drückte Curly ihm den Stiefel noch fester auf den Bauch. Als er sich auf dem Grundstück umschaute, bemerkte er, dass das Schloss am Tor mit einem schweren Stein aufgebrochen war.

»Du hast wohl gedacht, du wärst ganz schön schlau«, sagte er. »Schleichst hier ständig rein und raus, gerade wie es dir passt. Einen merkwürdigen Sinn für Humor hast du, wirklich.«

Der Junge hob den Kopf. »Wovon reden Sie eigentlich?«

»Stell dich nicht blöd, Roy. Wer hat denn die ganzen Vermessungspfosten rausgerissen oder die Alligatoren in die Klos gestopft oder –«

»Was? Sie sind ja wohl durchgeknallt, Mann!«

»– oder den Streifenwagen eingesprüht? Kein Wunder, dass du nicht willst, dass ich die Polizei rufe.« Curly beugte sich über ihn. »Was ist eigentlich mit dir los, Junge? Hast du was gegen Mama Paula? Ehrlich gesagt, du siehst aus wie einer, der sich ganz gern mal einen guten Pfannkuchen reinschiebt.«

»Na klar! Ich liebe Pfannkuchen!«

»Wo ist dann das Problem?«, fragte Curly. »Warum machst du den ganzen Unfug?«

»Aber – ich bin noch nie hier gewesen!«

Curly hob den Fuß vom Bauch des Jungen. »Komm schon, Junge, steh auf.«

Der Junge nahm die Hand, aber statt sich von Curly hochziehen zu lassen, zerrte er ihn zu Boden. Curly schaffte es, einen Arm um den Hals des Jungen zu bekommen, aber der riss sich los und schmiss Curly eine Hand voll Erde ins Gesicht.

Genau wie in diesem blöden Film, dachte Curly, während er sich wütend die Augen rieb. Bloß dass aus mir kein Cheerleader wird.

Als er wieder gucken konnte, sah er gerade noch, wie der Junge abhaute. Wie Kastagnetten klapperten die Fallen an seinen Schuhspitzen. Curly wollte ihm hinterherlaufen, aber schon nach fünf Schritten stolperte er über einen Eulenbau und fiel auf die Nase.

»Ich krieg dich, Roy!«, brüllte er in die Dunkelheit. »Jetzt ist Schluss mit lustig!«

Officer Delinko hatte am Samstag frei und das war auch gut so. Er hatte eine hektische Woche hinter sich und die merkwürdige Szene in der Notaufnahme vom Krankenhaus hatte dem noch die Krone aufgesetzt.

Der verschwundene Junge mit den Hundebissen war bisher weder gefunden noch identifiziert worden, obwohl Officer Delinko jetzt ein grünes T-Shirt besaß, zu dem der abgerissene Stofffetzen gehörte, den er am Zaun des Bauplatzes gefunden hatte. Der Junge, der aus dem Krankenhaus geflohen war, musste das Hemd an die Antenne von Officer Delinkos Streifenwagen gehängt haben. Vermutlich sollte das ein Scherz sein.

Officer Delinko war es leid, die Zielscheibe solcher Scherze zu sein, auch wenn er froh war über das neue Beweisstück. Es deutete darauf hin, dass der entflohene Patient einer der Vandalen war, die auf Mama Paulas Grundstück ihr Unwesen trieben. Außerdem war zu vermuten, dass Roy Eberhardt mehr über den Fall wusste, als er zugab. Officer Delinko nahm jedoch an, dass Roys Vater diesen rätselhaften Dingen auf den Grund kommen würde, schließlich hatte er ja genügend Erfahrung mit Verhören.

Der Polizist verbrachte den Nachmittag damit, im Fernsehen die Übertragung von Baseballspielen zu schauen, aber die beiden Mannschaften aus Florida verloren haushoch – die Devil Rays mit fünf Punkten, die Marlins mit sieben. Als es Zeit wurde zum Abendessen, warf er einen Blick in den Kühlschrank und entdeckte, dass er so gut wie leer war bis auf drei einzeln verpackte Scheiben Schmelzkäse.

Gleich machte er sich auf den Weg zum Supermarkt, um sich eine tiefgekühlte Pizza zu kaufen. Wie immer machte er einen kleinen Schlenker, um bei Mama Paula vorbeizuschauen. Er hoffte weiterhin, die Vandalen, wer immer sie sein mochten, auf frischer Tat zu ertappen. Wenn ihm das gelang, müssten der Captain und der Sergeant seine Zwangsabordnung an den Schreibtisch doch eigentlich aufheben und ihn wieder Streife fahren lassen – und ihm außerdem eine großartige Empfehlung in die Personalakte schreiben.

Als er in die East Oriole einbog, fragte sich Officer Delinko, ob die dressierten Rottweiler heute Nacht wohl wieder das Grundstück bewachten. In dem Fall müsste er gar nicht erst anhalten – wer ließ sich schon gerne mit derart wild gemachten Hunden ein?

In einiger Entfernung erschien mitten auf der Fahrbahn eine massige Gestalt. Sie bewegte sich merkwürdig schwankend. Officer Delinko brachte seinen Crown Victoria zum Stehen und schaute durch die Windschutzscheibe.

Als die Gestalt näher kam und immer wieder von den Straßenlaternen beleuchtet wurde, erkannte der Polizist, dass es sich um einen Jungen handelte. Er wirkte groß und kräftig und schaute die ganze Zeit zu Boden. Er schien es eilig zu haben, aber trotzdem rannte er nicht normal, sondern taumelte eher von einer Seite zur anderen. Bei jedem Schritt schepperte es und der Ton hallte laut vom Asphalt wider.

Als er so nahe bei dem Jungen war, dass der von den Scheinwerfern des Streifenwagens erfasst wurde, bemerkte Officer Delinko einen flachen, rechteckigen Gegenstand an jedem der beiden Turnschuhe. Irgendetwas sehr Merkwürdiges war da im Gange.

Der Polizist schaltete das Blinklicht oben auf dem Wagen ein und stieg aus. Überrascht blieb der Teenager stehen und sah auf. Sein breiter Brustkorb hob und senkte sich und Schweiß lief ihm übers Gesicht.

»Kann ich dich mal kurz sprechen, junger Mann?«, fragte Officer Delinko.

»Nee«, brummte der Junge und machte Anstalten abzuhauen.

Aber mit Rattenfallen an den Füßen kam er nicht weit. Officer Delinko hatte keine Mühe, ihn einzufangen und auf den vergitterten Rücksitz des Polizeiwagens zu schubsen. Die selten benutzten Handschellen des Beamten funktionierten einwandfrei.

»Wieso wolltest du wegrennen?«, fragte er seinen jungen Gefangenen.

»Ich will einen Anwalt«, antwortete der Junge mit versteinerter Miene.

»Schlauberger.«

Officer Delinko wendete seinen Wagen, um den Jungen auf die Wache zu bringen. Beim Blick in den Rückspiegel entdeckte er, dass da noch jemand wild winkend auf der Straße angerannt kam.

Was gibt das denn jetzt?, dachte der Polizist und trat auf die Bremse.

»He! Halt!«, brüllte die Gestalt, die inzwischen näher gekommen war. Die unverkennbare Glatze schimmerte im Licht der Straßenlaternen.

Es war Leroy Branitt, alias Curly, der Wachmann von Mama Paulas Baustelle. Keuchend und schnaufend erreichte er den Streifenwagen und sank erschöpft über der Motorhaube zusammen. Sein Gesicht war gerötet und dreckverschmiert.

Officer Delinko beugte sich aus dem Fenster und fragte, was los sei.

»Sie haben ihn gefasst!«, rief der Wachmann außer Atem. »Fabelhaft!«

»Wen gefasst?« Der Wachmann drehte sich um und nahm seinen Gefangenen auf dem Rücksitz näher in Augenschein.

»Den da! Der immer auf unserem Bauplatz rumgeschlichen ist und den ganzen Unfug gemacht hat!« Curly richtete sich auf und zeigte anklagend auf den Jungen. »Heute Abend hat er versucht, in meinen Bauwagen einzubrechen. Der kann von Glück reden, dass ich ihm nicht die Birne weggeschossen hab.«

Officer Delinko hatte Mühe, seine Aufregung zu verbergen. *Er hatte es tatsächlich geschafft! Er hatte den Vandalen gefasst!*

»Ich hatte ihn schon geschnappt, aber dann ist er mir wieder entwischt«, sagte Curly gerade. »Aber immerhin konnte ich vorher noch seinen Namen rauskriegen. Roy heißt er. Roy Eberhardt. Sie können ihn fragen!«

»Nicht nötig«, antwortete Officer Delinko. »Ich kenne Roy Eberhardt und das hier ist er ganz bestimmt nicht.«

»Was!« Curly kochte vor Wut. Offensichtlich hatte er wirklich erwartet, dass der junge Einbrecher ehrlich wäre.

Officer Delinko sagte: »Ich nehme an, Sie wollen ihn anzeigen.«

»Da können Sie Gift drauf nehmen. Dieser Mistkerl wollte mich sogar blind machen. Erde hat er mir ins Gesicht geschmissen!«

»Das wäre also ein Angriff«, sagte Officer Delinko. »Dazu kommen versuchter Einbruch, unerlaubtes Eindringen auf fremdes Gelände, Zerstörung von Privateigentum und so weiter. Keine Sorge, kommt alles in meinen Bericht.« Er wies auf den Beifahrersitz und bat Curly einzusteigen. »Sie müssen mitkommen zur Wache.«

»Es ist mir ein Vergnügen.« Finster betrachtete Curly den mürrischen Klotz auf dem Rücksitz. »Wollen Sie wissen, wie er diese albernen Fallen an die Zehchen gekriegt hat?«

»Später«, sagte Officer Delinko. »Aber dann will ich alles hören, haarklein.«

Dies war der große Durchbruch, auf den er gehofft hatte. Er konnte es kaum erwarten, auf die Wache zu kommen und ein volles Geständnis aus dem Typen rauszuholen.

Aus Lehrfilmen wusste Officer Delinko noch, dass man sehr viel psychologisches Geschick brauchte im Gespräch mit Verdächtigen, die nicht mit der Polizei zusammenarbeiten wollten. Also sagte er betont freundlich: »Du weißt, junger Mann, dass du dir die Dinge sehr viel leichter machen kannst.«

»Ja, klar«, brummte der Junge hinter der Abtrennung.

»Zum Beispiel, indem du uns erst einmal deinen Namen sagst.«

»O Mann, den hab ich glatt vergessen.«

Curly lachte auf. »Den hinter Gitter zu bringen wird mir eine Freude sein.«

Officer Delinko zuckte mit den Achseln. »Ganz wie du willst«, sagte er zu seinem jungen Gefangenen. »Wenn du nichts zu sagen hast, auch gut. Ist dein gutes Recht.«

Der Junge grinste listig. »Und wenn ich eine Frage hab?«

»Schieß los.«

»Okay«, sagte Dana Matherson. »Hat einer von euch Typen vielleicht 'ne Kippe für mich?«

16

Die Eberhardts saßen gerade beim Mittagessen, als es an der Tür läutete. »Also wirklich, ausgerechnet am Sonntag!«, sagte Roys Mutter. Für sie war der Sonntag ein Tag, den man mit der Familie verbringen sollte.

»Besuch für dich«, sagte Roys Vater, der an die Tür gegangen war.

Roy spürte, wie sich sein Magen zusammenzog, schließlich erwartete er niemanden. Er vermutete, dass am Abend irgendetwas auf dem Grundstück des Pfannkuchenhauses passiert sein musste. Etwas, was so wichtig war, dass ihm jemand gleich davon berichten wollte.

»Einer von deinen Schulfreunden«, sagte Mr. Eberhardt. »Er sagt, ihr hättet eine Verabredung – ihr wolltet zusammen Skateboard fahren.«

»O je.« Das musste Garrett sein. Roy wurde fast schwindelig, so erleichtert war er. »Das hab ich total vergessen.«

»Du hast aber doch gar kein Skateboard, Liebes«, erinnerte ihn Mrs. Eberhardt.

»Kein Problem«, sagte Mr. Eberhardt. »Sein Freund hat ein zweites dabei.«

Roy stand auf und wischte sich schnell mit der Serviette über den Mund. »Ist es okay, wenn ich mitgehe?«

»Aber Roy, es ist doch Sonntag!«, protestierte seine Mutter.

»Bitte! Nur eine Stunde!«

Er wusste, dass seine Eltern ja sagen würden. Sie waren froh, wenn sie den Eindruck hatten, dass er in seiner neuen Schule langsam Freunde fand.

Garrett stand auf den Stufen vor der Haustür. Er wollte gleich mit irgendwas herausplatzen, aber Roy machte ihm ein Zeichen, er solle warten, bis sie sich ein Stück vom Haus entfernt hätten. Wortlos skateten sie bis zur Straßenecke. Dort sprang Garrett vom Skateboard und rief: »Du glaubst es nicht – gestern Abend haben sie Dana Matherson eingebuchtet!«

»Ist nicht wahr!« Roy versuchte, überraschter zu tun, als er in Wirklichkeit war. Offensichtlich war das Grundstück tatsächlich bewacht gewesen.

»Die Polizei hat gleich heute Morgen bei meiner Mom angerufen«, berichtete Garrett. »Er hat versucht, in einen Bauwagen einzubrechen, um was zu klauen.«

Als Beratungslehrerin an der Trace Middle School wurde Garretts Mutter jedes Mal benachrichtigt, wenn einer der Schüler mit dem Gesetz in Konflikt kam.

»Und jetzt kommt das Schärfste«, sagte Garrett. »Dana hat ihnen erzählt, er wär du!«

»O wie nett.«

»Der hat sie doch nicht alle, oder?«

»Und vermutlich haben sie ihm geglaubt«, sagte Roy.

»Nicht eine Minute.«

»War er allein?«, fragte Roy. »Oder ist noch jemand festgenommen worden?«

Zum Beispiel der Stiefbruder von Beatrice Leep? Das hätte er gern gefragt.

»Nix da. Er war ganz allein«, sagte Garrett. »Und stell dir vor: Er hat sogar ein Register!«

»Ein was?«

»Ein Vorstrafenregister, Dummchen. Dana ist schon ein paar Mal erwischt worden, das hat die Polizei meiner Mom erzählt.«

Auch diese Neuigkeit fand Roy nicht gerade schockierend. »Und weswegen?«

»Ladendiebstahl, aufgebrochene Cola-Automaten – solche Sachen eben«, sagte Garrett. »Einmal hat er eine Frau umgeschmissen und ihr die Handtasche geklaut. Ich musste meiner Mom versprechen, dass ich es nicht weitererzähle. Dana ist ja noch minderjährig, deshalb soll es nicht allgemein bekannt werden.«

»Klar«, sagte Roy spöttisch, »man will ja seinen guten Ruf nicht ruinieren.«

»Logo. Hey – du solltest eigentlich in die Luft springen vor Freude.«

»Und wieso?«

»Weil meine Mom gesagt hat, dieses Mal lochen sie ihn echt ein.«

»Das heißt, er kommt ins Heim?«

»Sicher«, sagte Garrett. »Weil er schon so viel angestellt hat.«

»Wow«, sagte Roy leise.

Er war nicht in der Stimmung für Freudensprünge, auch wenn er ein Gefühl der Erleichterung nicht leugnen konnte. Er war es leid, für Dana Matherson als Sandsack herhalten zu müssen.

Einerseits hatte er ein schlechtes Gewissen, dass er diese Geschichte mit den Zigaretten erfunden hatte, andererseits war es womöglich ganz gut, wenn Dana eine Zeit lang im Heim lebte. Vielleicht konnten sie ihm dort ja helfen, noch mal die Kurve zu kriegen.

»Hey – wie wär's mit dem Skaterpark, hast du Lust?«, fragte Garrett.

»Okay.«

Roy stellte einen Fuß auf das geliehene Skateboard und stieß sich mit dem anderen kräftig ab. Auf dem ganzen Weg zum Park schaute er kein einziges Mal über die Schulter zurück, ob ihm jemand folgte.

Ein gutes Gefühl. So wie es sich für einen Sonntag gehörte.

Curly wachte in seinem eigenen Bett auf. Wieso auch nicht?

Der Vandale, der es auf Mama Paula abgesehen hatte, war endlich geschnappt, und so gab es für Curly auch keinen Grund mehr, nachts im Bauwagen Wache zu halten.

Officer Delinko hatte ihn zu Hause abgesetzt, und dann hatte Curly erst einmal seiner Frau und seiner Schwiegermutter haarklein seine aufregenden Erlebnisse geschildert. Und damit es sich noch ein bisschen dramatischer anhörte, hatte er hier und da etwas dicker aufgetragen.

In seiner Version der Geschichte hatte ihn der bösartige junge Eindringling zum Beispiel mit einem gekonnten Karateschlag außer Gefecht gesetzt (was viel schlimmer klang als der Dreck, den ihm der Junge ins Gesicht geschmissen hatte). Außerdem fand Curly, dass es völlig unnötig war zu erzählen, dass er über einen Eulenbau gestolpert und hingefallen war. Stattdessen beschrieb er die Verfolgungsjagd als ein atemloses Kopf-an-Kopf-Rennen. Officer Delinkos Anteil an der Ergreifung des flüchtenden Straftäters erwähnte er nur ganz am Rande.

Curlys tolle Leistung kam in der Familie so großartig an, dass er überzeugt war, Chuck Muckle würde seinen Bericht genauso schlucken. Am Montagmorgen würde Curly gleich als Erstes in der Konzernverwaltung anrufen und dem Stellvertretenden Direktor die Festnahme in allen Einzelheiten schildern, einschließlich seiner eigenen Heldentaten. Er konnte es kaum abwarten zu hören, wie Mr. Muckle ihn widerwillig dazu beglückwünschte.

Nach dem Essen setzte Curly sich vor den Fernseher, um die Übertragung eines Ballspiels zu sehen.

Kaum hatte er es sich gemütlich gemacht, da kam auch schon ein Werbespot für Mama Paula, in dem das Sonderangebot für dieses Wochenende angepriesen wurde: So viele Pfannkuchen, wie man wollte, plus Würstchen, plus Kaffee, und das alles für sechs fünfundneunzig.

Der Anblick von Kimberly Lou Dixon als Mama Paula erinnerte Curly an den blödsinnigen Film, den er ausgeliehen hatte. Er erinnerte sich nicht mehr, ob er den Film schon am Nachmittag zurückgeben musste oder erst am nächsten Tag. Curly hasste es, Überziehungsgebühren zahlen zu müssen, also beschloss er, noch einmal zum Bauwagen zu fahren und das Band zu holen.

Auf dem Weg dorthin fiel ihm plötzlich ein, dass er etwas auf dem Bauplatz vergessen hatte: seine Pistole!

Er konnte sich nicht erinnern, wo er die Waffe zuletzt gehabt hatte, die Ereignisse hatten sich so überschlagen. Als er im Streifenwagen saß, hatte er sie jedenfalls nicht mehr gehabt, also musste sie ihm aus dem Gurt gerutscht sein, während er vor dem Bauwagen mit dem Jungen gerungen hatte. Eine andere Möglichkeit war, dass er sie verloren hatte, als er in den verflixten Eulenbau getreten war.

Curly war stinksauer auf sich selbst, denn eine geladene Waffe zu verlieren war schon eine ernste Sache. Als er an dem eingezäunten Grundstück eintraf, lief er gleich zu der Stelle, wo er mit dem Jungen gerauft hatte. Aber da lag nichts.

Ängstlich ging Curly zum Eulenbau hinüber und leuchtete mit der Taschenlampe hinein. Keine Pistole zu sehen.

Nun machte er sich ernstlich Sorgen. Er schaute in den Bauwagen, aber dort war nichts verändert seit dem vergangenen Abend. Die Tür war zu stark beschädigt, als dass er sie wieder hätte einhängen können, also versperrte Curly den Eingang mit zwei Sperrholzplatten.

Dann machte er sich an eine gründliche Suche. Das ganze Grundstück lief er ab, die Augen starr auf den Boden gerichtet. In einer Hand trug er einen schweren Stein, für den Fall, dass ihm eine dieser giftigen Wassermokassins begegnen sollte.

Allmählich nistete sich ein fürchterlicher Gedanke in seinem Kopf ein und Curly lief es eiskalt über den Rücken: Was, wenn der junge Einbrecher ihm die Pistole vom Gurt gezogen hätte, während sie miteinander kämpften? Vielleicht hatte er sie ja auf der Flucht in einen Müllbehälter oder ins Gebüsch geworfen.

Curly schauderte es und er suchte noch eifriger weiter. Nach einer halben Stunde hatte er sich bis zu dem Teil des Grundstücks vorgearbeitet, in dem die Baumaschinen auf ihren Einsatz warteten.

Inzwischen hatte Curly die Hoffnung fast aufgegeben, seine Waffe noch zu finden. Er war jetzt ziemlich weit von der Stelle entfernt, an der er sie ganz sicher zuletzt gehabt hatte – und der Vandale war in die genau entgegengesetzte Richtung geflohen. So weit vom Bauwagen entfernt konnte die Pistole unmöglich noch auftauchen, es sei denn, eine ungewöhnlich große Eule hatte sie aufgehoben und hierher geschleppt.

Sein Blick fiel auf eine leichte Vertiefung im Sandboden: der Abdruck eines nackten Fußes, und zwar eindeutig eines menschlichen Fußes. Für alle Fälle zählte Curly die Zehen – es waren fünf.

Der Fuß schien beträchtlich kleiner als Curlys eigener, auch kleiner als der des bulligen Einbrechers.

Als er weiterging, fand Curly noch einen Fußabdruck und dann noch einen und noch einen. Die Spur führte direkt zu den in einer Reihe aufgestellten Baumaschinen und Curly näherte sich ihnen mit einem zunehmend unguten Gefühl.

Vor einem Bulldozer blieb er stehen und legte zum Schutz vor der grellen Sonne eine Hand über die Augen. Erst bemerkte er nichts Ungewöhnliches, aber dann traf es ihn wie der Tritt eines Esels.

Der Fahrersitz war weg!

Curly ließ den Stein fallen, den er zum Selbstschutz mitgenommen hatte, und rannte zur nächsten Maschine, einem Bagger. Auch hier fehlte der Sitz.

Wie der Blitz war Curly bei dem dritten und letzten Gerät, einer Planierraupe. Auch hier dasselbe, kein Fahrersitz.

Curly fluchte. Ohne Sitze waren die Maschinen im

Grunde nutzlos. Die Männer mussten sich ja hinsetzen, um gleichzeitig die Pedale bedienen und lenken zu können. Curly schwirrte der Kopf. Entweder hatte der Junge, den sie gestern Abend geschnappt hatten, einen Komplizen, oder jemand anderes hatte sich später auf das Grundstück geschlichen.

Aber wer?, fragte sich Curly verzweifelt. Wer sabotiert meine Geräte und wieso?

Erfolglos suchte er nach den verschwundenen Sitzen und seine Laune wurde von Minute zu Minute schwärzer. Jetzt freute er sich überhaupt nicht mehr darauf, Mr. Muckle am Montagmorgen anzurufen; im Gegenteil, es graute ihm davor. Curly hatte den Verdacht, dass es dem mürrischen Stellvertretenden Direktor von Mama Paula direkt Vergnügen bereiten würde, ihn zu feuern, und das durchs Telefon. Verzweifelt ging Curly zu den Dixi-Klos hinüber. Er hatte zum Mittagessen fast eine ganze Kanne Eistee getrunken und jetzt hatte er das Gefühl, ihm würde gleich die Blase platzen. Und dazu noch der Stress …

Curly bewaffnete sich mit seiner Taschenlampe und betrat eine der Kabinen. Die Tür ließ er leicht angelehnt, für den Fall, dass er schnell den Rückzug antreten müsste. Erst wollte er sicher sein, dass dieses Mal keine schlecht gelaunten Reptilien in den Klos versteckt waren.

Vorsichtig leuchtete Curly die Schüssel aus. Er schluckte tief, als der Strahl auf etwas Dunkles, Glänzendes im Wasser traf, aber beim näheren Hinsehen erkannte er, dass es kein Alligator war.

»Na super«, murmelte Curly unglücklich, »einfach großartig.«

Es war seine Pistole.

Roy wollte dringend zum Schrottplatz hinüber und Fischfinger besuchen. Er wollte herausfinden, was am Abend zuvor auf dem Grundstück von Mama Paula passiert war.

Das Problem war Roys Mutter. Kaum war Roy zurück vom Skateboardpark, berief sie sich auf die allgemeine Sonntagsregel, und so wurde ein Familienausflug geplant. Wie versprochen machte der Vater mit ihnen eine Fahrt in einem Luftkissenboot durch die Sümpfe der Everglades.

Roy fand den Ausflug ganz toll, obwohl ihm von dem Krach bald die Ohren wehtaten. Der Motor des Bootes sei der gleiche, wie kleinere Flugzeuge ihn benutzten, sagte der Mann am Steuer, ein groß gewachsener Indianer vom Stamm der Seminole mit einem Cowboyhut aus Stroh auf dem Kopf.

Das Boot hatte einen flachen Boden und flitzte nur so über das schilfbewachsene flache Wasser und durch die schmalen, gewundenen Flussarme. So schnell ging es, dass Roy vom Fahrtwind die Augen tränten. Achterbahn fahren war nichts dagegen. Unterwegs hielten sie an, um Schlangen, Ochsenfrösche, Chamäleons,

Waschbären, Opossums, Schildkröten, Enten, Reiher, zwei Adler, einen Otter und (wenn Roy richtig gezählt hatte) neunzehn Alligatoren anzuschauen. Roys Vater nahm alles mit der Videokamera auf, während seine Mutter mit ihrer neuen Digitalkamera fotografierte.

Obwohl das Luftkissenboot sehr schnell war, glitt es über das flache Wasser wie über Seide. Roy staunte wieder einmal, wie flach Florida war, wie weit der Horizont, wie exotisch die üppige Vegetation. War man erst einmal den Menschenmassen entkommen, dann war Florida nicht weniger wild als Montana.

Als Roy an diesem Abend im Bett lag, fühlte er sich Fischfinger viel näher als zuvor und er verstand den privaten Kreuzzug des Jungen gegen das Pfannkuchenunternehmen viel besser. Es ging ihm ja nicht nur um die Eulen, es ging ihm um das Ganze – um alle Vögel, alle Tiere, um die unberührte Natur, die so leicht zerstört werden konnte. Kein Wunder, dass der Junge wütend war – und fest entschlossen.

Als Roys Eltern hereinkamen, um ihm eine gute Nacht zu wünschen, sagte er ihnen, dass er den Ausflug in die Everglades nie vergessen würde, und das war die Wahrheit. Seine Mom und sein Dad waren noch immer seine besten Freunde, und es konnte durchaus Spaß machen, etwas mit ihnen zu unternehmen. Roy wusste, dass es für die beiden auch nicht so einfach war, immer wieder zusammenzupacken und umzuziehen. Die Eberhardts waren ein Team und sie hielten zusammen.

»Als wir weg waren, hat Officer Delinko eine Nachricht auf Band gesprochen«, sagte Roys Vater. »Gestern Abend haben sie jemanden gefasst, den sie als den Täter vom Bauplatz in Verdacht haben.«

Roy sagte nichts.

»Keine Sorge«, fügte Mr. Eberhardt hinzu. »Es war nicht der junge Mann, von dem du mir erzählt hast, der aus dem Krankenhaus weggelaufen ist.«

»Es war dieser Matherson«, unterbrach ihn Mrs. Eberhardt aufgeregt, »der Junge, der dich im Bus angegriffen hat. Und er wollte der Polizei doch tatsächlich weismachen, er wäre du.«

Roy schaffte es nicht, so zu tun, als wüsste er nichts. »Garrett hat mir alles erzählt«, gab er zu.

»Tatsächlich? Dann muss er aber Zugang zu internen Quellen haben«, bemerkte Roys Vater.

»Direkten Zugang«, sagte Roy. »Was hat der Polizist sonst noch gesagt?«

»Das war's schon. Ich hatte den Eindruck, er wollte, dass ich dich ein bisschen ausfrage. Er glaubt wohl, du weißt etwas.«

»Ich?«, fragte Roy.

»Das ist ja wohl lächerlich«, warf seine Mutter ein. »Woher soll Roy wissen, was so ein Lümmel wie dieser Dana Matherson im Schilde führt?«

Roys Mund war staubtrocken. Er fühlte sich seinen Eltern wirklich nahe, aber er konnte ihnen einfach nicht erzählen, dass er Dana den nackten Hintern gezeigt und ihm was über geklaute Zigaretten im Bauwagen vorgeschwindelt hatte, um ihn so auf das Grundstück von Mama Paula zu locken.

»Es ist allerdings ein merkwürdiger Zufall«, sagte Mr. Eberhardt, »zwei Jungen, die sich genau dasselbe Ziel ausgeguckt haben. Kann es sein, dass dieser Matherson mit deinem Freund, dem Stiefbruder von Beatrice, irgendwie unter einer Decke –«

»Ausgeschlossen!«, unterbrach ihn Roy heftig. »Dana interessiert sich doch nicht für Eulen. Der interessiert sich für nichts als für sich selbst.«

»Das denke ich auch«, sagte Roys Mutter.

Als seine Eltern schon fast die Tür hinter sich zugezogen hatten, sagte Roy noch: »Dad?«

»Ja?«

»Weißt du noch, wie du gesagt hast, dass diese Pfannkuchentypen mit ihrem Grundstück machen können, was sie wollen, solange sie alle Genehmigungen und so haben?«

»So ist es auch.«

»Wie kann ich das nachprüfen?«, fragte Roy. »Ich meine, wenn ich wissen will, ob alles legal ist.«

»Vermutlich müsstest du das städtische Bauamt anrufen.«

»Das Bauamt. Okay, danke.«

Als die Tür endgültig zu war, redeten Roys Eltern noch leise im Flur miteinander. Roy konnte aber nichts verstehen und so zog er sich die Decke bis zum Hals hoch und drehte sich auf die Seite. Im nächsten Moment fielen ihm auch schon die Augen zu.

Es dauerte nicht lange, da hörte er eine Stimme, die seinen Namen flüsterte. Roy nahm an, dass er schon träumte.

Aber dann war da wieder die Stimme, und dieses Mal klang sie so echt, dass er sich aufsetzte. Es war ganz still im Zimmer, das Einzige, was er hörte, war sein eigener Atem.

Na super, dachte er, jetzt fang ich schon an, mir Sachen einzubilden.

Er legte sich wieder zurück und schaute zur Decke.

»Roy?«

Er wurde ganz steif vor Schreck.

»Flipp jetzt nicht aus, Roy.«

Aber er war kurz davor, die Stimme kam nämlich direkt unter seinem Bett hervor.

»Roy, ich bin's.«

»Wer *ich*?«

Roy atmete stoßartig und sein Herzschlag klang wie ein Trommelwirbel. Jemand war in seinem Zimmer, unter seinem Bett.

»Ich – Beatrice. Ganz ruhig, Mann.«

»Was machst *du* denn hier?«

»Pscht! Nicht so laut!«

Roy hörte, wie sie unter dem Bett hervorkroch. Dann stand sie leise auf und ging ans Fenster. Der Mond am Himmel war gerade groß genug, um Licht auf ihre blonden Locken zu werfen und sich in ihren Brillengläsern zu spiegeln.

»Wie bist du denn hier reingekommen?« Roy bemühte sich leise zu sprechen, aber er war zu aufgeregt. »Wie lange bist du schon hier?«

»Den ganzen Nachmittag«, antwortete Beatrice. »Solange du mit deinen Leuten weg warst.«

»Du bist bei uns eingebrochen!«

»Ganz ruhig, Cowgirl. Ich hab kein Fenster eingeschmissen oder so, wenn du das meinst. Die Schiebetür zu eurer Terrasse lässt sich ganz leicht aus den Schienen heben – das geht überall«, sagte Beatrice ganz locker.

Roy sprang aus dem Bett, verschloss die Tür und knipste die Schreibtischlampe an.

»Sag mal, bist du total übergeschnappt?«, blaffte er sie an. »Hast du beim Fußballtraining einen Schlag auf den Hinterkopf gekriegt oder was?«

»Tut mir Leid, echt«, sagte Beatrice, »es ist bloß – zu Hause ist ziemlich dicke Luft, und ich wusste nicht, wo ich hingehen sollte.«

»Oh.« Sofort tat es Roy Leid, dass er sie so angefahren hatte. »Ist es wegen Lonna?«

Beatrice nickte düster. »Vermutlich ist die alte Hexe von ihrem Besen gefallen oder so. Jedenfalls hat sie eine Mordslaune. Mein Dad und sie hatten Krach. Aber wie! Sie hat ihm den Radiowecker an den Kopf geknallt und er hat sich mit einer Mango gerächt.«

Roy hatte immer gedacht, dass Beatrice Leep vor nichts Angst hätte, aber jetzt schien ihr doch ziemlich mulmig zu sein. Sie tat ihm so Leid – er konnte sich nur schwer vorstellen, wie das war, wenn man mit Erwachsenen zusammenleben musste, die sich so idiotisch aufführten.

»Du kannst heute Nacht hier bleiben«, bot er ihr an.

»Ehrlich?«

»Solange meine Eltern nichts mitkriegen.«

»Roy, du bist ganz schön cool«, sagte Beatrice.

Er grinste. »Danke, dass du mich Roy genannt hast.«

»Danke, dass ich hier pennen darf.«

»Leg dich ins Bett«, sagte er. »Ich schlaf auf dem Boden.«

»Kommt nicht in Frage«, sagte sie.

Roy versuchte erst gar nicht, mit ihr zu diskutieren. Er gab Beatrice ein Kissen und eine Decke und sie streckte sich zufrieden auf dem Teppich aus.

Er knipste das Licht aus und sagte gute Nacht. Dann fiel ihm noch was ein. »He – hast du Fischfinger heute gesehen?«

»Kann sein.«

»Er hatte was geplant für gestern Abend, hat er gesagt.«

»Irgendwas hat der immer vor.«

»Schon, aber das kann doch nicht ewig so weitergehen«, sagte Roy. »Früher oder später schnappen sie ihn.«

»Das dürfte ihm auch klar sein.«

»Aber das heißt, wir müssen was tun.«

»Und was?«, fragte Beatrice matt. Sie war schon fast hinüber. »Den kannst du nicht aufhalten, Roy. Der hat so einen verdammten Dickkopf.«

»Dann müssen wir eben mitmachen.«

»Was hast du gesagt?«

»Nacht, Beatrice.«

17

Curly starrte das Telefon an, als ob es davon aufhören würde zu läuten. Endlich nahm er seinen ganzen Mut zusammen und hob den Hörer ab.

Am anderen Ende war Chuck Muckle – wer sonst.

»Kann ich die Bulldozer hören, Mr. Branitt?«

»Nein, Sir.«

»Warum nicht? Hier im schönen Memphis im Staate Tennessee ist es Montagmorgen. Ist es in Florida nicht auch Montagmorgen?«

»Ich hab eine gute Neuigkeit für Sie«, sagte Curly, »und eine schlechte.«

»Die gute ist, dass Sie einen neuen Job gefunden haben, richtig?«

»Bitte, Mr. Muckle, lassen Sie mich doch ausreden.«

»Sprechen Sie ruhig weiter«, sagte Mr. Muckle, »aber räumen Sie dabei Ihren Schreibtisch leer.«

Curly erzählte rasch seine Version von dem, was Samstagabend geschehen war. Die Sache mit den fehlenden Bulldozersitzen nahm der Geschichte am Ende allerdings einiges von ihrem Glanz. Um die Dinge nicht noch schlimmer zu machen, als sie ohnehin schon waren, erwähnte Curly nichts davon, dass seine Pistole aus irgendeinem Grund in einem Mobilklo aufgetaucht war.

Am anderen Ende der Leitung blieb es merkwürdig still. Curly fragte sich, ob der Stellvertretende Direktor von Mama Paula vielleicht einfach aufgelegt hatte.

»Hallo?«, rief er in den Hörer. »Sind Sie noch dran?«

»Und ob ich das bin«, antwortete Chuck Muckle mit schneidender Stimme. »Also, damit wir uns richtig verstanden haben: Ein junger Mann ist festgenommen worden wegen versuchten Einbruchs auf unserem Gelände –«

»Genau. Und wegen tätlichen Übergriffs auf eine Person und unerlaubten Betretens des Grundstücks!«

»– aber genau am selben Abend werden die Sitze der Bulldozer und Bagger oder was auch immer von einer weiteren Person, eventuell auch mehreren Personen, entfernt.«

»Jawohl, Sir. Das war die weniger gute Neuigkeit.«

»Haben Sie den Diebstahl bei der Polizei angezeigt?«

»Natürlich nicht. Ich wollte ja nicht, dass das in die Zeitung kommt.«

»Vielleicht besteht ja doch noch Hoffnung für Sie«, sagte Chuck Muckle. Dann fragte er, ob es möglich sei, die Maschinen auch ohne Sitze zu bedienen.

»Nur wenn Sie so 'ne Art Krake sind.«

»Gehe ich also recht in der Annahme, dass heute auf der Baustelle nicht gearbeitet wird?«

»Morgen auch nicht«, sagte Curly finster. »Ich hab schon neue Sitze bestellt, bei einem Großhändler in Sarasota, aber vor Mittwoch sind die nicht hier.«

»Was für ein glücklicher Zufall«, sagte Chuck Muckle. »Das ist gerade der letzte Tag, an dem Miss Kimberly Lou Dixon uns zur Verfügung steht. Nächstes Wochenende beginnen in New Mexico die Dreharbeiten für ihren Insektenfilm.«

Curly schluckte. »Diesen Mittwoch soll der erste Spatenstich stattfinden? Und was ist mit dem Planieren?«

»Wir haben unsere Pläne geändert. Bedanken Sie sich in Hollywood«, sagte Chuck Muckle. »Erst gibt es also den feierlichen ersten Spatenstich, und wenn dann alle wieder weg sind, können die Maschinen loslegen – vorausgesetzt, die sind bis dahin nicht komplett auseinander genommen.«

»Aber heute haben wir doch ... ich meine, Mittwoch ist doch schon übermorgen!«

»Machen Sie sich nicht ins Hemd, Mr. Branitt. Wir organisieren das alles von hier aus – die Werbung, die Pressemitteilungen und so weiter. Ich setze mich mit dem Büro des Bürgermeisters und der Handelskammer in Verbindung. Ihre Aufgabe ist unglaublich einfach – aber vermutlich gelingt es Ihnen trotzdem, sie zu versieben.«

»Was denn?«

»Sie müssen nichts weiter tun, als die Baustelle die

nächsten achtundvierzig Stunden abzusperren. Glauben Sie, dass Sie das schaffen?«

»Sicher doch«, sagte Curly.

»Keine Alligatoren, keine Giftschlangen, kein Diebstahl«, sagte Chuck Muckle. »Kurzum: keine Probleme. Capito?«

»Nur noch eine kurze Frage, wegen der Eulen.«

»Was für Eulen?« Blitzartig kam Chuck Muckles Gegenfrage. »Diese Höhlen sind verlassen, wissen Sie das nicht mehr?«

Anscheinend hat bloß jemand vergessen, das den Vögeln zu sagen, dachte Curly.

»Es gibt kein Gesetz, das es verbietet, verlassene Nester zu zerstören«, sagte der Stellvertretende Direktor. »Wenn irgendwer fragt, sagen Sie ihm das: Die Höhlen sind verlassen.«

»Aber was ist, wenn eine von diesen Eulen auftaucht?«, fragte Curly.

»Was für Eulen?!« Chuck Muckle brüllte jetzt fast. »Es gibt keine Eulen auf dem Gelände, vergessen Sie das nicht, Mr. Branitt. Nada. Null. Niente. Wenn jemand trotzdem eine sieht, dann sagen Sie ihm, es sei – was weiß ich – ein Rotkehlchen oder ein wildes Huhn oder sonst was.«

Ein Huhn?, wunderte sich Curly.

»Übrigens«, sagte Chuck Muckle, »ich komme persönlich nach Coconut Cove, damit ich die reizende Miss Dixon zu unserer Feier begleiten kann. Beten Sie, dass wir beide uns über nichts mehr unterhalten müssen, wenn ich vor Ort bin.«

»Machen Sie sich keine Sorge«, sagte Curly. Er selbst allerdings machte sich große Sorgen.

Beatrice Leep war schon weg, als Roy aufwachte. Es war ihm schleierhaft, wie sie so unbemerkt aus dem Haus schlüpfen konnte, aber er war froh, dass sie es geschafft hatte.

Beim Frühstück las Roys Vater laut den kurzen Artikel über Dana Mathersons Festnahme aus der Zeitung vor. Die Überschrift lautete: *Jugendlicher bei Einbruchsversuch gefasst.*

Weil Dana noch unter achtzehn war, durften die Behörden seinen Namen nicht an die Medien weitergeben – eine Tatsache, die Roys Mutter schmerzte. Sie fand, Danas gesammelte Straftaten hätten auf die erste Seite der Zeitung gehört. Im Artikel stand nur, dass es sich um einen Schüler der Trace Middle School handelte und dass die Polizei ihn im Verdacht hatte, in verschiedene Akte von mutwilliger Zerstörung verwickelt zu sein. Dass es sich dabei um das Grundstück von Mama Paula handelte, wurde nicht erwähnt.

In der Schule war Danas Festnahme Gesprächsthema Nummer Eins. Viele Mitschüler wussten, dass Dana es immer auf Roy abgesehen hatte. Sie waren daher gespannt, wie er auf die Sache reagieren würde.

Roy bemühte sich, nicht zu jubeln oder Witze darüber zu machen. Am liebsten wollte er so wenig wie möglich Aufmerksamkeit auf sich lenken. Falls Dana irgendwas über die angeblichen Zigaretten im Bauwagen ausplaudern sollte, würde er vielleicht versuchen, Roy die Schuld für den gescheiterten Einbruch in die Schuhe zu schieben. Die Polizei hatte keinen Grund, dem Jungen irgendetwas zu glauben, aber Roy wollte kein Risiko eingehen.

Gleich nach dem Läuten zum Ende der ersten Stunde nahm Garrett ihn beiseite und teilte ihm eine erstaunliche Neuigkeit mit.

»Rattenfallen«, sagte er hinter vorgehaltener Hand.

»Wovon redest du eigentlich?«, fragte Roy.

»Als sie ihn geschnappt haben, hatte er Rattenfallen an seinen Schuhen. Deshalb konnte er auch nicht wegrennen.«

»Das glaubst du doch selber nicht!«

»Im Ernst, Mensch. Die Polizei hat meiner Mutter erzählt, dass er in die Fallen getreten ist, als er um den Bauwagen rumschlich.«

So, wie er Dana kannte, konnte Roy sich das lebhaft vorstellen.

»Drei Zehen hat er gebrochen«, sagte Garrett.

»Übertreib mal nicht!«

»Doch! Im Ernst! Das waren Fallen für Riesenratten.« Garrett hielt seine Hände weit auseinander, um Roy die Größe der Tiere zu zeigen.

»Meinetwegen.« Roy wusste, dass Garrett gern

übertrieb. »Hat die Polizei deiner Mom sonst noch was erzählt?«

»Was soll sie denn erzählt haben?«

»Na ja, zum Beispiel, *was* Dana eigentlich klauen wollte.«

»Kippen, hat er gesagt. Aber die Polizei glaubt ihm nichts.«

»Wer würde dem auch glauben?«, sagte Roy und schwang sich den Ranzen über die Schulter.

Den ganzen Morgen über hielt er zwischen den Stunden immer Ausschau nach Beatrice Leep, sah sie aber nirgends. Beim Mittagessen saßen die Fußballmädchen zusammen in der Cafeteria, doch Beatrice war nicht dabei. Roy ging zu ihrem Tisch hinüber und fragte nach ihr.

»Die ist beim Zahnarzt«, sagte eine ihrer Mannschaftskameradinnen, ein schlaksiges Mädchen aus Kuba. »Sie ist bei sich zu Hause die Treppe runtergefallen und hat sich einen Zahn abgebrochen. Aber zum Spiel heute Abend ist sie wieder da.«

»Gut«, sagte Roy, obwohl er das, was er gerade gehört hatte, alles andere als gut fand.

Beatrice war so supersportlich, dass er sich einfach nicht vorstellen konnte, dass sie wie irgendein Trampel so einfach die Treppe hinunterfiel. Und nachdem er gesehen hatte, was sie mit seinem Fahrradreifen gemacht hatte, war ihm auch schleierhaft, wie ihr ein Zahn abbrechen sollte.

Als die Geschichtsstunde anfing, waren Roys Gedanken noch immer bei Beatrice. Er hatte Mühe, sich auf den Test zu konzentrieren, obwohl er wirklich nicht schwierig war.

Die letzte Frage war genau die, die Mr. Ryan ihm am Freitag auf dem Flur gestellt hatte: *Wer gewann die Schlacht am Eriesee?* Ohne zu zögern, schrieb Roy: »Kommodore Oliver Perry.«

Es war die einzige Frage, die er mit Sicherheit richtig beantwortet hatte.

Auf der Rückfahrt im Bus behielt Roy Dana Mathersons stämmige Freunde wachsam im Auge, aber sie warfen keinen einzigen Blick in seine Richtung. Entweder hatte Dana ihnen nichts davon sagen können, was Roy getan hatte, oder Roy war Danas Kumpeln einfach gleichgültig.

Auf der Polizeiwache las der Captain gerade den Bericht über Dana Mathersons Festnahme, als Officer Delinko zusammen mit seinem Sergeant hereinkam. Der Captain machte den Männern ein Zeichen, dass sie sich setzen sollten.

»Gute Arbeit«, sagte er zu Officer Delinko. »Sie haben mir das Leben spürbar leichter gemacht. Eben hatte ich unseren Abgeordneten in der Leitung, und ich kann Ihnen sagen, der Mann ist rundum zufrieden.«

»Das freut mich, Sir«, sagte Officer Delinko.

»Wie denken Sie über diesen Dana Matherson? Was hat er Ihnen gesagt?«

»Nicht viel.«

Das Verhör war nicht so glatt gelaufen, wie Officer Delinko es sich erhofft hatte. In den Ausbildungsfilmen hatten die Festgenommenen immer irgendwann klein beigegeben und gestanden. Dana jedoch hatte sich stur gezeigt und war nicht zur Zusammenarbeit bereit gewesen. Seine Aussagen waren verworren.

Zuerst hatte er gesagt, er sei auf dem Grundstück von Mama Paula herumgeschlichen, um eine Ladung Zigaretten zu klauen. Nachdem er allerdings mit einem Anwalt gesprochen hatte, änderte er seine Geschichte. Nun behauptete er, er sei bloß zu dem Bauwagen gegangen, um eine Kippe zu schnorren, aber der Wachmann habe ihn für einen Einbrecher gehalten und sei ihm mit der Waffe hinterhergerannt.

»Dieser Matherson ist eine harte Nuss«, sagte Officer Delinko zum Captain.

»Kann man wohl sagen«, meinte der Sergeant, »der hat schon so einiges auf dem Kerbholz.«

Der Captain nickte. »Ich hab sein Vorstrafenregister gesehen. Aber was mir Sorgen macht: Der Junge ist ein Dieb, aber keiner, der diese Art von Streichen spielt. Ich kann mir einfach nicht vorstellen, dass er Alligatoren in Toiletten steckt. Eher klaut er Toiletten.«

»Darüber hab ich mir auch schon Gedanken gemacht«, sagte Officer Delinko.

Der Übeltäter auf Mama Paulas Grundstück hatte eine Art von schwarzem Humor bewiesen, der überhaupt nicht zu den bisherigen Straftaten des offensichtlich leicht beschränkten Dana Matherson zu passen schien. Von ihm würde man eher erwarten, dass er die Reifen eines Streifenwagens demontierte, als dass er die Scheiben schwarz einsprühte oder sein T-Shirt wie einen Wimpel an die Antenne hängte.

»Was für ein Motiv sollte er denn für diese merkwürdigen Scherze haben?«, überlegte der Captain laut.

»Ich hab ihn gefragt, ob er was gegen Mama Paulas Pfannkuchen hat«, sagte Officer Delinko, »und er hat gemeint, er findet die von der Konkurrenz besser.«

»Und das soll der Grund sein? Dass ihm die Pfannkuchen von der Konkurrenz besser schmecken?«

»Bis auf die mit Buttermilch«, berichtete Officer Delinko. »Über die Buttermilchpfannkuchen von Mama Paula hat er nur Gutes gesagt.«

Ärgerlich wandte der Sergeant ein: »Ach was, der Junge macht sich doch nur über uns lustig.«

Langsam schob der Captain seinen Stuhl zurück. Er fühlte, wie er wieder Kopfschmerzen bekam.

»Okay, ich habe eine Entscheidung getroffen«, sagte er. »In Anbetracht der Tatsache, dass wir nichts Besseres vorzuweisen haben, beabsichtige ich, dem Polizeichef mitzuteilen, dass der Vandale gefasst und der Fall abgeschlossen ist.«

Officer Delinko räusperte sich. »Sir, ich habe am Tatort einen Fetzen von einem T-Shirt gefunden. Aber das T-Shirt ist viel zu klein für diesen Matherson.«

Er erwähnte nicht, dass der Rest des T-Shirts zum Spott an die Antenne seines Dienstwagens gehängt worden war.

»Wir brauchen schon mehr als einen Lumpen«, schnaubte der Captain. »Wir brauchen einen lebendigen Menschen, und der einzige, den wir haben, sitzt in Untersuchungshaft im Jugendgefängnis. Und deshalb ist er ganz offiziell unser Übeltäter, verstanden?«

Officer Delinko und sein Vorgesetzter sagten gleichzeitig ja.

»Ich begebe mich hier auf sehr dünnes Eis, und Sie wissen, was das bedeutet«, fuhr der Captain fort. »Wenn noch irgendwas auf dem Grundstück passiert, dann stehe ich als Clown da. Und wenn ich als Clown dastehe, dann werden gewisse Leute hier den Rest ihrer Laufbahn damit zubringen, Münzen aus Parkuhren zu leeren. Habe ich mich klar ausgedrückt?«

Wieder sagten Officer Delinko und sein Vorgesetzter ja.

»Ausgezeichnet«, sagte der Captain. »Das heißt, Ihre Aufgabe besteht im Wesentlichen darin, dafür zu sorgen, dass es von jetzt an bis zum ersten Spatenstich am Mittwoch keine weiteren Überraschungen mehr gibt.«

»Kein Problem.« Der Sergeant erhob sich. »Können wir David nun die gute Neuigkeit mitteilen?«

»Je eher, desto besser«, sagte der Captain. »Officer Delinko, Sie sind ab sofort wieder im Streifendienst. Außerdem hat Ihr Sergeant ein Schreiben verfasst, in dem Ihr herausragender Einsatz zur Ergreifung des Täters sehr gelobt wird. Dieses Schreiben kommt in Ihre Personalakte.«

Officer Delinko strahlte. »Vielen Dank, Sir!«

»Und noch etwas: Wegen Ihrer besonderen Vertrautheit mit dem Fall werden Sie für eine besondere Streife eingesetzt: Sie bewachen den Bauplatz von Mama Paula. Jede Schicht hat zwölf Stunden, dann haben Sie zwölf Stunden frei. Heute Abend fangen Sie an. Sind Sie bereit?«

»Selbstverständlich, Captain.«

»Dann gehen Sie jetzt nach Hause und legen sich aufs Ohr«, riet ihm der Captain. »Wenn sie nämlich noch einmal da draußen einschlafen, dann schreib ich Ihnen auch einen Brief für Ihre Akten, einen ganz kurzen. Nämlich Ihre Kündigung.«

Draußen auf dem Gang schlug der Sergeant Officer Delinko kräftig auf die Schulter. »Noch zwei Nächte, David, dann sind wir die Sache los. Sind Sie nervös?«

»Nur eine Frage noch, Sir: Werde ich alleine Dienst haben?«

»Na ja«, sagte der Sergeant, »wir haben im Moment Probleme mit der Nachtschicht. Kirby ist von einer Wespe gestochen worden und Miller hat die Grippe.

Sieht ganz so aus, als müssten Sie sich allein auf den Weg machen.«

»Ist in Ordnung«, sagte Officer Delinko, obwohl er lieber einen Partner gehabt hätte, so wie die Dinge lagen. Vermutlich würde Curly ja im Bauwagen übernachten. So toll war das zwar nicht mit ihm, aber besser mit Curly als ganz allein.

»Trinken Sie Kaffee, David?«

»Ja, Sir.«

»Gut. Dann trinken Sie doppelt so viel wie sonst«, sagte der Sergeant. »Ich erwarte zwar nicht, dass irgendwas passiert, aber falls doch, dann sollten Sie hellwach sein.«

Auf dem Weg nach Hause hielt Officer Delinko an einem Souvenirladen am Highway an. Dann machte er einen Umweg, um sich Dana Matherson noch einmal vorzuknöpfen. Es wäre eine riesengroße Erleichterung, wenn der Junge auch nur eine der früheren Taten zugeben würde.

Ein Beamter des Untersuchungsgefängnisses führte Dana in das Besuchszimmer und wartete dann vor der Tür. Der Junge trug einen zerknitterten grauen Overall. Weil seine Zehen wegen der Rattenfallen noch immer geschwollen waren, trug er nur Socken an den Füßen. Officer Delinko bot ihm einen Streifen Kaugummi an, den der Junge sich gleich in den Mund schob.

»Also, junger Mann, inzwischen hast du ja nun ein bisschen Zeit zum Nachdenken gehabt.«

»Worüber denn?« Dana blies eine Kaugummiblase und ließ sie platzen.

»Das weißt du sehr gut. Über deine Situation.«

»Ich muss gar nicht nachdenken«, sagte der Junge. »Dafür hab ich ja 'nen Anwalt.«

Officer Delinko beugte sich vor. »Vergiss jetzt mal den Anwalt, okay? Ich werd ein gutes Wort für dich einlegen, wenn du mir dabei hilfst, ein paar andere Fälle aufzuklären. Hast du zum Beispiel die Fenster von meinem Streifenwagen eingesprüht?«

Der Junge schnaubte verächtlich. »Wieso sollte ich so was Bescheuertes machen?«

»Nun komm schon, Dana. Ich kann dir die Sache wirklich erleichtern, du musst mir nur die Wahrheit sagen.«

»Ich hab 'ne bessere Idee: Wieso lecken Sie mich nicht am Allerwertesten?«

Officer Delinko verschränkte die Arme. »Siehst du, das ist genau der mangelnde Respekt vor der Staatsgewalt, der dich hierher gebracht hat.«

»Nix da. Ich kann Ihnen sagen, wer mich hergebracht hat. Das war Roy Eberhardt, der Arsch.«

»Fang nicht wieder damit an«, sagte Officer Delinko und stand auf. »Wir verschwenden mit dir offensichtlich nur unsere Zeit.«

Dana Matherson lachte höhnisch. Dann zeigte er auf die kleine Plastiktüte, die der Polizist auf den Tisch gelegt hatte. »Haben Sie mir endlich was zum Qualmen gebracht?«

»Nein, aber was anderes.« Officer Delinko griff in die Tüte. »Einen kleinen Kerl, der dir Gesellschaft leisten soll«, sagte er und ließ etwas ganz locker auf den Schoß des Jungen fallen.

Dana Matherson schrie auf, machte einen Satz, versuchte, den Gegenstand wegzustoßen, und fiel vor lauter Panik mit seinem Stuhl um. Er sprang vom Boden auf und stolperte zur Tür, wo der Aufsichtsbeamte ihn fest am Arm packte und wegbrachte.

Officer Delinko betrachtete den Gegenstand, der nun auf dem Linoleumboden lag – absolut lebensecht, mit Zähnen und Schuppen, nur das Preisschild störte, das mitten auf der Schnauze klebte: 3,95 Dollar.

Es war ein Gummialligator, den Officer Delinko im Souvenirladen erstanden hatte.

Dana Mathersons Reaktion auf das harmlose Spielzeug überzeugte den Polizisten, dass der Junge unmöglich derjenige sein konnte, der auf Mama Paulas Grundstück sein Unwesen getrieben hatte. Jemand, der beim Anblick eines winzigen Plastiktiers so ausflippte, war mit Sicherheit nicht in der Lage, mit einem lebendigen Alligator umzugehen, schon gar nicht heimlich und in der dunklen Kabine eines Dixiklos.

Der wahre Schuldige lief immer noch frei herum und heckte seinen nächsten Plan aus. Officer Delinko hatte zwei lange, aufregende Nächte vor sich.

Die Eberhardts hatten einen PC, den Roy für Hausaufgaben und für seine Snowboard-Videospiele benutzen durfte. Roy surfte auch schon ganz geschickt im Internet, und so hatte er kein Problem damit, über eine Suchmaschine jede Menge Informationen über Kanincheneulen zu finden. Die Art, die in Florida vorkam, hieß mit lateinischem Namen *Athene cunicularia floridana* und hatte dunkleres Gefieder als die westliche Variante. Sie war ein scheuer kleiner Vogel und, wie andere Eulen auch, hauptsächlich nachtaktiv. Die Jungen kamen normalerweise zwischen Februar und Juli zur Welt, aber selbst im Oktober waren noch Junge gesichtet worden.

Systematisch ging Roy sämtliche Suchergebnisse durch, bis er schließlich ins Schwarze traf. Er druckte zwei engzeilig bedruckte Seiten aus, verstaute sie in seinem Rucksack und schwang sich aufs Fahrrad.

Es war nicht weit bis zum Rathaus von Coconut Cove. Roy schloss sein Rad ab und folgte der Beschilderung, bis er das Bauamt gefunden hatte. Hinter dem Tresen stand ein blasser junger Mann mit sommersprossigem Gesicht und hängenden Schultern. Als der Angestellte ihn gar nicht zur Kenntnis nahm, ging Roy mutig auf ihn zu und bat um die Akte für *Mama Paulas Pfannkuchenhaus AG*.

Der Sachbearbeiter schien amüsiert. »Weißt du denn das Aktenzeichen?«

»Wovon?«

»Von dem Grundstück.«

»Ich weiß, wo es liegt. Ecke East Oriole und Woodbury.«

Der Angestellte sagte: »Das ist keine genaue Kennzeichnung. Das ist ja kaum eine richtige Adresse.«

»Tut mir Leid, mehr hab ich nicht.«

»Brauchst du das für die Schule?«, fragte der Mann.

Wieso eigentlich nicht?, überlegte Roy. »Ja«, sagte er dann.

So eine kleine Notlüge konnte doch nicht so schlimm sein, wenn sie half, die Eulen zu retten.

Der Angestellte sagte, Roy solle warten, während er die Adresse überprüfte. Nach einer Weile kam er mit einem Haufen Akten unter dem Arm zurück. »So, und welche willst du nun sehen?«, fragte er mit einem leicht spöttischen Grinsen.

Roy starrte ihn entgeistert an. Er hatte keine Ahnung, womit er anfangen sollte.

»Vielleicht mit der, in der die Baugenehmigungen sind?«, schlug er vor.

Der Angestellte ging den Stapel durch. Roy hatte die dunkle Vorahnung, dass die Formulare und Dokumente so unverständlich geschrieben waren, dass er sie vermutlich ohnehin nicht verstehen konnte. Genauso gut könnten sie auf Chinesisch geschrieben sein.

»Hm, hm«, machte der Sachbearbeiter und schaute den Stapel noch einmal durch. »Die Akte ist nicht da.«

»Wie meinen Sie das?«, fragte Roy.

»Der Ordner mit all den Genehmigungen und den Inspektionsberichten – anscheinend ist er ausgeliehen.«

»Von wem denn?«

»Ich muss erst mit meiner Chefin sprechen«, sagte der Sachbearbeiter, »aber die ist schon nach Hause gegangen. Unser Büro macht um halb fünf zu, und es ist – mal sehen – drei Minuten vor halb.« Er klopfte mit dem Finger nachdrücklich auf seine Armbanduhr.

»Na gut, dann komme ich morgen wieder«, sagte Roy.

»Vielleicht solltest du dir lieber ein anderes Thema für dein Referat suchen«, sagte der Sachbearbeiter mit aufgesetzter Höflichkeit.

Roy lächelte kühl. »Nein, danke. So schnell geb ich nicht auf.«

Vom Rathaus fuhr er zu einem Angelladen und kaufte von seinem übrigen Essensgeld eine Schachtel mit lebenden Grillen. Eine Viertelstunde später schlich er über den Schrottplatz.

Fischfinger war nicht im Eiswagen, aber sein Schlafsack war noch da. Roy wartete eine Weile, doch ohne Klimaanlage war es im Wagen unerträglich heiß und stickig. Nicht lange, und Roy saß wieder auf seinem Rad, dieses Mal in Richtung East Oriole und Woodbury.

Das Tor war verschlossen und von dem mürrischen, glatzköpfigen Wachmann war nichts zu sehen. Roy ging außen am Zaun entlang und hielt Ausschau nach Beatrice' Stiefbruder oder irgendwelchen netten Überraschungen, die der Junge für die Pfannkuchentypen hinterlassen haben mochte.

Roy hätte nichts Ungewöhnliches bemerkt, wenn er nicht eine der Eulen erschreckt hätte, die daraufhin von ihrem Bau aufflog und in der Kabine eines der Bulldozer landete. In dem Moment bemerkte Roy, dass der Sitz fehlte. Sofort schaute er zu den übrigen Baumaschinen hinunter – überall das Gleiche.

Aha, dachte Roy, *das* hatte Fischfinger neulich abends vor. Und deswegen sollte ich einen Schraubenzieher mitbringen.

Roy ging zurück zum Tor, öffnete die Schachtel mit den Grillen und hielt sie an den Zaun. Eine nach der anderen sprang zwischen den Drahtschlingen hindurch und landete am Boden. Roy hoffte, dass die Eulen sie finden würden, wenn sie zum Abendessen aus ihren Höhlen kamen.

Er hätte vermutlich verschwinden sollen, als er es zum ersten Mal hupen hörte, aber er tat es nicht. Er hockte einfach geduldig da und wartete, bis auch die letzte kleine Grille die Schachtel verlassen hatte.

Inzwischen war aus dem Hupen ein blökender Dauerton geworden und der blaue Pick-up kam mit quietschenden Bremsen zum Stehen. Roy ließ die Schachtel fallen und schwang sich auf sein Rad, aber es war zu spät. Der Wagen versperrte ihm den Fluchtweg.

Mit einem Satz war der glatzköpfige, rotgesichtige Fahrer aus dem Auto und hob Roys Rad am Sitz hoch. Roy strampelte wie verrückt, kam aber nicht von der Stelle.

»Wie heißt du? Was machst du hier?«, polterte der Wachmann. »Das hier ist ein Privatgrundstück, weißt du das nicht? Du willst wohl in den Knast, wie?«

Roy hörte auf, in die Pedale zu treten, und schnappte nach Luft.

»Ich weiß genau, was du im Schilde führst«, knurrte der kahlköpfige Mann. »Denk nur nicht, ich wär dir nicht auf die Schliche gekommen.«

»Bitte, Mister«, sagte Roy, »lassen Sie mich gehen. Ich hab doch nur die Eulen gefüttert.«

Mit einem Mal war die rote Farbe aus den Wangen des Mannes gewichen.

»Was für Eulen?«, fragte er, jetzt nur noch halb so laut. »Hier gibt's keine Eulen.«

»Doch, sicher«, sagte Roy. »Ich hab sie selbst gesehen.«

Der Kahlköpfige sah jetzt extrem aufgebracht aus. Er kam mit dem Gesicht so nah an Roy heran, dass der riechen konnte, was der Mann gegessen hatte – Zwiebeln.

»Jetzt hörst du mir mal zu, Junge. Du hast hier keine verdammten Eulen gesehen, kapiert? Was du gesehen hast, das war ... das war ... ein wildes Huhn!«

Roy unterdrückte ein Lachen. »Aber sicher doch.«

»Das ist so. Sieh mal, wir haben hier diese Zwerghühner –«

»Mister, was ich gesehen habe, das waren Eulen, und das wissen Sie auch«, sagte Roy. »Und ich weiß, wieso Sie solche Angst haben.«

Der Wachmann ließ Roys Fahrrad los.

»Ich habe keine Angst«, sagte er mit versteinerter Miene, »und du hast keine Eulen gesehen. Und jetzt verschwinde und lass dich ja nicht mehr hier blicken. Sonst kommst du auch noch hinter Gitter, genauso wie der letzte Junge, den ich auf dem Grundstück erwischt habe.«

Roy lenkte sein Rad vorsichtig um den Pick-up herum und brauste dann mit voller Fahrt davon.

»Das waren Hühner!«, brüllte der Glatzkopf ihm hinterher.

»Eulen«, schrie Roy triumphierend zurück.

Höher und höher und immer höher radelte er den steilen Berg hinauf – oder wenigstens stellte er sich das vor. Das gab ihm die Kraft, so heftig in die Pedale zu treten.

In Wirklichkeit befand er sich auf der East Oriole Avenue, die genau so flach war wie einer von Mama Paulas Pfannkuchen. Er hatte Angst, der Wachmann könne es sich anders überlegen und ihm doch noch nachjagen. Roy rechnete jeden Moment damit, die Hupe des Pick-ups und laute Flüche zu hören, die Hitze des Motors dicht neben sich zu spüren.

Deswegen schaute er sich lieber nicht um und wurde auch nicht langsamer, sondern trat mit aller Kraft in die Pedale, trotz seiner angespannten Arme und der brennenden Beine.

Er hörte erst auf, als er die Kuppe seines gedachten Berges in Montana erreicht hatte und hinunterrollte in die Kühle des Tals.

18

»Das war derselbe Bengel, den ich schon letzte Woche hier hab rumschleichen sehen«, erklärte Curly Officer Delinko. »Aber diesmal hab ich ihn erwischt!«

Officer Delinko bot an, den Vorfall zu melden, aber Curly versicherte ihm, das sei nicht nötig.

»Der kommt nicht wieder, das garantiere ich Ihnen. Nicht nach der Abreibung, die ich ihm verpasst habe.«

Es ging auf Mitternacht zu. Die beiden Männer standen am Bauplatz neben dem Streifenwagen und unterhielten sich entspannt. Beide waren insgeheim der Meinung, dass der wirkliche Vandale noch immer auf freiem Fuß war, aber keiner wollte diesen Verdacht mit dem anderen teilen.

Officer Delinko sagte Curly nicht, dass Dana Matherson viel zu große Angst vor Alligatoren hatte, um der Vandale sein zu können. Er wollte nicht, dass der Wachmann wieder ausrastete.

Und Curly sagte Officer Delinko nichts davon, dass die Sitze erst aus den Baumaschinen gestohlen worden waren, nachdem Dana Matherson schon gefasst worden war. Curly wollte nicht, dass Officer Delinko diese

Mitteilung in einen Bericht aufnahm, den womöglich irgendein neugieriger Zeitungsreporter zu lesen bekam.

Obwohl jeder sein Geheimnis vor dem anderen hatte, waren die beiden Männer doch froh, die Nacht nicht allein auf dem Grundstück verbringen zu müssen. Es war ein gutes Gefühl, Verstärkung in nächster Nähe zu haben.

»Ach, übrigens«, sagte Officer Delinko, »was ist eigentlich aus den Kampfhunden geworden, die hier den Bauplatz bewachen sollten?«

»Diese durchgeknallten Köter? Die haben sich ruckzuck aus dem Staub gemacht, vermutlich geradewegs bis Berlin«, sagte Curly. »Hören Sie mal, ich hau mich aufs Ohr. Wenn irgendwas ist, brüllen Sie einfach.«

»Worauf Sie sich verlassen können«, antwortete Officer Delinko.

»Und kein Nickerchen heute Nacht, verstanden?«

»Keine Sorge.«

Officer Delinko war froh, dass es dunkel war, so konnte der Wachmann nicht sehen, wie er rot wurde. Nie im Leben würde er den peinlichen Anblick vergessen – sein kostbarer Streifenwagen mit pechschwarz zugesprühten Fenstern! Und noch immer träumte er davon, den Übeltäter zu erwischen und seiner gerechten Strafe zuzuführen.

Nachdem Curly sich in seinen bequemen, klimatisierten Bauwagen zurückgezogen hatte, machte sich der Polizist daran, das Grundstück abzugehen. Er folgte immer dem Strahl seiner Taschenlampe, von einem Vermessungspfosten zum nächsten. Er hatte die Absicht, das, wenn nötig, die ganze Nacht lang zu tun, um ganz sicher zu sein, dass niemand sich an den Pfosten zu schaffen machte. Im Auto hatte er fünf randvolle Thermoskannen stehen; der Kaffee würde ihm also ganz bestimmt nicht ausgehen.

Ein leeres Grundstück zu bewachen war nun wirklich keine besonders glanzvolle Aufgabe für einen Polizisten, das wusste Officer Delinko, aber in diesem speziellen Fall handelte es sich doch um eine äußerst wichtige Arbeit. Der Polizeichef, der Captain, der Sergeant – alle verließen sich auf ihn, dass auf dem Grundstück des Pfannkuchenhauses kein weiterer Unfug mehr passierte. Und es war ihm auch klar, dass er viel schneller vorankommen würde im Amt für öffentliche Sicherheit von Coconut Cove, wenn er diese Aufgabe gut erfüllte. Er sah sich schon mit dem goldenen Abzeichen eines Kommissars herumlaufen.

Während er so durch die Dunkelheit stapfte, stellte Officer Delinko sich vor, wie er sich in einem maßgeschneiderten Anzug machen würde statt in dieser steifen Uniform. Er hätte auch einen anderen Dienstwagen, zwar auch einen Crown Victoria, aber das anthrazitgraue Modell ohne die Aufschrift »Polizei«, das nur die Kommissare bekamen. Als er gerade mitten in einem Wachtraum von einem Knöchelpistolenhalfter und der dazugehörigen leichten Pistole war, schlug er mit einem Mal einen unfreiwilligen Purzelbaum und landete auf dem Sandboden.

O nein, dachte der Streifenpolizist, nicht schon wieder.

Er tastete hektisch nach seiner Taschenlampe, aber als er sie gefunden hatte, funktionierte sie erst einmal nicht. Er schüttelte sie ein paar Mal, dann flackerte die Birne auf, wenn auch nur schwach. Ganz klar, er war wieder einmal in so einen Eulenbau getreten.

Officer Delinko stand auf und strich sich die Hose glatt. »Nur gut, dass Curly nicht wach ist und das gesehen hat«, murmelte er vor sich hin.

»Hehe!«, hörte er im nächsten Moment eine leise, raue Stimme.

Officer Delinko legte die rechte Hand an seine Pistole. Mit der linken richtete er die Taschenlampe dorthin, wo er den unsichtbaren Eindringling vermutete.

»Keine Bewegung!«, kommandierte der Polizist.

»Hehe! Hehe!«

Hin und her zuckte der gelbe Lichtstrahl, aber es war nichts zu sehen. Die asthmatisch klingende, freche Stimme schien aus dem Nichts zu kommen.

Vorsichtig machte Officer Delinko zwei Schritte nach vorn und leuchtete in den Bau, in den er eben getreten war. Ein Paar bernsteinhelle Augen funkelten ihn aus dem schwarzen Loch an.

»He!«

Der Polizist nahm die Hand vom Revolver und hockte sich vorsichtig hin. »Na so was, hallo«, sagte er.

»He! He! He!«

Es war eine Babyeule, nicht mehr als zehn, zwölf Zentimeter groß. Noch nie zuvor hatte Officer Delinko etwas gesehen, was so zart war und dabei so vollkommen gestaltet.

»Hehe!«, sagte die Eule wieder.

»Hehe!«, antwortete der Polizist, obwohl seine Stimme zu tief war für eine richtige Imitation. »Du wartest wohl auf Mama und Papa, dass sie dir dein Abendessen bringen, stimmt's?«

Die bernsteinfarbenen Augen zwinkerten. Erwartungsvoll öffnete sich der gelbe Schnabel und schloss sich wieder. Der kleine runde Kopf drehte sich hin und her.

Officer Delinko lachte laut auf. Dieser winzige Vogel faszinierte ihn. Er knipste die Taschenlampe aus und sagte: »Keine Angst, Kleiner, ich tu dir nichts.«

Über ihm hörte er aufgeregtes Geflatter, gefolgt von einem zischenden *Ksch, ksch, ksch!* Der Polizist schaute auf und sah zwei dunkle Umrisse mit Flügeln, die sich deutlich vor dem Sternenhimmel abzeichneten – bestimmt die Eltern der kleinen Eule, die angstvoll über ihrem erschrockenen Küken kreisten.

Langsam trat Officer Delinko von dem Bau zurück und hoffte, die erwachsenen Eulen würden merken, dass sie nun sicher landen konnten. Er sah die dunklen Vögel vor dem blaugrauen Himmel, die jetzt immer niedriger flogen, und bewegte sich ein bisschen schneller weg von dem Erdloch.

Selbst als die beiden Eulen gelandet waren, selbst dann, als er gesehen hatte, wie sie wie gefiederte Gespenster im Boden verschwanden, ging er immer noch weiter. Schritt für Schritt ging er rückwärts, bis … bis er gegen etwas knallte, das so groß und so kalt und so hart war, dass es ihm fast den Atem verschlug. Er fuhr herum und knipste die Taschenlampe wieder an.

Es war ein Bulldozer.

Officer Delinko war direkt mit einer von Curlys Baumaschinen zusammengeprallt. Er starrte den Klotz aus Stahl an und rieb sich die geprellte Schulter. Er merkte nicht, dass der Sitz fehlte, und selbst wenn er es gemerkt hätte, wäre er deswegen nicht weiter beunruhigt gewesen.

Der Polizist hatte nämlich ganz andere Sorgen. Sein Blick wanderte zwischen dem massiven Bulldozer und dem Eulenbau hin und her.

Bis zu diesem Moment war Officer David Delinko so damit beschäftigt gewesen, den Fall von Mama Paula zu lösen und an seine eigene Karriere zu denken, dass er kaum etwas anderes im Kopf gehabt hatte.

Jetzt verstand er, was mit den kleinen Eulen passieren würde, wenn er seine Arbeit gut machte, und ein großer Kummer, der sich nicht so leicht abschütteln ließ, lastete auf einmal auf ihm.

Roys Vater war erst spät von der Arbeit nach Hause gekommen, und so hatte Roy keine Gelegenheit gehabt, ihm zu erzählen, was er im Internet über die Eulen herausgefunden hatte und dass eine der Akten über das Pfannkuchenrestaurant im Bauamt fehlte. Ihm schien das sehr verdächtig, und er wollte gern hören, wie sein Vater sich die Sache erklärte.

Aber als Roy sich zum Frühstück setzte, war er sprachlos. Von der Rückseite der Zeitung, die sein Vater gerade las, lächelte ihn jemand freundlich an, und das war niemand anderes als Mama Paula selbst!

Die mit Sternen und der amerikanischen Fahne sehr patriotisch gestaltete halbseitige Anzeige war eine Einladung:

MAMA PAULA

DIE ERFINDERIN DER WELTBERÜHMTEN
HAFERMEHLPFANNKUCHEN MIT SÜSSHOLZAROMA
IST STOLZ DARAUF, IHRE NEUE NACHBARIN
IN COCONUT COVE ZU WERDEN.
MAMA PAULA ERÖFFNET HIER IHR
469. FAMILIENRESTAURANT
UND MÖCHTE SIE GERN MORGEN MITTAG UM 12 UHR
HÖCHSTPERSÖNLICH BEGRÜSSEN.
WIR LADEN SIE EIN ZUM FEIERLICHEN ERSTEN SPATENSTICH
AN DER ECKE EAST ORIOLE UND WOODBURY,
DEM KÜNFTIGEN SITZ UNSERER FILIALE.

Roy ließ den Löffel fallen und aufgeweichte Froot Loops flogen durch die Küche.

»Was ist jetzt los, Schätzchen?«, fragte seine Mutter.

Roy merkte, dass ihm schlecht wurde. »Nichts, Mom.«

Dann entdeckte auch Mrs. Eberhardt die Anzeige. »Oh, das tut mit Leid, Roy. Ich weiß, es ist traurig – die armen, wehrlosen Vögel.«

Mr. Eberhardt drehte die Zeitung um und sah nach, worauf seine Frau und sein Sohn starrten. Er runzelte die Stirn und sagte: »Offensichtlich haben sie es eilig mit ihrem Projekt.«

Roy stand auf. Ihm war ganz flau im Magen. »Ich geh dann mal. Sonst verpass ich noch den Bus.«

»Du hast noch viel Zeit«, sagte seine Mutter. »Setz dich und iss erst mal auf.«

Roy schüttelte matt den Kopf und nahm den Rucksack vom Stuhl. »Tschüss, Mom, tschüss, Dad.«

»Roy, warte mal! Möchtest du mit uns darüber reden?«

»Nicht wirklich, Dad.«

Sein Vater faltete die Zeitung zusammen und reichte sie ihm. »Hast du heute nicht Gesellschaftskunde?«

»Oh, stimmt«, sagte Roy, »hab ich glatt vergessen.«

Jeden Dienstag sollten die Schüler, die bei Mr. Ryan Geschichte hatten, ein aktuelles Thema vorschlagen, über das sie dann gemeinsam diskutieren konnten. Deswegen gab Roys Vater seinem Sohn dienstags immer die Zeitung mit, damit er sie im Bus lesen und sich ein Thema aussuchen konnte.

»Soll ich dich zur Schule fahren?«, bot ihm seine Mutter an.

Roy merkte, dass sie Mitleid mit ihm hatte wegen der Neuigkeiten über Mama Paula. Für sie war das Schicksal der Eulen schon besiegelt, aber Roy war nicht so schnell bereit, die Hoffnung aufzugeben.

»Geht schon.« Er stopfte die Zeitung in seinen Rucksack. »Mom, leihst du mir deine Kamera?«

»Na ja, ich weiß nicht ... «

»Für die Schule«, sagte Roy. Sein Magen krampfte sich bei der Lüge zusammen. »Ich pass auch ganz gut auf, ehrlich.«

»Na gut. Warum auch nicht.«

Vorsichtig packte Roy die Kamera zwischen seine Bücher, umarmte seine Mutter, winkte seinem Vater noch einmal zu und schoss zur Tür hinaus. Er rannte an seiner üblichen Bushaltestelle vorbei, immer weiter, bis zur Haltestelle an der East Oriole Avenue, in der Beatrice Leep wohnte. Von den Schülerinnen und Schülern der Trace Middle School war noch nichts zu sehen, also rannte Roy bis zu Beatrice' Haus und wartete davor auf dem Bürgersteig.

Er versuchte, sich eine gute Ausrede einfallen zu lassen für den Fall, dass Lonna oder Leon ihn bemerkten, aber dann war es doch Beatrice, die zur Tür herauskam. Roy rannte so eilig auf sie zu, dass er sie fast umwarf.

»Was war denn gestern los? Wo ist dein Bruder? Hast du heute Morgen die Zeitung gesehen? Hast du –«

Schnell legte sie ihm eine Hand auf den Mund.

»Ganz ruhig, Cowgirl«, sagte sie. »Wir gehen jetzt erst mal zur Haltestelle. Unterwegs können wir reden.«

Wie Roy schon vermutet hatte, war Beatrice nicht die Treppe hinuntergefallen. Der Zahn war abgebrochen, als sie ihrer Stiefmutter einen Ring vom Zeh beißen wollte.

Der Ring war aus einem kleinen Topaz gemacht, einem Glücksbringer, den Beatrice' Mutter zurückgelassen hatte, als sie wegging. Lonna hatte den Stein aus Leon Leeps Sockenschublade geklaut und sich daraus einen modischen Zehenring anfertigen lassen.

Beatrice war deswegen stinksauer gewesen.

»Wenn mein Alter gewollt hätte, dass Lonna ihn bekommt, dann hätte er ihn ihr ja geben können«, knurrte sie.

»Und deshalb hast du ihn ihr vom Zeh genagt? Wie das denn?« Roy staunte.

»War gar nicht so einfach.«

Beatrice machte ein Schimpansengesicht und zeigte auf einen spitzen Stumpf, wo vorher einer ihrer Schneidezähne gewesen war. »Der ist abgebrochen. Aber sie machen mir einen falschen, der sieht wie echt aus«, erklärte sie. »Bloß gut, dass mein Alter eine Versicherung für Zahnbehandlungen hat.«

»War sie wach, als du das gemacht hast?«

»Ja«, sagte Beatrice, »aber vermutlich hätte sie lieber gepennt. Jetzt erzähl mir, was heute in der Zeitung stand. Du bist ja total durch den Wind.«

Sie stöhnte, als Roy ihr die Anzeige mit der Einladung zu Mama Paulas Feier zeigte. »Als ob die Welt nichts dringender bräuchte …«

»Wo ist dein Bruder?«, fragte Roy. »Meinst du, er weiß das schon?«

Beatrice sagte, sie habe Fischfinger seit Sonntag nicht mehr gesehen. »Und da war bei uns die Kacke am Dampfen. Mein Bruder hatte sich in der Garage versteckt und auf mich gewartet. Ich wollte ihm ein paar frische Hemden bringen. Prompt kam mein Dad, um sich 'ne neue Palette Bier zu holen. Die beiden standen da und haben sich ganz freundlich unterhalten, aber in dem Moment ist Lonna reingekommen und hat eine Riesenszene gemacht.«

»Und was war dann?«, fragte Roy.

»Er ist losgerannt wie eine gesengte Sau. Und dann haben Lonna und mein Alter diesen Mordskrach gekriegt –«

»Der, von dem du mir erzählt hast.«

»Genau«, sagte Beatrice. »Dad will, dass mein Bruder zurückkommt und wieder bei uns wohnt, aber Lonna sagt, kommt nicht in Frage. Sie sagt, er sei ein Wechselbalg. Was zum Teufel meint sie damit, Tex? Ein *Wechselbalg*? Na ja, ist auch egal, jedenfalls reden die zwei immer noch nicht miteinander, Lonna und mein Dad. Die beiden stehen so unter Druck, dass du denkst, gleich fliegt das ganze Haus in die Luft.«

Für Roy hörte sich Beatrice' Schilderung wie ein einziger Alptraum an. »Brauchst du was zum Unterkriechen?«, fragte er.

»Nee, geht schon. Dad meint, es geht ihm besser, wenn ich in der Nähe bin.« Beatrice lachte. »Ich sei *gefährlich und verrückt,* hat Lonna zu ihm gesagt. Wahrscheinlich liegt sie gar nicht so verkehrt damit.«

An der Haltestelle traf Beatrice eine ihrer Mannschaftskameradinnen, und die beiden fingen gleich an, über das Spiel vom Vorabend zu reden, das die Mannschaft durch einen Elfmeter von Beatrice gewonnen hatte. Roy hielt sich zurück und sagte nicht viel, aber er spürte die neugierigen Blicke der anderen Schüler. Er war immerhin der Junge, der sich Dana Matherson entgegengestellt und überlebt hatte.

Er war überrascht, als Beatrice Leep sich im Bus neben ihn setzte und nicht zu ihren Mitspielerinnen.

»Gib noch mal die Zeitung her«, flüsterte sie.

Sie las die Anzeige von Mama Paula und sagte: »Jetzt gibt's zwei Möglichkeiten, Tex. Entweder wir sagen's ihm oder wir sagen's ihm nicht.«

»Wir sollten vielleicht mehr tun, als es ihm einfach bloß zu sagen.«

»Mitmachen, meinst du. Das hast du neulich schon gesagt, an dem Abend.«

»Alle gegen einen, so sieht's im Moment aus. Aber ganz allein hat er keine Chance«, meinte Roy.

»Klar. Andererseits enden wir dann vielleicht alle drei in der Erziehungsanstalt.«

»Nicht, wenn wir's clever anstellen.«

Beatrice betrachtete ihn neugierig. »Hast du schon einen Plan, Eberhardt?«

Roy nahm die Kamera seiner Mutter aus dem Rucksack und zeigte sie Beatrice.

»Ich höre«, sagte sie.

Roy legte los.

Er verpasste einen Teil der Klassenlehrerstunde, weil er ins Büro der Stellvertretenden Schulleiterin gerufen wurde.

Das lange, einsame Haar über der Oberlippe von Miss Hennepin war noch lockiger und glänzender als beim letzten Mal. Komischerweise war das Haar jetzt goldblond statt tiefschwarz. Konnte es sein, dass Miss Hennepin es färbte?, fragte sich Roy.

»Man hat uns darüber in Kenntnis gesetzt, dass ein junger Mann am Freitagabend aus der Notaufnahme des Krankenhauses geflüchtet ist«, sagte sie gerade. »Ein junger Mann, der unter einem falschen Namen aufgenommen worden war, und zwar unter deinem Namen. Was kannst du mir darüber sagen, Roy?«

»Ich weiß gar nicht, wie er richtig heißt«, sagte Roy matt. Es war schlau gewesen von Fischfinger, dass er ihm seinen Namen nicht gesagt hatte; dadurch musste Roy jetzt wenigstens nicht schon wieder lügen.

»Und du erwartest allen Ernstes von mir, dass ich dir das glaube?«

»Das ist wirklich wahr, Miss Hennepin.«

»Ist der Junge einer unserer Schüler?«

»Nein, Ma'am«, sagte Roy.

Die Stellvertretende Schulleiterin war sichtlich enttäuscht. Offensichtlich hatte sie gehofft, dass sie selbst für den verschwundenen Flüchtling zuständig war.

»Aber welche Schule besucht dein namenloser Freund dann, Roy?«

Jetzt geht's los, dachte Roy. »Ich glaube, er reist sehr viel herum, Miss Hennepin.«

»Heißt das, er wird zu Hause unterrichtet?«

»So könnte man es sagen.«

Miss Hennepin starrte Roy aufmerksam an. Mit ihrem mageren Zeigefinger strich sie über das glänzende Haar über ihrem Mund. Roy schüttelte sich angeekelt.

»Roy, du weißt, dass es gegen das Gesetz ist, wenn ein Junge in deinem Alter nicht zur Schule geht. ›Verstoß gegen die Schulpflicht‹ nennt man das.«

»Ich weiß.«

»Dann solltest du das deinem Schnellläufer vielleicht mitteilen«, sagte die Stellvertretende Schulleiterin spitz. »Bist du dir darüber im Klaren, dass unser Schuldistrikt spezielle Polizisten hat, die ständig unterwegs sind und sich nach Schulschwänzern umschauen? Und sie machen ihre Arbeit ausgezeichnet, das kannst du mir glauben.«

Diese Polizisten hätten es wohl nicht ganz einfach, wenn sie Fischfinger in den Wäldern und zwischen den Mangroven aufspüren wollten, dachte Roy. Trotzdem machte ihn die Möglichkeit nervös. Was, wenn sie mit Bluthunden und Hubschraubern kamen?

Miss Hennepin trat näher an ihn heran, dabei reckte sie ihren dünnen Hals so hoch, dass sie Roy an einen Bussard erinnerte. »Du hast ihn deinen Namen im Krankenhaus benutzen lassen, stimmt's, Roy? Du hast diesem jugendlichen Straftäter deine Identität geliehen für seine dubiosen Zwecke. »

»Er war von gefährlichen Hunden gebissen worden. Er brauchte einen Arzt.«

»Und ich soll dir glauben, dass das alles war? Im Ernst?«

Roy konnte nur mit den Achseln zucken. »Kann ich jetzt gehen?«

»Für heute ja«, sagte Miss Hennepin, »aber wir sprechen uns noch mal in dieser Sache. Ich weiß, wenn irgendwo etwas faul ist.«

In der Mittagspause lieh er sich Garretts Fahrrad aus und machte sich auf zum Schrottplatz. Niemand sah ihn verschwinden, und das war auch gut so, denn es war den Schülern streng verboten, das Schulgelände ohne besondere Erlaubnis zu verlassen.

Beatrice' Stiefbruder hielt gerade ein Nickerchen, als Roy in den Eiswagen hineinplatzte. Mit nacktem Oberkörper und voller Mückenstiche kroch der Junge aus dem Schlafsack und nahm Roy die Zeitung aus der Hand.

Roy hatte erwartet, dass Fischfinger ausrasten würde, aber stattdessen blieb er überraschend gelassen, fast so, als hätte er mit der Neuigkeit gerechnet. Sorgsam riss er die Anzeige aus und betrachtete sie gründlich, als wäre sie eine Schatzkarte.

»Zwölf Uhr mittags also«, murmelte er.

»Das sind gerade mal vierundzwanzig Stunden«, sagte Roy. »Was machen wir?«

»Wer wir?«

»Du, ich und Beatrice.«

»Vergiss es, Mann. Ich zieh euch beide nicht mit rein in diesen Mist.«

»Jetzt hör mir erst mal zu«, sagte Roy drängend. »Beatrice und ich, wir haben schon darüber gesprochen. Wir wollen dir helfen, die Eulen zu retten. Ganz ehrlich, wir sind wild entschlossen.«

Er packte die Kamera aus und reichte sie dem Jungen. »Ich zeig dir, wie sie funktioniert«, sagte Roy, »es ist ganz einfach.«

»Und was soll ich damit?«

»Wenn du es schaffst, einen von diesen Vögeln zu fotografieren, dann können wir die Pfannkuchenheinis daran hindern, das Grundstück platt zu machen.«

»Das glaubst du doch selbst nicht«, sagte Fischfinger.

»Doch, im Ernst«, sagte Roy. »Ich hab im Internet nachgesehen. Die Eulen sind geschützt – es gibt ein Gesetz, wonach es streng verboten ist, sich an so einem Bau zu schaffen zu machen, außer man hat eine spezielle Genehmigung. Aber die Akte mit den Genehmigungen fehlt im städtischen Bauamt. Was schließen wir daraus?«

Fischfinger betastete die Kamera skeptisch. »Schickes Ding«, sagte er. »Aber für so was ist jetzt keine Zeit mehr, Tex. Jetzt wird mit härteren Bandagen gekämpft.«

Aber Roy gab nicht nach. »Nein, hör mir doch mal zu! Wenn wir einen Beweis vorlegen, dann können die mit ihrem Projekt einpacken. Wir brauchen nichts weiter als ein einziges lausiges Foto von einer kleinen Eule –«

»Du solltest jetzt mal gehen«, sagte der Junge. »Ich hab zu tun.«

»Aber du kannst dich doch nicht ganz allein mit diesen Pfannkuchentypen anlegen. Ausgeschlossen. Ich geh hier nicht weg, bis du's dir anders überlegt hast.«

»Du sollst verschwinden, hab ich gesagt!« Fischfinger packte Roy am Arm, drehte ihn um hundertachtzig Grad herum und stieß ihn zur Tür hinaus.

Roy landete auf allen vieren im heißen Kies. Er war leicht verwirrt; er hatte ganz vergessen, wie stark der Junge war.

»Ich hab dir und meiner Schwester schon genug Ärger gemacht. Von jetzt ab ist das *mein* Krieg.« Beatrice' Stiefbruder stand trotzig in der Tür; seine Wangen waren gerötet, seine Augen funkelten wild. In der rechten Hand hielt er Mrs. Eberhardts Digitalkamera.

Roy zeigte darauf und sagte: »Behalt sie erst mal.«

»Du bist doch nicht bei Trost. Ich komm mit solchen blöden Dingern nie zurecht.«

»Ich zeig's dir –«

»Ach was«, sagte Fischfinger und schüttelte den Kopf. »Geh mal wieder zurück zu deiner Schule. Ich hab zu tun.«

Roy stand auf und wischte sich den Staub von der Hose. Er fühlte einen dicken Kloß im Hals, aber er war fest entschlossen, nicht zu weinen.

»Du hast schon genug getan«, sagte der Schnellläufer, »mehr, als ich erwartet hätte.«

Es gab bestimmt eine Million Dinge, die Roy gern gesagt hätte, aber das Einzige, was er herausbrachte, war: »Viel Glück morgen.«

Fischfinger zwinkerte ihm zu und reckte einen Daumen hoch.

»Ciao, Roy«, sagte er.

In der Zeitung standen an diesem Tag gleich mehrere Artikel, die sich ausgesprochen gut zur Diskussion geeignet hätten.

Ein vermisster US-amerikanischer Soldat war in den

pakistanischen Bergen gerettet worden. In Boston hatte ein Arzt ein neues Medikament zur Behandlung von Leukämie entdeckt. Und in Naples im Bundesstaat Florida war ein Beamter festgenommen worden, weil er von einem Unternehmen, das dort einen Golfplatz anlegen wollte, fünftausend Dollar Schmiergeld angenommen hatte.

Aber als Roy an die Reihe kam, sein Thema vorzutragen, wählte er keines davon. Stattdessen hielt er die Zeitung hoch und zeigte auf die Seite, aus der Fischfinger Mama Paulas Anzeige ausgerissen hatte.

»Fast jeder isst gerne Pfannkuchen«, begann Roy, »ich auch. Und wie! Und als ich zum ersten Mal davon hörte, dass Mama Paula hier in Coconut Cove eine Filiale eröffnet, da fand ich das einfach cool.«

Mehrere Kinder nickten grinsend. Eines der Mädchen tat so, als wäre sie hungrig, und rieb sich den Magen.

»Auch als ich mitbekam, wo das Restaurant gebaut werden sollte – auf dem großen leeren Grundstück an der Ecke Woodbury und East Oriole –, fand ich noch alles ganz in Ordnung«, sagte Roy. »Aber eines Tages hat mich ein Freund dahin mitgenommen und mir etwas gezeigt, und seitdem sehe ich die Sache total anders.«

Auf einmal war die Klasse ganz still. Noch nie zuvor hatten sie ihren neuen Mitschüler so viel reden hören.

»Was er mir gezeigt hat, war eine Eule«, fuhr Roy fort, »ungefähr so groß.«

Er zeigte zwischen zwei Fingern einen Abstand von etwa zwanzig Zentimetern. »Als wir noch in Montana gelebt haben, da habe ich ganz oft Eulen gesehen, aber nie so kleine. Und die hier war nicht mal ein Küken, sondern schon ausgewachsen! Sie schaute ganz starr und ernst drein, fast wie ein winziger Spielzeuglehrer.«

Die Klasse lachte.

»Sie heißen Kanincheneulen, weil sie tatsächlich unter der Erde leben«, erzählte Roy weiter, »und zwar in Erdlöchern, die von Schildkröten und Gürteltieren gegraben wurden. Und ein paar von diesen Eulenfamilien wohnen nun genau auf diesem Grundstück Ecke Woodbury und East Oriole. Sie haben ihre Nester in den Höhlen gebaut und ziehen da ihre Jungen groß.«

Einige von Roys Mitschülerinnen und Mitschülern rutschten unruhig auf ihren Stühlen herum. Manche fingen an, miteinander zu flüstern, andere schauten den Lehrer an. Mr. Ryan saß nachdenklich an seinem Pult und stützte das Kinn auf eine Hand.

»Roy«, sagte er sanft, »das ist sicher ein wunderbares Thema für Biologie oder auch für Sozialkunde, aber vielleicht nicht für unsere Diskussionsrunde über aktuelle Ereignisse.«

»Und ob das ein aktuelles Ereignis ist«, widersprach Roy. »Morgen Mittag um zwölf passiert es nämlich, Mr. Ryan.«

»Was passiert da?«

»Sie fangen an, das Gelände zu planieren für das

neue Pfannkuchenhaus. Das wird ein richtig großes Fest oder so was«, sagte Roy. »Die Frau, die im Fernsehen immer die Mama Paula spielt, kommt auch. Und der Bürgermeister. Steht in der Zeitung.«

Ein rothaariges Mädchen in der ersten Reihe hob die Hand. »Schreibt die Zeitung irgendwas über die Eulen?«

»Nein«, antwortete Roy, »nicht ein Wort.«

»Aber was passiert dann mit ihnen?«, rief ein sommersprossiger Junge von hinten.

»Das kann ich euch sagen.« Roy schaute Mr. Ryan an. »Diese Maschinen begraben sämtliche Erdlöcher unter sich und alles, was darin ist.«

»Das können die doch nicht machen!«, rief das rothaarige Mädchen, und alle fingen aufgeregt an, untereinander zu reden, bis Mr. Ryan sie aufforderte, still zu sein und Roy zu Ende sprechen zu lassen.

»Die erwachsenen Eulen werden vielleicht versuchen wegzufliegen«, sagte Roy, »aber vielleicht bleiben sie auch in den Höhlen, weil sie ihre Jungen schützen wollen.«

»Aber dann sterben sie doch!«, rief der sommersprossige Junge.

»Wieso können diese Pfannkuchenleute das einfach machen?«, wollte ein anderer wissen.

»Ich weiß es nicht«, sagte Roy, »aber es ist gegen das Gesetz und es ist auch nicht richtig.«

Hier unterbrach ihn Mr. Ryan entschieden. »Warte mal, Roy, was meinst du damit: ›Es ist gegen das Gesetz‹? Du musst sehr vorsichtig sein mit so schwerwiegenden Anschuldigungen.«

Aufgeregt erklärte Roy, dass die Kanincheneulen sowohl nach Bundesgesetzen als auch nach den Gesetzen des Staates Florida unter Schutz stünden und dass es illegal sei, den Vögeln etwas zu tun oder in ihren Lebensraum einzugreifen, wenn man nicht eine spezielle Genehmigung der Regierung habe.

»Ah ja, gut«, sagte Mr. Ryan. »Aber was sagt das Pfannkuchenunternehmen dazu? Ich bin sicher, dass es die nötige Genehmigung eingeholt hat und –«

»Die Akte fehlt«, fiel ihm Roy ins Wort, »und der Wachmann hat versucht mir weiszumachen, dass es keine Eulen auf dem Gelände gibt, nicht eine einzige. Und das ist gelogen!«

In der Klasse begann wieder allgemeines Gerede.

»Morgen Mittag um zwölf«, fuhr Roy fort, »geh ich dahin, um ... na ja, ich will einfach, dass die Leute von Mama Paula wissen, dass es irgendjemanden gibt in Coconut Cove, dem diese Vögel nicht egal sind.«

Mr. Ryan räusperte sich. »Das ist eine heikle Situation, Roy. Ich kann mir vorstellen, wie aufgeregt und frustriert du bist, aber ich muss dich daran erinnern, dass Schüler das Schulgelände nicht ohne Erlaubnis verlassen dürfen.«

»Dann lass ich mir von meinen Eltern eine Entschuldigung geben«, sagte Roy.

Der Lehrer schmunzelte. »Das wäre eine Möglichkeit«, sagte er. Die Klasse erwartete, dass er noch mehr sagte, aber das tat er nicht.

»Schaut mal«, sagte Roy, »jeden Tag lesen wir etwas über ganz normale Leute, die Geschichte gemacht haben, weil sie aufgestanden sind und gekämpft haben für etwas, woran sie glaubten. Okay, ich weiß, wir reden hier nur über ein paar kleine Eulen, und ich weiß auch, wie wild alle auf Pfannkuchen von Mama Paula sind, aber was da passiert, ist einfach schlimm. Total schlimm.«

Roys Kehle war so trocken wie Präriestaub und sein Hals fühlte sich heiß an.

»Jedenfalls«, murmelte er noch, »das Ganze findet morgen Mittag um zwölf statt.«

Damit setzte er sich.

Ein langes Schweigen breitete sich in der Klasse aus. In Roys Ohren dröhnte es wie ein Zug.

19

»Ich mache mir Sorgen wegen der Eulen«, sagte Officer Delinko zu Curly.

»Was für Eulen?«

Es war dunkel geworden auf dem Bauplatz und die Schwalben schossen kreuz und quer durch die Luft auf der Jagd nach Mücken. Morgen war der große Tag.

»Nun tun Sie mal nicht so«, sagte der Polizist. »Ich hab sie mit eigenen Augen gesehen. Gibt es denn keine Möglichkeit, sie umzusiedeln, irgendwohin, wo sie sicher sind?«

»Soll ich Ihnen einen Rat geben?«, fragte Curly. »Denken Sie einfach nicht dran. Machen Sie's so wie ich, schieben Sie den Gedanken einfach von sich weg.«

»Das kann ich nicht, das ist ja das Problem.«

Curly zeigte mit dem Daumen auf den Bauwagen. »Wollen Sie mal 'ne Pause einlegen? Ich hab den neuen Film von Jackie Chan da.«

Officer Delinko konnte nicht verstehen, wie der Wachmann das mit den Eulen so locker hinnehmen konnte. Er fragte sich, ob der andere sich einfach bloß als Macho aufspielen wollte. »Haben Sie Ihren Leuten gesagt, dass diese Vögel hier sind?«, fragte er.

»Welchen Leuten?«

»Na, denen von der Pfannkuchenfirma. Vielleicht wissen die ja nichts davon.«

Curly schnaubte verächtlich. »Wollen Sie mich auf den Arm nehmen? Klar wissen die das, alles. Aber das ist doch nicht Ihr Problem. Wir können sowieso nichts machen, selbst wenn wir wollten.«

Curly ging zu seinem Bauwagen hinüber, während Officer Delinko weiter auf dem Gelände Streife ging. Jedes Mal, wenn er an einem Erdloch vorbeikam, leuchtete er mit der Taschenlampe hinein, aber er sah keine Eulen. Er hoffte, die Vögel hätten bereits gespürt, dass irgendetwas Schreckliches bevorstand, und deswegen das Weite gesucht, aber so richtig glauben konnte er es nicht.

Kurz nach Mitternacht hörte Officer Delinko, wie Curly zur Tür herauskam und nach ihm rief. Der Wachmann behauptete, er sei von einem Geräusch aufgewacht. Es habe sich so angehört, als sei jemand über den Zaun gestiegen.

Mit gezogener Waffe suchte der Polizist das Grundstück sorgfältig ab; sogar unter dem Bauwagen und auf dem Dach schaute er nach. Aber alles, was er entdecken konnte, waren Opossumspuren im Sand.

»Hat sich aber viel größer angehört als 'n Opossum«, sagte Curly mürrisch.

Später, als Officer Delinko gerade seine dritte Thermoskanne mit Kaffee aus dem Streifenwagen holte, kam es ihm so vor, als sähe er am anderen Ende mehrmals kurz hintereinander ein weißes Licht aufblitzen. Es erinnerte ihn an Unfälle spät in der Nacht, wenn der Polizeifotograf seine Aufnahmen machte.

Aber als Officer Delinko zu der Stelle rannte, wo er die Blitze gesehen hatte, konnte er nichts Ungewöhnliches entdecken. Es musste eine Art Wetterleuchten gewesen sein.

Der Rest der Nacht verging ohne weitere Ereignisse. Der Polizist blieb hellwach.

Beim Frühstück fragte Roy seine Mutter, ob er in der Mittagspause die Schule verlassen dürfe. Er hatte angenommen, sie würde eher ja sagen als sein Vater, aber sie überraschte ihn.

»Ich weiß nicht, ob es so eine gute Idee ist, wenn du zu dieser Feier gehst.«

»Aber, Mom –«

»Mal sehen, wie dein Vater darüber denkt.«

Na ja, dachte Roy, das war's dann wohl.

Kaum saß Mr. Eberhardt am Tisch, berichtete ihm seine Frau auch schon von Roys Wunsch.

»Klar, warum nicht?«, sagte Mr. Eberhardt. »Ich schreib ihm eine Entschuldigung.«

Roy blieb der Mund offen stehen. Von seinem Vater hatte er genau die gegenteilige Reaktion erwartet.

»Aber du musst versprechen, dich vernünftig aufzuführen«, sagte Mr. Eberhardt, »ganz egal, wie dich die Sache aufregt.«

»Versprochen, Dad.«

Später verstaute der Vater Roys Rad im Kofferraum und fuhr Roy zur Schule. Als er ihn absetzte, fragte er: »Glaubst du, dein Freund kommt heute auch – Beatrice' Stiefbruder?«

»Vermutlich«, sagte Roy.

»Ganz schön riskant.«

»Ich weiß, Dad. Ich hab versucht, ihm das klarzumachen.«

»Pass auf dich auf«, sagte Mr. Eberhardt nachdrücklich, »und sei schlau.«

»Yes, Sir.«

Beatrice Leep wartete schon vor Roys Klassenzimmer. Ihr lockiges Haar war feucht, so als wäre sie eben aus der Dusche gekommen.

»Nun?«, sagte sie.

»Ich hab 'ne Entschuldigung. Und du?«

Beatrice zeigte eine knittrige Papierserviette, auf die jemand mit roter Tinte etwas gekritzelt hatte. »Ich hab meinen Alten geweckt und ihn gefragt. Der war noch so im Tiefschlaf, der hätte alles unterschrieben«, sagte sie. »Ich hätte mir 'nen Scheck über tausend Dollar ausstellen sollen.«

»Damit dürfte für heute Mittag alles klar sein«, sagte

Roy. Und etwas leiser fügte er hinzu: »Ich bin bei deinem Bruder gewesen. Er hat mich rausgeschmissen.«

Beatrice zuckte mit den Achseln. »Was soll ich dazu sagen? Manchmal ist er einfach unmöglich.«

Sie kramte in ihrer Tasche und brachte die Kamera zum Vorschein, die Roys Mutter gehörte. »Die hat er gestern Abend noch vorbeigebracht, ganz spät, als Lonna und Dad schon schliefen. Er sagt, er hat die Bilder gemacht, die du haben wolltest. Ich hab versucht, mal 'nen Blick drauf zu werfen, aber ich hab nicht gerafft, wie das verdammte Ding funktioniert.«

Wortlos packte Roy die Kamera und legte sie in sein Schließfach.

»Drück uns bloß die Daumen«, sagte Beatrice noch, bevor sie vom Strom der Mitschüler im Gang verschluckt wurde.

Roy konnte sich den ganzen Vormittag über vor Aufregung kaum konzentrieren und fragte sich immer wieder, ob sein Plan wohl klappen würde.

Um viertel vor elf fuhr eine schwarze Stretchlimousine vor dem leeren Grundstück vor. Der Fahrer stieg aus und öffnete eine der Türen. Eine Weile geschah gar nichts, dann kam ein groß gewachsener Mann mit welligem Silberhaar zum Vorschein. Er trug eine weiße Hose mit Bügelfalten und einen dunkelblauen Blazer mit einem aufgenähten Abzeichen auf der Brusttasche.

Hinter seiner enormen Sonnenbrille sah sich der Mann ungeduldig um. Dann schnipste er kurz mit den Fingern in die Richtung von Officer Delinko, der soeben seinen Streifenwagen aufschloss.

Der Polizist hatte nicht gemerkt, dass man ihn rief. Er hatte jetzt frei, nachdem er vierzehn Stunden lang stramm Wache geschoben hatte. Curly war kurz nach Hause gegangen, um zu duschen und sich zu rasieren, und Officer Delinko hatte versprochen, solange ein Auge auf die Maschinen zu halten, die inzwischen neue Sitze bekommen hatten. Doch jetzt war Curly wieder da – mit Jackett und Krawatte, allen Ernstes! – und der Polizist konnte gehen. Er hatte keine Lust, bis zu dieser blöden Feier auf dem Platz herumzuhängen.

»Officer!« Der silberhaarige Mann machte ihm jetzt unübersehbare Zeichen. »He, Officer, kommen Sie mal her!«

Officer Delinko näherte sich der Limousine und fragte, was los sei. Der Mann stellte sich als Chuck E. Muckle, Stellvertretender Direktor oder so was Ähnliches bei *Mama Paulas Pfannkuchenhaus AG* vor. Vertraulich fügte der Mann hinzu: »Wir bräuchten mal diskrete Unterstützung.«

»Also, ich bin nicht mehr im Dienst«, erklärte Officer Delinko, »aber ich ruf gern einen Kollegen.« Er war so erschöpft von der langen schlaflosen Nacht, dass er kaum noch in der Lage war zu sprechen.

»Haben Sie eine Ahnung, wer hier im Auto sitzt?«,

fragte Chuck Muckle und wies mit dem Kopf auf die Limousine.

»Nein, Sir.«

»Miss Kimberly Lou Dixon.«

»Wie nett«, sagte Officer Delinko lahm.

»*Die* Kimberly Lou Dixon.«

»Na so was.«

Chuck Muckles gerötetes Gesicht rückte näher heran. »Sie haben wohl keine Ahnung, von wem ich rede, Officer, oder?«

»Nicht die Spur, Sir. Nie gehört von der Dame.«

Der Stellvertretende Direktor des Unternehmens verdrehte die Augen und fing an zu erklären, wer Kimberly Lou Dixon sei und wieso sie den weiten Weg von Beverly Hills in Kalifornien bis nach Coconut Cove in Florida auf sich genommen habe.

»Und nun müsste sie sich mal die Nase pudern«, sagte Chuck Muckle, »und zwar ein bisschen dringend.«

»Die Nase pudern?«, fragte Officer Delinko verwirrt.

»Na ja, Sie verstehen schon. Ein bisschen frisch machen!« Chuck Muckle riss fast der Geduldsfaden. »Ist das denn so schwer zu begreifen, Officer? Die Dame muss auf den Topf – verstehen Sie mich so vielleicht besser?«

»Kapiert.« Officer Delinko wies auf Curlys Bauwagen. »Kommen Sie mal mit.«

Als Kimberly Lou Dixon aus der Limousine stieg,

war Officer Delinko total überrascht, wie jung sie aussah, verglichen mit der faltigen Großmutter in der Fernsehwerbung. Kimberly Lou hatte leuchtend grüne Augen und üppiges kastanienrotes Haar, dazu milchweiße, pfirsichglatte Haut – eine rundum reizende und kultivierte Lady, dachte Officer Delinko.

Dann machte sie den Mund auf.

»Ich muss mal pullern«, verkündete sie mit einer Stimme wie Schmirgelpapier. »Zeigst du mir, wo's langgeht, Süßer?«

Die Schauspielerin trug Stöckelschuhe, einen schwarzen Rock und eine blasse Seidenbluse. Über ihrer Schulter hing eine Einkaufstasche aus Leder.

Curly brachte kein Wort heraus, als er die Tür zum Bauwagen öffnete. Ohne ein Wort zu sagen, schritt Kimberly Lou Dixon an ihm vorbei zur Toilette.

»Kann ich mich hier umziehen?«, fragte sie mit ihrer heiseren Stimme.

»Umziehen? Ich würde sagen, Sie sehen verdammt gut aus so.«

»Sie muss sich doch als Mama Paula kostümieren«, erklärte Officer Delinko. »Sie ist mit so einem Typen gekommen, und der hat gefragt, ob sie deinen Bauwagen als Garderobe benutzen kann.«

»Jederzeit«, sagte Curly mit verträumter Miene.

Im Türrahmen erschien der Umriss eines Mannes, und gleich darauf wehte der ölige Duft seines Rasierwassers herein. »Aha, Sie sind vermutlich der unvergleichliche Leroy Branitt«, knurrte jemand. Den ironischen Tonfall kannte Curly nur allzu gut.

In ihm krampfte sich alles zusammen. Officer Delinko machte den Weg frei und stellte vor: »Der Herr ist von der Restaurantkette.«

»Das hab ich mir schon gedacht«, sagte Curly. Er streckte Chuck Muckle die rechte Hand entgegen, aber der starrte darauf, als wäre sie ein toter Fisch.

»Bitte sagen Sie mir, Mr. Branitt, dass Sie keine schlechten Nachrichten für mich haben, die mir diesen wunderschönen tropischen Morgen verderben könnten. Sagen Sie mir, dass hier in Coconut Cove alles superduper ist.«

»Alles in Ordnung, Sir«, sagte Curly. »Zwei Nächte lang haben wir hier Wache geschoben, der Polizist und ich, und es war total friedlich, wie in einer Kirche. Stimmt's, David?«

»Stimmt«, sagte Officer Delinko.

Chuck Muckle setzte die Sonnenbrille ab und beäugte den Polizisten misstrauisch. »Sie sind nicht zufällig derselbe geniale Mensch, der hier im Auto eingeschlafen ist, während draußen dieser Vandale mit unseren Vermessungspfosten Blödsinn getrieben hat, oder?«

So neugierig Officer Delinko auch darauf war, Kimberly Lou Dixon gleich als Mama Paula zu sehen, so sehr wünschte er sich in diesem Moment ganz weit weg.

»Derselbe geniale Mensch«, fuhr Chuck Muckle fort, »dessen leichtsinnige Schlafgewohnheiten dazu geführt haben, dass in einem Zeitungsartikel der gute Name, der gute Ruf von Mama Paula beschmiert wurden? Waren Sie das?«

»Ja, kann schon sein«, sagte Curly.

Officer Delinko warf dem Wachmann einen wütenden Blick zu. Dann sagte er zu Mr. Muckle: »Es tut mir wirklich aufrichtig Leid, Sir.« Aber mehr meinetwegen als Ihretwegen, fügte er in Gedanken hinzu.

»Es erstaunt mich einigermaßen, dass Sie Ihren Job noch immer haben«, bemerkte Chuck Muckle. »Ihr Polizeichef muss ein mildtätiger Mensch sein. Entweder das oder er braucht händeringend Leute.«

Endlich raffte sich Curly auf, etwas zugunsten des Polizisten zu sagen: »Officer Delinko ist derjenige, der mir neulich abends geholfen hat, den Einbrecher zu fassen!«

Das war nun wirklich eine schamlose Übertreibung von Curlys Anteil an der Festnahme von Dana Matherson, und Officer Delinko wollte die Sache gerade richtig stellen, als Kimberly Lou Dixon wie eine Rakete aus der Toilette geschossen kam.

»Sie haben aber 'ne Masse Kakerlaken da drin, will ich Ihnen mal sagen!«

»Das sind keine Kakerlaken, das sind Grillen«, sagte Curly. »Keine Ahnung, wo die auf einmal alle hergekommen sind.«

Er schob sich an Officer Delinko und Chuck Muckle vorbei und machte sich selbst mit der Schauspielerin bekannt. »Ich bin der Überwachungsingenieur des Bauvorhabens, Miss Dixon, und wollte Ihnen gern sagen, dass ich alle Ihre Filme gesehen habe.«

»Alle beide, meinen Sie?« Kimberly Lou Dixon strich ihm über den glänzenden Schädel. »Machen Sie sich nichts draus, Mr. Branitt, ich find's trotzdem richtig goldig von Ihnen.«

»Ach ja, und ich kann's kaum erwarten, bis Ihr neuer Film draußen ist – ›Mutierende Invasoren von Saturn Elf‹. Ich steh auf Science Fiction, wissen Sie.«

»›Jupiter Sieben‹«, unterbrach ihn Chuck Muckle. »Der Film heißt ›Mutierende Invasoren von Jupiter Sieben‹.«

»Meinetwegen«, sagte Curly. »Jedenfalls sind Sie bestimmt ganz großartig als Königin der Grashüpfer.«

»Garantiert. Ich schreib schon an meiner Dankesrede für die Oscarverleihung.« Die Schauspielerin warf einen Blick auf ihre diamantbesetzte Armbanduhr.

»Hört mal, Jungs, ich sollte mal ein bisschen voranmachen und mich in die entzückende alte Mama Paula verwandeln. Könnte einer von euch Schätzchen mir vielleicht den Koffer aus der Limousine holen?«

20

In einer kleineren Limousine fuhren der Bürgermeister von Coconut Cove sowie der Präsident der Handelskammer am Bauplatz vor. Gleich danach kam ein Übertragungswagen eines örtlichen Fernsehsenders, gefolgt von einem Pressefotografen.

Arbeiter des städtischen Bauamtes banden rote, weiße und blaue Fähnchen an den Zaun und befestigten ein handbeschriftetes Transparent, auf dem zu lesen war:

WILLKOMMEN, MAMA PAULA!

Um zehn vor zwölf trafen Roy und Beatrice ein; dieses Mal saß sie auf dem Lenker und er trat in die Pedale. Die Kamera hatte er sorgfältig im Rucksack verstaut. Beide waren total überrascht, als sie sahen, dass sie nicht die Einzigen waren – der sommersprossige Junge war schon da, das rothaarige Mädchen auch und mindestens der halbe Geschichtskurs von Mr. Ryan. Etliche hatten ihre Eltern mitgebracht.

»Sag mal, was hast du denen gestern eigentlich erzählt?«, fragte Beatrice. »Hast du ihnen kostenlose Pfannkuchen versprochen, oder was?«

»Ich hab nur von den Eulen erzählt, das war alles«, sagte Roy.

Die nächste freudige Überraschung war, dass ein Kleinbus der Sportmannschaften ihrer Schule vorfuhr und die Spielerinnen aus Beatrice' Fußballmannschaft heraushüpften. Einige von ihnen hatten Plakate dabei.

Roy grinste Beatrice an, aber die zuckte nur mit den Achseln, als wäre nichts dabei. Beide suchten die immer größer werdende Menge ab, doch von Beatrice' flüchtigem Stiefbruder war nichts zu sehen.

Auch von den Eulen zeigte sich keine, aber das wunderte Roy nicht. Bei so viel Lärm und Unruhe lag es nahe, dass die Vögel lieber unter der Erde blieben, wo es dunkel und sicher war. Roy wusste, dass die Pfannkuchenleute sich genau darauf verließen: dass die Eulen viel zu viel Angst haben würden, um aus ihren Löchern zu kommen.

Um Viertel nach zwölf schwang die Tür des Bauwagens auf. Als Erster kam ein Polizist heraus und Roy erkannte ihn gleich: Es war Officer Delinko. Ihm folgten der glatzköpfige Wachmann, der immer so schlecht gelaunt war, und schließlich ein hochnäsig aussehender Typ mit silbrigem Haar und einer lächerlichen Sonnenbrille.

Ganz zum Schluss kam Mama Paula, die aus der Fernsehwerbung. Sie trug eine schimmernde graue Perücke, eine Brille mit einem Drahtgestell und eine

Baumwollschürze. Einige Leute klatschten zur Begrüßung und sie winkte etwas lahm.

Die vier gingen gemeinsam zu einer rechteckigen Freifläche, die mitten auf dem Grundstück mit Seilen abgetrennt worden war. Der Silberhaarige bekam ein Mikrofon gereicht und stellte sich vor als Chuck E. Muckle, Stellvertretender Direktor in der Hauptverwaltung von Mama Paula. Er nahm sich ungeheuer wichtig, das sah Roy gleich.

Ohne den Wachmann und den Polizisten weiter zu beachten, ging Mr. Muckle gleich dazu über, einige der lokalen Größen vorzustellen – den Bürgermeister, einen Abgeordneten des Gemeinderats und den Präsidenten der Handelskammer.

»Ich kann Ihnen gar nicht sagen, wie stolz und entzückt wir sind, dass unser 469. Familienrestaurant hier in Coconut Cove entstehen wird«, sagte Mr. Muckle. »Herr Bürgermeister, Herr Abgeordneter, und auch Sie, alle diese wunderbaren Menschen, die heute, an diesem prachtvollen Tag, unserer Einladung gefolgt sind ... Ich bin gekommen, um Ihnen zu versprechen, dass Mama Paula immer eine gute Bürgerin dieses Ortes sein wird und Ihnen allen eine gute Freundin, eine gute Nachbarin.«

»Es sei denn, man ist eine Eule!«, sagte Roy.

Aber das hörte Mr. Muckle nicht. Er winkte den Schülern zu und sagte: »Ich bin ganz besonders begeistert, so viele sympathische junge Menschen hier zu sehen. Dies ist ein historischer Moment für eure Stadt – unsere Stadt, wie ich vielleicht sagen darf –, und wir freuen uns, dass ihr euch kurz von der Schule freimachen konntet, um hier mit uns zu feiern.«

Er schwieg einen Moment und lachte etwas künstlich. »Aber ich denke, die meisten von euch werden wir wiedersehen, sobald das Restaurant eröffnet hat und Mama Paula eifrig in der Küche wirkt. Sagt mal – wer von euch isst denn gerne Süßholzpfannkuchen?«

Es war ein peinlicher Moment. Nur der Bürgermeister und der Abgeordnete hoben ihre Hände. Die Mädchen aus der Fußballmannschaft hielten ihre Plakate mit der leeren Seite nach vorn und warteten darauf, dass Beatrice ihnen ein Zeichen gab.

Mr. Muckle kicherte nervös. »Mama Paula, meine Liebe, ich denke, es ist so weit. Sollen wir zur Tat schreiten?«

Alle stellten sich für die Fernsehkamera und den Pressefotografen nebeneinander in Positur – der Stellvertretende Direktor des Unternehmens, der Bürgermeister, Mama Paula, der Abgeordnete Mr. Grandy und der Chef der Handelskammer.

Goldlackierte Schaufeln wurden ausgeteilt, und auf ein Zeichen von Mr. Muckle hin beugten sich die Promis freundlich lächelnd vor und hoben eine Schaufel voll Sand aus. Wie auf Kommando brach mitten in der Menge ein Grüppchen städtischer Angestellter in Jubelrufe aus und fing an zu klatschen.

Es war der größte Schwindel, den Roy je erlebt hatte. Er konnte nicht glauben, dass irgendwer das im Fernsehen bringen oder in der Zeitung darüber schreiben würde.

»Diese Leute«, sagte Beatrice, »sind so was von unecht.«

Sobald alle Fotos geschossen waren, ließ Mr. Muckle die Schaufel fallen und schnappte sich wieder das Mikrofon. »Bevor die Bagger und Bulldozer loslegen, möchte Mama Paula noch ein paar Worte zu Ihnen sagen.«

Mama Paula sah nicht gerade besonders glücklich aus, als sie das Mikro in die Hand gedrückt bekam. »Es ist richtig schön hier in Ihrer Stadt«, sagte sie. »Wir sehen uns alle wieder bei der großen Eröffnung im Frühjahr –«

»Ganz sicher nicht!«

Dieses Mal kamen die Worte ganz laut aus Roys Mund und keiner war überraschter als er selbst. Unruhe ging durch das Publikum, und Beatrice rückte gleich ein Stück näher, weil sie mehr oder weniger erwartete, dass irgendjemand auf Roy losgehen würde.

Die als Mama Paula kostümierte Schauspielerin schien ärgerlich. Sie spähte über den Rand ihres billigen Drahtgestells in die Menge. »Wer war das?«

Roy hob automatisch den rechten Arm. »Ich, Mama Paula«, rief er. »Wenn Sie auch nur einer unserer Eulen was tun, dann ess ich keinen einzigen mehr von Ihren blöden Pfannkuchen.«

»Wovon redest du eigentlich? Was für Eulen denn?«

Chuck Muckle wollte ihr das Mikrofon wegreißen, aber Mama Paula machte eine heftige Bewegung mit dem Ellbogen und traf ihn mitten in den Bauch. »Weg da, Chuckie«, raunzte sie ihn an.

»Schauen Sie doch selber nach!«, rief Roy und zeigte mit ausgestrecktem Arm über den Platz. »Überall, wo Sie hier ein Loch im Boden sehen, wohnt eine Eule. Die bauen da ihre Nester und legen ihre Eier hinein. Die Löcher sind ihr Zuhause.«

Mr. Muckle lief puterrot an. Der Bürgermeister schaute hilflos in die Gegend, der Abgeordnete schien gleich in Ohnmacht zu fallen, und der Mensch von der Handelskammer sah aus, als hätte er in ein Stück Seife gebissen.

Inzwischen redeten die Eltern der Kinder aufgeregt miteinander und zeigten auf die Erdlöcher. Einige der Schülerinnen und Schüler skandierten Sprüche, um Roy zu unterstützen, und Beatrice' Mannschaftskameradinnen schwenkten ihre Plakate.

Auf einem stand: MAMA PAULA GEHT ÜBER EULENLEICHEN! Auf einem anderen: VOGELMÖRDER RAUS! Ein drittes trug die Aufschrift: FREIHEIT FÜR DIE EULEN, MAMA PAULA AB INS LOCH!

Während der Pressefotograf Fotos von den Demonstranten schoss, flehte Mama Paula: »Aber ich will doch euren Eulen nichts tun! Ehrlich, ich kann keiner Fliege was zuleide tun!«

Chuck Muckle erwischte endlich doch noch das Mikrofon und ließ eine heftige Schimpfkanonade gegen Roy los: »Junger Mann, du solltest dich lieber erst mal über die Fakten informieren, bevor du solche empörenden und verleumderischen Beschuldigungen in die Welt setzt. Es gibt hier keine Eulen, nicht eine einzige. Diese alten Erdlöcher sind seit Jahren verlassen!«

»Ach ja?« Roy griff in seinen Rucksack und zog die Kamera seiner Mutter hervor. »Ich hab Beweise!«, rief er. »Hier drin!«

Seine Mitschüler johlten und schrien hurra. Chuck Muckles Gesicht sah auf einmal ganz grau und eingefallen aus. Mit ausgestreckten Händen ging er auf Roy zu. »Zeig mal her!«

Roy duckte sich weg und schaltete die Kamera ein. Dann hielt er den Atem an. Er hatte keine Ahnung, was er da sehen würde.

Er drückte auf den Knopf, um das erste Foto anzuschauen, das Fischfinger gemacht hatte. Im selben Moment, als das verwackelte, schiefe Bild auf dem Display erschien, wusste Roy, dass er in der Patsche saß.

Es war die Fotografie eines Fingers.

Ängstlich klickte er auf das zweite Bild, und was er jetzt zu sehen bekam, war auch nicht ermutigender: ein dreckiger nackter Fuß. Roy wusste gleich, zu wem der gehörte.

Beatrice' Stiefbruder hatte viele Begabungen, aber das Fotografieren gehörte ganz offensichtlich nicht dazu.

Verzweifelt drückte Roy noch einmal auf den Knopf und ein drittes Bild erschien. Dieses Mal war eindeutig irgendetwas anderes als ein menschlicher Körperteil zu sehen – ein ziemlich weit entferntes, fedriges Etwas, das nur ungleichmäßig vom Blitzlicht der Kamera erfasst worden war.

»Hier!«, schrie Roy. »Schauen Sie selbst!«

Chuck Muckle riss ihm die Kamera aus der Hand und warf einen flüchtigen Blick auf das Foto, bevor er in höhnisches Gelächter ausbrach. »Was soll das denn darstellen?«

»Das ist eine Eule!«, sagte Roy.

Es war auch eine Eule, Roy war sich ganz sicher. Blöderweise musste der Vogel gerade den Kopf weggedreht haben, als Fischfinger abdrückte.

»Sieht mir eher aus wie ein Lehmklumpen«, sagte Chuck Muckle. Er hielt die Kamera hoch, damit die Zuschauer in der ersten Reihe das Display sehen konnten. »Der Junge hat wohl viel Fantasie, was?«, sagte er schneidend. »Wenn das eine Eule ist, bin ich ein Weißkopfadler.«

»Aber das *ist* eine Eule«, beharrte Roy. »Und dieses Foto ist gestern Abend hier auf dem Grundstück aufgenommen worden.«

»Das beweis erst mal!«, spottete Chuck Muckle.

Roy wusste nicht, was er darauf antworten sollte. Einen Beweis hatte er nicht.

Die Kamera seiner Mutter wurde herumgereicht, und als sie zurückkam, wusste Roy, dass die meisten Leute sich nicht wirklich sicher waren, ob sie nun einen Vogel gesehen hatten. Nicht einmal Beatrice war sich sicher; sie drehte die Kamera einmal ganz herum, um irgendetwas zu entdecken, was eindeutig auf eine Eule schließen ließ.

Roy war am Boden zerstört – die Bilder, die Fischfinger aufgenommen hatte, waren nutzlos. Ein so verschwommenes Beweisstück würde niemals ausreichen, um den Bau des Restaurants zu verbieten.

»Vielen Dank, dass Sie gekommen sind«, sagte Mr. Muckle durch das Mikrofon zu den Zuschauern, »und vielen Dank auch für Ihre Geduld während dieser ziemlich … rücksichtslosen Unterbrechung. Meine lieben Pfannkuchenfans, wir sehen uns alle wieder, und zwar im nächsten Frühjahr, zu einem herzhaften Frühstück. Damit ist die heutige Veranstaltung beendet.«

Die Schüler von der Trace Middle School schauten starr auf Beatrice und Roy, die aber auch nicht weiterwussten. Roy spürte selbst, wie er nach dieser Niederlage mit hängenden Schultern dastand, und Beatrice schaute böse und resigniert zugleich.

Auf einmal erhob sich eine junge Stimme: »Halt! Es ist noch nicht vorbei. Noch längst nicht!«

Aber dieses Mal war es nicht Roy.

»O je«, sagte Beatrice und schaute auf.

Ein Mädchen weiter hinten in der Menge schrie auf, und alles fuhr herum, um zu sehen, was los war. Auf den ersten Blick konnte man das, was sich da am Boden zeigte, für einen Ball halten, aber es war ... der Kopf eines Jungen.

Sein stumpfes Haar war blond, sein Gesicht karamellbraun, die Augen waren weit aufgerissen und schauten starr. Von seinen Lippen führte eine Drachenschnur zu einem großen Blecheimer in der Nähe.

Sofort kamen die Prominenten aus der Menge herbeigeeilt. Beatrice und Roy folgten ihnen auf dem Fuß. Alles blieb stehen und starrte den Kopf an, der aus der Erde ragte.

»Was ist denn jetzt los?«, stöhnte der Wachmann.

Chuck Muckle donnerte: »Soll das ein schlechter Scherz sein?«

»Großer Gott«, rief der Bürgermeister, »ist er tot?«

Aber der Junge war alles andere als tot. Er grinste zu seiner Stiefschwester hoch und zwinkerte Roy verschwörerisch zu. Irgendwie hatte er es geschafft, seinen mageren Körper in die Öffnung eines Eulenbaus zu zwängen, so dass nur noch sein Kopf herausschaute.

»Hi, Mama Paula!«, sagte er.

Die Schauspielerin trat zögernd näher. Ihre Perücke war leicht verrutscht und ihr Make-up löste sich wegen der hohen Luftfeuchtigkeit langsam auf.

»Was gibt's?«, fragte sie unsicher.

»Wenn Sie die Eulen begraben«, sagte Fischfinger, »dann müssen Sie mich mitbegraben.«

»Aber nicht doch – ich liebe Vögel! Alle Vögel!«

»Officer Delinko? Wo sind Sie?« Chuck Muckle winkte den Polizisten heran. »Verhaften Sie diesen unverschämten kleinen Lümmel, sofort!«

»Weswegen denn?«

»Wegen unerlaubten Betretens eines privaten Grundstücks natürlich, ist doch klar.«

»Aber Ihr Unternehmen hat die Öffentlichkeit zu dieser Veranstaltung eingeladen«, bemerkte Officer Delinko. »Wenn ich den Jungen festnehme, muss ich alle anderen auf dem Grundstück auch verhaften.«

Roy sah, wie eine Ader an Mr. Muckles Hals anschwoll und zu pulsieren begann wie ein Gartenschlauch. »Gleich morgen früh rufe ich den Polizeipräsidenten an«, zischte Mr. Muckle dem Polizisten leise zu. »Sie haben also die ganze Nacht Zeit, sich eine gute Entschuldigung zu überlegen.«

Dann blickte er matt auf den verzweifelten Wachmann. »Mr. Branitt, bitte ... graben Sie dieses ... dieses Unkraut aus.«

»Das würde ich Ihnen nicht raten«, zischte Beatrice' Stiefbruder warnend. Sein Mund blieb dabei fast geschlossen und den Faden ließ er nicht los.

»Ach, wirklich? Und warum nicht?«, fragte Chuck Muckle.

Der Junge grinste. »Roy, tu mir mal 'nen Gefallen und guck nach, was da im Eimer ist.«

»Klar, mach ich«, sagte Roy.

»Was siehst du da?«, fragte der Junge.

»Wassermokassinschlangen«, antwortete Roy.

»Wie viele?«

»Neun oder zehn.«

»Sehen sie glücklich aus, Roy?«

»Nicht wirklich.«

»Was glaubst du, was passiert, wenn ich das Ding umkippe?« Mit einer Kopfbewegung zeigte er auf die Schnur, die ihn mit dem Eimer verband.

Roy spielte sofort mit. »Irgendwem könnte was echt Schlimmes passieren«, sagte er. Er war ziemlich überrascht gewesen (aber gleichzeitig erleichtert), als er sah, dass die Reptilien im Eimer aus Gummi waren.

Mr. Muckle kochte vor Wut. »Das ist doch lächerlich! Branitt – tun Sie, was ich Ihnen gesagt habe. Schaffen Sie mir den Bengel aus den Augen!«

Der Wachmann machte einen Schritt zurück. »Ich nicht. Ich steh nicht so auf Schlangen.«

»Ist das Ihr Ernst? Dann sind Sie gefeuert.« Wieder wandte sich der Stellvertretende Direktor an Officer Delinko. »Machen Sie sich nützlich. Erschießen Sie die verdammten Viecher.«

»Nein, Sir, nicht mit all den Leuten ringsherum. Viel zu gefährlich.«

Der Polizist ging zu dem Jungen und hockte sich vor ihn hin.

»Wie bist du denn hier hereingekommen?«, fragte er.

»Ich bin über den Zaun gesprungen, gestern Abend. Dann hab ich mich unter dem Bagger versteckt«, sagte der Junge. »Sie sind bestimmt fünf Mal an mir vorbeigelaufen.«

»Bist du derselbe, der mir letzte Woche den Streifenwagen eingesprüht hat?«

»Kein Kommentar.«

»Und der vom Krankenhaus weggelaufen ist?«

»Auch kein Kommentar.«

»Und das grüne T-Shirt an meine Antenne gehängt hat?«

»Mann, Sie kapieren einfach nichts. Die Eulen haben keine Chance gegen diese Maschinen.«

»Doch, das verstehe ich. Ganz ehrlich«, sagte Officer Delinko. »Eine Frage noch: Das mit den Wassermokassins, meinst du das ernst?«

»Todernst.«

»Kann ich mal in den Eimer gucken?«

Die Augen des Jungen flackerten unruhig. »Danach können Sie sich begraben lassen.«

»Wir müssen was tun, aber schnell«, flüsterte Roy Beatrice zu. »Die Schlangen sind nicht echt.«

»Na super.«

Als der Polizist sich dem Eimer näherte, rief Beatrice: »Tun Sie das nicht! Die sind gefährlich!«

Officer Delinko wich nicht zurück. Eine ganze Weile spähte er über den Rand des Eimers; Roy und Beatrice kam es wie eine Ewigkeit vor.

Das Spiel ist aus, dachte Roy niedergeschlagen. Der merkt doch, dass die Dinger nicht echt sind, geht gar nicht anders.

Aber der Polizist sagte kein Wort, als er vom Eimer zurücktrat.

»Na?«, fragte Mr. Muckle. »Was ist jetzt?«

»Der Junge meint's ernst. Ich an Ihrer Stelle würde verhandeln«, sagte Officer Delinko.

»Ha! Ich verhandele doch nicht mit kriminellen Jugendlichen.« Mit einem wütenden Knurren riss Chuck Muckle dem Abgeordneten Mr. Grandy die goldlackierte Schaufel aus der Hand und marschierte auf den Eimer zu.

»Nicht!«, brüllte der Junge im Eulenbau und spuckte die Schnur aus.

Aber der Mann war nicht zu bremsen. Mit einem wilden Hieb stieß er den Eimer um und schlug und hackte in einem Anfall blinder Wut auf die Schlangen ein. Er hörte erst auf, als lauter kleine Stückchen vor ihm lagen.

Lauter kleine Gummistückchen.

Erschöpft beugte Chuck Muckle sich vor und betrachtete mit zusammengekniffenen Augen die verstümmelten Spielzeugschlangen. In seiner Miene spiegelte sich ungläubiges Erstaunen, aber auch die Demütigung, die er soeben erlebt hatte.

»Was zum Teufel ist das jetzt wieder?«, keuchte er.

Während seines gewalttätigen Angriffs auf die Wassermokassins hatte die Menge immer wieder *oooh!* und *aaah!* geschrien. Jetzt war nichts weiter zu hören als das Klicken der Kamera des Pressefotografen und der keuchende Atem des Stellvertretenden Direktors.

»He, die sind ja gar nicht echt!«, platzte auf einmal Curly heraus. »Das sind gar keine richtigen Schlangen!«

Roy beugte sich zu Beatrice hinüber und flüsterte: »Ein zweiter Einstein!«

Chuck Muckle drehte sich ganz langsam um, wie in Zeitlupe. Mit dem Schaufelblatt zeigte er drohend auf den Jungen im Eulenbau.

»Du da«, blaffte er ihn an und ging auf ihn zu.

Roy stellte sich blitzschnell dazwischen.

»Aus dem Weg, Junge!«, sagte Chuck Muckle. »Ich hab keine Zeit mehr für diesen Blödsinn. Weg hier, aber dalli!«

Es war deutlich zu sehen, dass der Obermacker von Mama Paula die Nerven verloren hatte, vielleicht sogar den Verstand.

»Was haben Sie vor?«, fragte Roy, obwohl er schon wusste, dass der Mann ihm nicht ruhig und geduldig antworten würde.

»Ich hab gesagt, du sollst mir aus dem Weg gehen! Ich buddel den Zwerg jetzt selber aus.«

Beatrice Leep schoss nach vorn, stellte sich neben

Roy und nahm ihn bei der Hand. Ein erschrockenes Gemurmel ging durch die Menge.

»Ach, ist es nicht niedlich! Wie Romeo und Julia«, höhnte Chuck Muckle. Und mit leiser Stimme fügte er hinzu: »Das Spiel ist aus, Kinder. Ich zähl jetzt bis drei, dann fang ich an zu graben. Oder noch besser – vielleicht sag ich unserem Glatzkopf hier, er soll mal den Bulldozer anwerfen?«

Der Wachmann guckte sauer. »Ich denk, ich bin gefeuert.«

Aus dem Nichts tauchte jemand neben Roy auf und nahm seine linke Hand – es war Garrett, das Skateboard unter dem Arm. Drei seiner Skaterkumpel standen Hand in Hand neben ihm.

»Was macht ihr denn hier, Jungs?«, fragte Roy.

»Schule schwänzen«, antwortete Garrett fröhlich. »Das hier ist echt viel spannender, Mann.«

Als Roy zur anderen Seite schaute, sah er, dass neben Beatrice inzwischen die gesamte Fußballmannschaft stand. Alle hatten sich untergehakt und bildeten eine Menschenkette. Es waren lauter große, kräftige Mädchen, die sich von Chuck Muckles großmäuligen Drohungen nicht im Geringsten einschüchtern ließen.

Das begriff auch Chuck Muckle. »Hört auf mit diesen Dummheiten!«, flehte er. »Es ist wirklich nicht nötig, jetzt so eine hässliche Szene zu machen.«

Total erstaunt beobachtete Roy, wie sich immer mehr Kinder aus der Menge lösten und einander an den Händen fassten, um eine menschliche Barrikade um Beatrice' eingebuddelten Stiefbruder herum zu bilden.

Keiner der Eltern tat etwas, um sie daran zu hindern.

Der Kameramann verkündete, dass die Demonstration soeben live in den Mittagsnachrichten übertragen werde, und der Fotograf von der Zeitung drängte sich heran, um eine Nahaufnahme von Mr. Muckle zu machen. Der war inzwischen schweißgebadet und sah mit einem Mal ganz alt aus, ein geschlagener alter Mann. Er stützte sich auf die Schaufel, als wäre sie ein Stock.

»Habt ihr mich nicht gehört, Leute?«, rief er heiser. »Die Feier ist vorbei! Schluss! Aus! Ihr könnt alle nach Hause gehen.«

Der Bürgermeister, der Abgeordnete und der Mann von der Handelskammer gingen unauffällig zu ihrer Limousine zurück, während Leroy Branitt zu seinem Bauwagen stapfte, um sich ein kaltes Bier zu genehmigen. Officer Delinko lehnte am Zaun und schrieb an seinem Bericht.

Roy fühlte sich merkwürdig benommen, aber gleichzeitig war er ganz gelassen.

Eines der Mädchen stimmte den berühmten alten Folksong an über das Land, das allen gehört – *This Land is Your Land*. Es war Beatrice, ausgerechnet, und ihre Stimme war überraschend weich und schön. Nicht lange, und die anderen Kinder sangen alle mit. Roy schloss die Augen und fühlte sich, als segelte er auf einer sonnenbeschienenen Wolke dahin.

»'tschuldigung, Herzchen, ist hier noch 'ne Lücke?«

Roy musste erst blinzeln, bis er die Augen wieder richtig aufbekam, dann grinste er breit.

»Aber immer doch, Ma'am«, sagte er.

Mama Paula schlüpfte zwischen ihm und Garrett in den Kreis. Ihre Stimme war zwar rau, aber die Melodie bekam sie problemlos hin.

Die Demo dauerte noch eine Stunde. Zwei weitere Fernsehteams tauchten auf, zusammen mit mehreren Streifenwagen, die Officer Delinko zur Verstärkung herbeitelefoniert hatte.

Chuck Muckle redete auf die neu angekommenen Vertreter der Staatsgewalt ein, sie sollten die Demonstranten festnehmen wegen unerlaubten Betretens eines Grundstücks, Schuleschwänzens und öffentlicher Ruhestörung. Das Ansinnen wurde jedoch entschieden zurückgewiesen. Einer der Sergeants teilte Mr. Muckle mit, dass es für das Image des Amtes für öffentliche Sicherheit nicht gerade gut sei, wenn Polizisten einer Gruppe von Mittelschülern Handschellen anlegten.

Die Situation blieb auch weitgehend ruhig – bis zum spektakulären Auftritt von Lonna Leep, die ihren Sohn in den Fernsehnachrichten gesehen hatte. Sie hatte sich aufgebretzelt, als ob sie zu einer Party wollte, und hatte überhaupt keine Hemmungen, ihre Nase vor jede Kamera zu halten. Roy bekam mit, wie sie einem Reporter erzählte, wie stolz sie auf ihren Sohn sei, der seine Freiheit riskiere, um den armen, wehrlosen Eulen zu helfen.

»Mein mutiger kleiner Kämpfer!«, krähte sie. Roy fand es ziemlich peinlich.

Mit spitzen Schreien stürmte sie nun auf die Menschenwand zu, die ihren Sohn umgab. Auf Beatrice' Kommando hin hakten sich alle noch fester unter, so dass Lonna nicht vorbeikonnte.

Es gab einen haarigen Moment, als Lonna und ihre Stieftochter sich Auge in Auge gegenüberstanden und wütend anfunkelten, so als wollten sie gleich losschlagen. Garrett entschied den Gleichstand zu Beatrice' Gunsten, indem er einen phänomenalen falschen Furz losließ. Lonna floh entsetzt.

Roy stieß Beatrice an. »Schau mal, da oben!«

Über ihren Köpfen flog ein kleiner Vogel mit bräunlichem Gefieder und machte erstaunlich gewagte Loopings. Roy und Beatrice sahen entzückt zu, wie er immer tiefer flog, bis er sich schließlich im Sturzflug dem Eulenbau in der Mitte des Kreises näherte.

Alle Köpfe fuhren herum, alle wollten sehen, wo der Vogel gelandet war. Von einer Sekunde zur anderen war der Gesang verstummt.

Fischfinger versuchte, sich das Lachen zu verbeißen. Die wagemutige Eule saß ganz friedlich auf seinem Kopf.

»Keine Angst, mein Kleiner«, sagte der Junge, »fürs Erste bist du sicher.«

21

Napoleon?

»Napoleon Bridger.« Roy las den Namen laut vor.

»Auf jeden Fall ein interessanter Name«, bemerkte seine Mutter.

Sie saßen am Frühstückstisch, und Mrs. Eberhardt war dabei, Artikel und Fotos aus der Morgenzeitung auszuschneiden.

Auf der Titelseite war ein Foto von Roy, Beatrice und Mama Paula, wie sie Hand in Hand im Kreis der Demonstranten standen. Im Hintergrund war der Kopf von Beatrice' Stiefbruder zu sehen. Er erinnerte stark an eine vom Baum gefallene Kokosnuss mit einem blonden Toupet. Im Text neben dem Foto hieß es, Mama Paula sei im wirklichen Leben die Schauspielerin und frühere Schönheitskönigin Kimberly Lou Dixon. Der Name von Beatrice' Stiefbruder wurde als Napoleon Bridger Leep angegeben.

»Ist er jetzt wieder zu Hause?«, fragte Roys Mutter.

»Ich weiß nicht, ob ich das so nennen würde«, antwortete Roy, »auf jeden Fall ist er bei seiner Mom und seinem Stiefvater.«

Lonna Leep hatte auf dem Schauplatz des Schülerprotests tränen- und wortreich danach verlangt, wieder mit ihrem Sohn zusammengeführt zu werden. Polizisten, die es nicht besser wussten, hatten sie durch die Menge hindurch zu Fischfinger geführt und damit die mutige kleine Eule verjagt.

»Mein Kämpfer! Mein kleiner Held!« Lonna hatte sich vor den Fernsehkameras in Szene gesetzt, während der Junge sich aus dem Bau herauswand. Roy und Beatrice hatten hilflos und angewidert zusehen müssen, wie Lonna Fischfinger bühnenreif in die Arme schloss und ihn dabei fast zerquetschte.

Mrs. Eberhardt schnitt gerade ein Foto aus, auf dem Lonna zusammen mit dem Jungen abgebildet war. Fischfinger sah so aus, als fühlte er sich extrem unwohl.

»Vielleicht läuft es ja jetzt besser zwischen den beiden«, sagte Roys Mutter hoffnungsvoll.

»Nein, Mom. Die wollte bloß ins Fernsehen.« Roy griff nach seinem Rucksack. »Ich sollte mal los.«

»Dein Vater möchte dich noch sprechen, bevor du gehst.«

»Oh.«

Mr. Eberhardt hatte abends noch sehr lange gearbeitet und war erst nach Hause gekommen, als Roy schon schlief.

»Ist er sauer?«, fragte Roy.

»Das glaube ich nicht. Weswegen sollte er?«

Roy zeigte auf die Zeitung, die inzwischen von Mrs.

Eberhardts Schere völlig durchlöchert war. »Wegen gestern. Wegen dem, was Beatrice und ich gemacht haben.«

»Schätzchen, du hast doch gegen kein Gesetz verstoßen. Du hast niemandem wehgetan«, sagte Mrs. Eberhardt. »Du hast nur laut gesagt, was nach deiner Überzeugung richtig ist. Dein Vater hat Respekt vor so etwas.«

Roy wusste, dass *Respekt haben* nicht unbedingt dasselbe bedeutete wie *gut finden*. Er hatte so ein Gefühl, als hätte sein Vater durchaus Sympathien für die Eulen, aber laut gesagt hatte er es nie.

»Mom, wird Mama Paula das Restaurant trotzdem bauen?«

»Ich weiß es nicht, Roy. Offensichtlich ist dieser Mr. Muckle durchgedreht und hat versucht, eine Reporterin zu erwürgen, die ihm dieselbe Frage gestellt hat.«

»Das gibt's doch nicht!« Roy und Beatrice waren gegangen, bevor die spontan organisierte Pressekonferenz zu Ende gewesen war.

Mrs. Eberhardt hielt einen Zeitungsausschnitt hoch. »Hier steht's.«

Roy konnte es nicht fassen, wie viel Platz die Zeitung ihrem Eulenprotest eingeräumt hatte. Es war anscheinend die größte Sensation in Coconut Cove seit dem letzten Hurrikan.

»Seit heute früh um sechs hat ununterbrochen das Telefon geläutet. Wir haben irgendwann den Hörer danebengelegt«, sagte Roys Mutter.

»Es tut mir wirklich Leid, Mom.«

»Jetzt sei nicht dumm. Ich mach dir ein richtiges Erinnerungsalbum, Schätzchen, das kannst du dann mal deinen Kindern und Enkeln zeigen.«

Lieber würde ich ihnen die Eulen zeigen, dachte Roy. Falls es bis dahin noch welche gibt.

»Roy!«

Sein Vater rief aus dem Arbeitszimmer. »Kannst du bitte mal an die Tür gehen?«

Eine magere junge Frau mit kurzen schwarzen Haaren stand vor der Haustür. Sie war mit einem Spiralheft und einem Kugelschreiber bewaffnet.

»Hi, ich bin von der *Gazette*«, sagte sie.

»Danke, aber wir haben die Zeitung schon abonniert.«

Die Frau lachte. »Oh, ich verkaufe die Zeitung nicht. Ich schreibe sie.« Sic hielt Roy die rechte Hand hin. »Kelly Colfax.«

An ihrem Hals entdeckte Roy mehrere bläuliche Fingerabdrücke, die stark an die Spuren erinnerten, die Dana Matherson an Roys Hals hinterlassen hatte. Roy vermutete, dass Kelly Colfax die Journalistin war, die Chuck Muckle zu erwürgen versucht hatte.

»Ich hol mal meinen Vater«, sagte er.

»Nicht nötig. Dich wollte ich nämlich sprechen«, sagte sie. »Du bist doch Roy Eberhardt, stimmt's?«

Roy hatte das Gefühl, in der Falle zu sitzen. Er wollte nicht unhöflich sein, aber mit Sicherheit wollte er auch nichts sagen, was Fischfinger noch mehr in Schwierigkeiten bringen konnte.

Aber Kelly Colfax feuerte schon ihre Fragen ab:

»Wie kam es, dass du an der Demonstration teilgenommen hast? – Bist du mit Napoleon Bridger Leep befreundet? – Hattet ihr beide etwas mit dem Vandalismus auf dem Grundstück von Mama Paula zu tun? – Isst du gern Pfannkuchen? Welche?«

Roy schwirrte der Kopf. Schließlich unterbrach er die Reporterin und sagte: »Ich bin nur hingegangen, weil ich was für die Eulen tun wollte. Das war alles.«

Während die Reporterin Roys Worte mitschrieb, ging die Tür auf und Mr. Eberhardt trat vors Haus – glatt rasiert und frisch geduscht und in einem seiner eleganten grauen Anzüge.

»Entschuldigen Sie bitte, Ma'am, dürfte ich meinen Sohn kurz sprechen?«

»Selbstverständlich«, sagte Kelly Colfax.

Mr. Eberhardt zog Roy ins Haus und schloss die Tür hinter sich. »Roy, du musst ihre Fragen nicht beantworten.«

»Aber ich will, dass sie weiß –«

»Hier. Gib ihr das.« Roys Vater öffnete seinen Aktenkoffer und zog einen dicken Pappordner heraus.

»Was ist das, Dad?«

»Sie wird schon dahinter kommen.«

Roy öffnete den Ordner und musste grinsen. »Das ist doch der Ordner vom Rathaus, oder?«

»Stimmt«, sagte sein Vater, »eine Kopie.«

»Der mit dem ganzen Zeug über Mama Paula. Der

nicht da war, als ich ihn ausleihen wollte«, sagte Roy. »Jetzt ist mir alles klar.«

Mr. Eberhardt erklärte seinem Sohn, dass er den Ordner ausgeliehen und Seite für Seite kopiert hatte. Dann war er damit zu einer Rechtsanwaltskanzlei gegangen, die sich auf Umweltschutzsachen spezialisiert hatte.

»Und darf Mama Paula jetzt die Eulenhöhlen planieren oder nicht?«, fragte Roy. »War die Genehmigung im Ordner?«

Sein Vater schüttelte den Kopf. »Nein.«

Roy war total glücklich, aber gleichzeitig auch verwirrt. »Dad, solltest du das nicht lieber irgendwem im Justizministerium geben? Wieso soll das die Zeitung bekommen?«

»Weil darin etwas steht, was alle Menschen in Coconut Cove wissen sollten.« Mr. Eberhardt sprach leise und vertraulich. »Besser gesagt – wichtig ist genau das, was nicht darin steht.«

»Und was ist das?«, fragte Roy. Sein Vater sagte es ihm.

Als Roy die Tür wieder öffnete, erwartete ihn Kelly Colfax mit einem kessen Lächeln. »Können wir weitermachen?«

Roy strahlte sie seinerseits an. »Tut mir Leid, aber ich komm sonst zu spät zur Schule.« Er hielt ihr den Ordner hin. »Hier. Das hilft Ihnen vielleicht weiter bei Ihrer Geschichte.«

Die Reporterin klemmte sich ihr Schreibheft unter

den Arm und griff nach dem Ordner. Während sie die Dokumente kurz durchblätterte, veränderte sich ihre Miene. Sie sah völlig verwirrt aus.

»Was hat das alles zu bedeuten, Roy? Wonach genau soll ich suchen?«

»Ich glaube, das nennt sich UVS«, sagte Roy. Das hatte ihm sein Vater gesagt.

»Und das steht für …?«

»Umweltverträglichkeitsstudie.«

»Richtig! Klar!«, sagte die Reporterin. »Für jedes große Bauprojekt braucht man so eine Studie. Da gibt es ein Gesetz.«

»Ja, aber die Studie für Mama Paula ist nicht drin.«

»Jetzt komme ich nicht mehr mit, Roy.«

»Sie *sollte* in dem Ordner sein«, sagte er, »aber sie *ist* es nicht. Das heißt, das Unternehmen hat nie eine machen lassen – oder sie haben sie absichtlich verschwinden lassen.«

»Aha!« Kelly Colfax sah auf einmal so aus, als hätte sie einen Sechser im Lotto gewonnen. »Danke, Roy«, sagte sie und packte den Ordner fest mit beiden Händen, während sie rückwärts die Stufen hinunterging. »Vielen, vielen Dank.«

»Mir müssen Sie nicht danken«, sagte Roy ganz leise. »Danken Sie meinem Dad.«

Dem die Eulen offensichtlich auch am Herzen lagen.

Epilog

Während der folgenden Wochen wuchs sich die Geschichte um Mama Paula zu einem ausgewachsenen Skandal aus. Die fehlende Umweltverträglichkeitsstudie schaffte es auf die Titelseite der *Gazette* und erwies sich als Todesstoß für das Pfannkuchenprojekt.

Es stellte sich heraus, dass eine gründliche Studie sehr wohl angefertigt worden war und die Biologen des Unternehmens darauf hingewiesen hatten, dass drei Kanincheneulenpaare auf dem Gelände lebten. Diese Tiere standen in Florida auf der Liste der bedrohten Tiere. Abgesehen von dem Imageverlust, hätte Mama Paula ernste rechtliche Probleme bekommen, wenn diese Dinge allgemein bekannt geworden wären. Folglich verschwand die Studie aus den Akten. Der Bericht wurde später in einer Golftasche des Abgeordneten Bruce Grandy gefunden, zusammen mit einem Umschlag, in dem sich etwa viereinhalbtausend Dollar Bargeld befanden. Gekränkt wies der Abgeordnete die Unterstellung zurück, bei dem Betrag könne es sich um Bestechungsgeld gehandelt haben. Anschließend heuerte er sofort den teuersten Verteidiger der Gegend an.

Kimberly Lou Dixon kündigte derweil ihren Werbevertrag mit Mama Paula; sie könne nicht für ein Unternehmen arbeiten, das Eulenküken von Bulldozern in ihren Höhlen begraben ließe, bloß um Pfannkuchen zu verkaufen. Auf dem Höhepunkt ihrer tränenreichen Ankündigung hielt sie einen Ausweis der Gesellschaft für Vogelschutz hoch, bei der sie die lebenslange Mitgliedschaft erworben hatte. Dieser Moment wurde von verschiedenen Fernsehkameras und dem Fotografen einer Zeitschrift eingefangen, in der dann auch ein Foto erschien, das Kimberly Lou Hand in Hand mit Beatrice während der Eulendemo zeigte.

So viel Aufmerksamkeit der Medien hatte Kimberly Lou Dixon nicht einmal als Kandidatin für die Wahlen zur Miss America oder als zukünftiger Star in dem Film *Mutierende Invasoren von Jupiter Sieben* genossen. Roys Mutter verfolgte die plötzliche Karriere der Schauspielerin auf den Klatschseiten der Zeitungen, wo auch zu lesen war, dass sie einen Vertrag für einen Film mit einem bekannten Schauspieler unterschrieben hatte.

Im Gegensatz dazu war der Medienrummel um die Eulen für *Mama Paulas Pfannkuchenhaus* ein einziger Alptraum. Das *Wall Street Journal,* die wichtigste Finanzzeitung der USA, widmete dem Unternehmen einen alles andere als schmeichelhaften Artikel auf der ersten Seite. Sofort sank der Wert der Aktien des Unternehmens wie ein Stein im Wasser.

Nachdem Chuck E. Muckle während der Ereignisse

auf dem Grundstück ausgerastet war, wurde er auf den Posten eines untergeordneten Assistenten zurückversetzt. Er kam zwar nicht ins Gefängnis wegen seines tätlichen Angriffs auf die Reporterin, aber er musste ein Seminar besuchen zum Thema *Wie gehe ich mit meiner Wut um?* Die anschließende Prüfung bestand er nicht. Bald darauf kündigte er und nahm eine Stelle als Kreuzfahrtdirektor in Miami an.

Am Ende blieb Mama Paula keine andere Wahl, als den Plan eines Restaurants in Coconut Cove fallen zu lassen. Es gab zu viele Probleme: die nicht endenden Schlagzeilen über das Fehlen der Umweltverträglichkeitsstudie, die peinliche Kündigung von Kimberly Lou Dixon, der Fernsehbericht über Chuck E. Muckle, der auf Kelly Colfax losgegangen war, und schließlich – und vor allem – die verdammten Eulen.

Alle waren total aus dem Häuschen wegen dieser Eulen.

Die großen Fernsehsender schickten Kamerateams zur Trace Middle School, um Schüler zu interviewen, die an der Demonstration teilgenommen hatten, und mit Lehrern zu sprechen. Roy machte sich möglichst dünn, aber von Garrett hörte er später, Miss Hennepin habe in einem Interview die Schüler, die in der Mittagspause an der Protestaktion teilgenommen hatten, sehr gelobt. Sie selbst habe sie dazu ermuntert, behauptete sie. Es amüsierte Roy immer, wenn Erwachsene logen, um sich selbst wichtig zu machen.

Eines Abends platzte seine Mutter ins Zimmer und sagte, in einer der wichtigsten Nachrichtensendungen im Fernsehen würde soeben über ihn und Beatrice gesprochen. Als sie ins Wohnzimmer kamen, hörten sie gerade noch, wie der Präsident der Pfannkuchenkette in einem Interview versprach, das Grundstück in Coconut Cove für alle Zeiten als geschützten Ort für Kanincheneulen zu bewahren. Das Unternehmen selbst werde fünfzigtausend Dollar für den Umweltschutz spenden.

»Wir möchten all unseren Kunden versichern, dass Mama Paula auch in Zukunft dem Umweltschutz verpflichtet bleibt«, sagte er. »Wir bedauern es zutiefst, dass aufgrund der Nachlässigkeit von Bauunternehmen und einiger weniger ehemaliger Angestellter diese einzigartigen kleinen Vögel in Gefahr geraten sind.«

»So ein verlogener Scheißer!«, murmelte Roy.

»Roy Andrew Eberhardt!«

»'tschuldigung, Mom, aber der Kerl sagt einfach nicht die Wahrheit. Der wusste ganz genau Bescheid wegen der Eulen. Alle haben sie es gewusst.«

Mr. Eberhardt stellte den Ton ab. »Roy hat Recht, Lizzy. Sie wollen alle nur ihren Kopf retten.«

»Aber das Wichtige ist, dass du es geschafft hast«, sagte Roys Mutter. »Die Vögel sind jetzt sicher vor diesen Pfannkuchenleuten. Das muss doch wirklich ein tolles Gefühl sein.«

»Ist es auch«, sagte Roy, »aber *ich* habe die Eulen nicht gerettet.«

Mr. Eberhardt ging zu seinem Sohn hinüber und legte ihm eine Hand auf die Schulter. »Du und Beatrice, ihr habt die Sache bekannt gemacht. Ohne euch hätte kein Mensch erfahren, was da vor sich ging. Niemand wäre aufgekreuzt und hätte gegen die Planierung des Grundstücks protestiert.«

»Schon«, sagte Roy, »aber angefangen hat das alles nur wegen Beatrice' Stiefbruder. Über *ihn* hätte dieser Typ im Fernsehen berichten müssen. Das Ganze war schließlich seine Idee.«

»Ich weiß, Schätzchen«, sagte Mrs. Eberhardt, »aber der ist ja nun verschwunden.«

Roy nickte. »Sieht ganz so aus.«

Weniger als achtundvierzig Stunden hatte Fischfinger es unter einem Dach mit Lonna ausgehalten, die die meiste Zeit am Telefon hing und versuchte, immer noch mehr Interviews zu verabreden. Lonna brauchte ihren Sohn, um ihre Familie im Scheinwerferlicht zu halten, aber das war der allerletzte Ort, an dem Fischfinger sein wollte.

Mit Beatrice' Hilfe hatte sich der Junge aus dem Haus gestohlen, als Lonna und Leon gerade wegen eines neuen Kleides herumzankten. Lonna hatte es sich für siebenhundert Dollar gekauft, weil sie glaubte, sie werde in die berühmte Talkshow von Oprah Winfrey eingeladen. Doch dann hatten sich die Leute vom Fernsehen nie wieder gemeldet, und Leon verlangte, dass Lonna das Kleid zurückgab und sich den vollen Preis erstatten ließ.

Als das Geschrei der Leeps etwa den Geräuschpegel von sechs Bulldozern erreicht hatte, ließ Beatrice ihren Stiefbruder aus dem Badezimmerfenster herab. Dummerweise hielt ein neugieriger Nachbar den Ausbruch für einen Einbruch und benachrichtigte die Polizei. Fischfinger kam gerade mal bis zur übernächsten Straßenecke, bevor er von Polizeiwagen umgeben war.

Lonna war stinkwütend, als sie hörte, dass ihr Sohn wieder die alten Tricks versuchte. Aus purer Bosheit erzählte sie den Beamten, er habe einen wertvollen Zehenring aus ihrer Schmuckschatulle gestohlen, und verlangte, sie sollten ihn in eine Erziehungsanstalt stecken, damit er zu Verstand käme.

Dort hielt der Junge es ganze siebzehn Stunden aus, dann haute er wieder ab, diese Mal zusammen mit einem ganz erstaunlichen Komplizen.

Als er sich mit seinem neuen besten Freund in einem Wäschekorb versteckte, hatte Dana Matherson mit Sicherheit nicht die geringste Ahnung, dass er nicht zufällig für den Ausbruchsversuch auserwählt worden war, im Gegenteil. Es dämmerte ihm auch nicht, dass der magere blonde Junge ganz genau wusste, wer er war und welche Gemeinheiten er Roy Eberhardt angetan hatte.

Der einfältige Dana hatte vermutlich nur über sein unerwartetes Glück gestaunt, als der Wäschekorb in den Lieferwagen der Wäscherei geladen wurde, der gleich danach zum Tor der Anstalt hinausfuhr. Selbst als die Sirenen der Polizeiwagen immer lauter wurden, dürfte er sich noch keine Sorgen gemacht haben. Doch dann bremste der Wäschereiwagen abrupt und die Türen flogen auf.

Im selben Moment sprangen die beiden Flüchtlinge aus den stinkenden Wäschebündeln und rannten los.

Als Roy die Geschichte später von Beatrice erfuhr, war ihm sofort klar, wieso ihr Stiefbruder ausgerechnet Dana als Fluchtgenossen ausgesucht hatte. Fischfinger war flink und wendig, Dana hingegen schwerfällig und, wegen seiner Begegnung mit den Rattenfallen, noch immer schlecht zu Fuß.

Der perfekte Köder – das war Dana.

Natürlich hatte die Polizei den bulligen Brutalo schnell eingefangen, auch wenn es ihm gelungen war, zwei Beamte abzuschütteln, bevor man ihn endgültig fasste und ihm Handschellen anlegte. Beatrice' Stiefbruder war da nur noch ganz verschwommen in der Ferne zu erkennen gewesen, ein bronzefarbener Pfeil, der zwischen den Bäumen verschwand.

Die Polizei fand ihn nie, andererseits suchte sie auch nicht besonders gründlich. Dana stand ganz oben auf ihrer Fahndungsliste und hatte bereits ein Vorstrafenregister.

Aber auch Roy konnte Fischfinger nicht finden. Immer wieder war er mit seinem Rad zum Schrottplatz gefahren und hatte in Jo-Jos Eiswagen geschaut, aber der war jedes Mal leer gewesen. Und dann, eines Tages, war auch der Wagen weg, abgeschleppt und zu einem verrosteten Altmetallblock zusammengepresst.

Beatrice Leep wusste, wo ihr Bruder sich versteckte, aber sie hatte geschworen, nichts zu verraten. »Tut mir Leid, Tex«, hatte sie zu Roy gesagt, »aber ich habe einen blutigen Eid geschworen.«

Der Junge war also wieder verschwunden.

Und Roy wusste, er würde Napoleon Bridger nie wiedersehen, es sei denn, der andere *wollte* gesehen werden.

»Der kommt schon klar«, sagte Roy, mehr, um seine Mutter zu beruhigen. »Der ist ein Stehaufmännchen.«

»Ich hoffe, du hast Recht«, sagte seine Mutter, »aber er ist noch so jung.«

»Hört mal, ich hab eine Idee.« Roys Vater klimperte mit den Autoschlüsseln. »Wir machen einen Ausflug.«

Als die Eberhardts an der Ecke Woodbury Avenue und East Oriole Street ankamen, parkten schon zwei andere Fahrzeuge vor dem Tor. Das eine war ein Streifenwagen, das andere ein blauer Pick-up. Roy erkannte beide.

Officer David Delinko war auf dem Nachhauseweg von der Polizeiwache, wo er zum zweiten Mal vom Chef ein großes Lob erhalten hatte, dieses Mal dafür, dass er Dana Matherson mit eingefangen hatte.

Leroy »Curly« Branitt, der im Moment arbeitslos war, hatte gerade seine Frau und seine Schwiegermutter am Einkaufszentrum abgesetzt, als ihm die Idee kam, einen kleinen Abstecher zu machen.

Genau wie die Eberhardts waren auch die beiden Männer gekommen, um nach den Eulen zu sehen.

Während es langsam dämmrig wurde, standen sie alle fünf wortlos da und warteten. Es war ein freundliches, unkompliziertes Schweigen, obwohl es viel zu erzählen gegeben hätte. Abgesehen von dem Zaun mit den verblassenden Schleifen merkte man dem Grundstück überhaupt nicht an, dass die Pfannkuchenleute jemals da gewesen waren. Curlys Bauwagen und die Baumaschinen waren abgeschleppt worden und auch die Mobilklofirma hatte ihre Toiletten zurückbekommen. Sogar die Vermessungspfosten hatte man aus dem Boden gezogen und mit dem Müll weggeschafft.

Nach und nach füllte sich die Abendluft mit dem Zirpen der Grillen, und Roy musste grinsen, als er daran dachte, wie er eine Schachtel mit den Tieren gekauft und am Zaun geöffnet hatte. Offensichtlich hatten die Eulen jetzt genug Insekten zu fressen.

Es dauerte gar nicht lange, da hüpften zwei Vögel aus einem Bau in der Nähe. Ihnen folgte auf wackligen Beinen ein Küken, das so zerbrechlich aussah wie Weihnachtsbaumschmuck.

Im genau gleichen Rhythmus drehten die Eulen ihre zwiebelgroßen Köpfe und starrten die Menschen an, die ihrerseits die Eulen anstarrten. Roy konnte sich nur zusammenreimen, was die Tiere denken mochten.

»Ich müss zugeben«, sagte Curly mit einem leisen, freundlichen Schnauben, »niedlich sind sie ja, die Viecher.«

Eines Samstags, nachdem sich die Aufregung um den Mama-Paula-Skandal gelegt hatte, radelte Roy zur Schule, um sich ein Fußballspiel von Beatrice und ihrer Mannschaft anzuschauen. Es war ein drückend heißer Nachmittag, aber Roy hatte sich inzwischen damit abgefunden, dass es in Florida keine Jahreszeiten gab, nur leicht variierende Formen von Sommer.

Und auch wenn er die klaren Herbsttage von Montana vermisste, so waren die Tagträume von seinem alten Zuhause doch seltener geworden. In der Sonne sah der Stadionrasen heute neongrün aus, und Roy genoss es, sein T-Shirt auszuziehen und sich rösten zu lassen.

Beatrice hatte schon drei Tore geschossen, bevor sie Roy bemerkte, der es sich auf den Rängen bequem gemacht hatte. Sie winkte ihm zu und Roy reckte beide Daumen hoch. Er musste direkt lachen, weil die Situation schon komisch war – ausgerechnet Beatrix winkte Tex, dem Neuen, zu.

Die hoch stehende Sonne und die dampfende Hitze erinnerten Roy an einen anderen strahlend schönen Nachmittag vor gar nicht langer Zeit, an einem gar nicht weit entfernten Ort. Noch vor dem Abpfiff schnappte Roy sich sein Hemd und machte sich davon.

Es war nur ein kurzer Weg vom Fußballplatz zu dem versteckten Fluss. Roy kettete sein Rad an einen knorrigen Baumstumpf und bahnte sich einen Weg durch die dicht stehenden Bäume.

Es war Flut und vom Ruderhaus der *Molly Bell* schaute nur noch ein verwitterter Balken heraus. Roy hängte seine Turnschuhe an eine Astgabel und schwamm zum Wrack hinaus. Die warme Strömung trieb ihn sanft voran. Mit beiden Händen packte er den First des Ruderhauses und zog sich auf das windschiefe nackte Holz hinauf. Es gab kaum genug Platz, um im Trockenen zu sitzen.

Roy legte sich auf den Bauch, zwinkerte ein paar Mal, um das Salz aus den Augen zu bekommen, und wartete. Die Stille um ihn herum hüllte ihn ein wie eine weiche Decke.

Zuerst entdeckte er den T-förmigen Schatten des Fischadlers im mattgrünen Wasser unter ihm. Später glitt der weiße Reiher dicht über das Wasser und suchte vergeblich nach einer seichten Stelle, durch die er waten könnte. Schließlich landete der Vogel auf halber Höhe auf einer schwarzen Mangrove und schimpfte.

Roy freute sich über die elegante Gesellschaft, aber er ließ den Fluss nicht aus den Augen. Er hatte gehört, wie flussaufwärts ein Tarpon auf Futtersuche in die Luft sprang, und das hatte ihn wachsam gemacht. Und tatsächlich, bald darauf kam Bewegung in das Wasser um ihn herum. Sekunden später tauchte ein ganzer

Schwarm von Meeräschen auf, schlanke Silberpfeile, die immer wieder aus dem Wasser schossen.

Roy schob sich auf dem Ruderhaus so weit nach vorn, wie er es riskieren konnte, und ließ beide Arme hinunterbaumeln. Die Meeräschen sprangen jetzt nicht mehr, sondern schwammen in keilförmiger Formation auf die *Molly Bell* zu und in der Mitte des Flusses bildeten sich feine Wellen. Bald verdunkelte sich das Wasser unter ihm, und Roy konnte die Umrisse einzelner Fische mit ihren breiten Köpfen ausmachen, die alle aufgeregt um ihr Leben schwammen.

Als sich der Schwarm dem gekenterten Krabbenfangboot näherte, teilte er sich, wie von einem Säbel durchtrennt, in der Mitte. Schnell guckte sich Roy einen Fisch aus und stieß mit beiden Händen in das Wasser, wobei er bedenklich ins Rutschen geriet.

Einen aufregenden Moment lang fühlte er den Fisch zwischen seinen Fingern – kühl und glatt und geheimnisvoll wie Quecksilber. Er ballte seine Finger zu Fäusten, aber die Äsche schlüpfte blitzschnell davon. Noch einmal sprang sie durch die Luft, dann gesellte sie sich zu den übrigen Fischen ihres flüchtenden Schwarms.

Roy setzte sich auf und starrte auf seine tropfenden leeren Hände. Unmöglich, dachte er. Niemand konnte diese verdammten Dinger mit bloßen Händen erwischen, nicht einmal Beatrice' Stiefbruder. Es musste ein Trick gewesen sein.

Ein Geräusch wie ein Lachen drang aus dem Mangrovendickicht. Roy dachte erst, es sei der Reiher, aber als er aufschaute, sah er, dass der Vogel nicht mehr da war. Langsam richtete er sich auf und legte zum Schutz vor der Sonne die Hand über die Augen.

»Bist du das?«, rief er. »Napoleon Bridger, bist du's?«

Nichts.

Roy wartete und wartete, bis die Sonne schon tief stand und der Fluss in Schatten gehüllt war. Das Geräusch, das sich wie ein Lachen angehört hatte, drang nicht noch einmal aus dem Dickicht zu ihm. Widerstrebend rutschte Roy von der *Molly Bell* und ließ sich ans Ufer treiben.

Mechanisch zog er seine Klamotten über, aber als er nach seinen Schuhen greifen wollte, sah er, dass nur noch einer an der Astgabel hing. Sein rechter Turnschuh fehlte. Roy zog den linken an und machte sich, auf einem Bein hinkend, auf die Suche nach dem zweiten Schuh. Bald fand er ihn, halb im seichten Wasser unter den Ästen verborgen. Vermutlich war er hinuntergefallen.

Aber als er sich bückte, um ihn aufzuheben, hing der Schuh fest. Die Schnürsenkel waren fest um eine dicht mit Entenmuscheln besetzte Wurzel verknotet. Roys Finger zitterten, als er die präzisen Schifferknoten löste.

Er hob den triefenden Schuh hoch und spähte hinein. Darin steckte eine junge Meeräsche, nicht größer als der Zeigefinger eines Mannes. Sie zappelte hin und her und wehrte sich gegen ihre Gefangenschaft. Roy nahm sie in die Hand und watete tiefer in den Fluss hinein. Sanft entließ er den Fisch ins Wasser. Noch einmal tauchte die Meeräsche kurz auf, dann verschwand sie blitzschnell.

Bewegungslos stand Roy da und lauschte, aber außer dem Sirren der Mücken und dem sanften Wispern der Wellen war nichts zu hören. Der rennende Junge war schon fort.

Während Roy sich den zweiten Schuh zuband, lachte er vor sich hin. Es ging also doch – man konnte eine Meeräsche mit bloßen Händen fangen. Es war kein Trick gewesen.

Ich werde wohl noch mal herkommen müssen und es wieder versuchen, dachte Roy. So wie ein echter Junge aus Florida.